C'EST ICI QUE TOUT COMMENCE

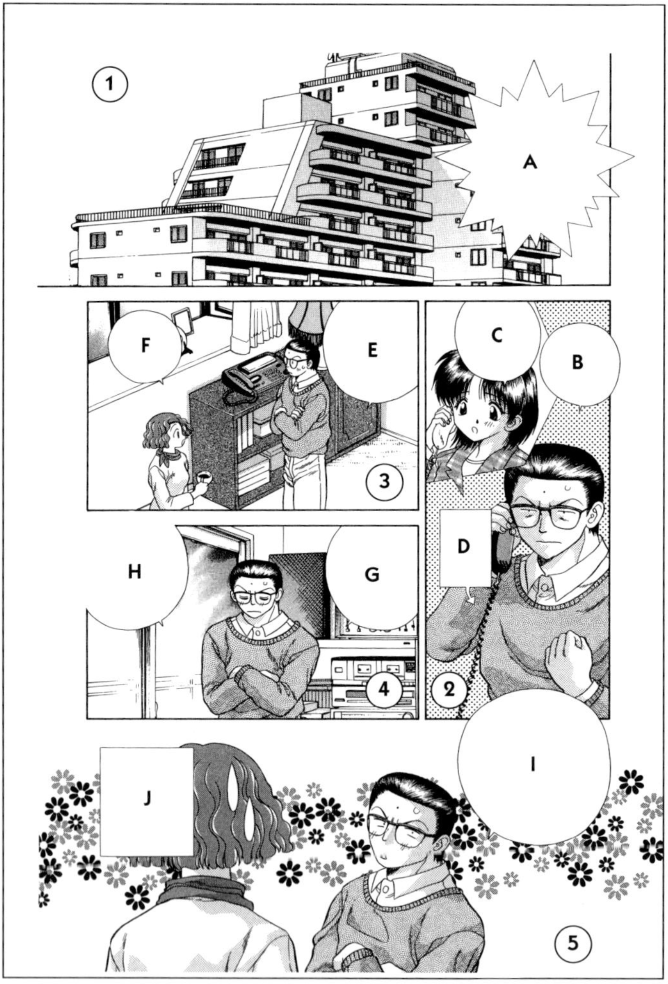

Il faut lire les cases dans l'ordre des chiffres indiqués et, à l'intérieur de chaque case, suivre l'ordre alphabétique. Bonne lecture.

Titre original :
FUTARI ETCHI, VOL. 4

First published in Japan in 1998
by Hakusensha, Inc., Tokyo
French language translation rights in France
arranged with Hakusensha, Inc., Tokyo
through Tohan Corporation, Tokyo

French translation rights : Pika Édition

Traduction : Nathalie Martinez
Adaptation : Jean-Michel Bourquardez
Lettrage : Gérard Nicolas

ISBN : 2-84599-353-6
Dépôt légal : août 2004
Imprimé en Belgique par Walleyn graphics
Diffusion : Hachette Livre

FUTARI H

STEP UP LOVE STORY

4

KATSU AKI

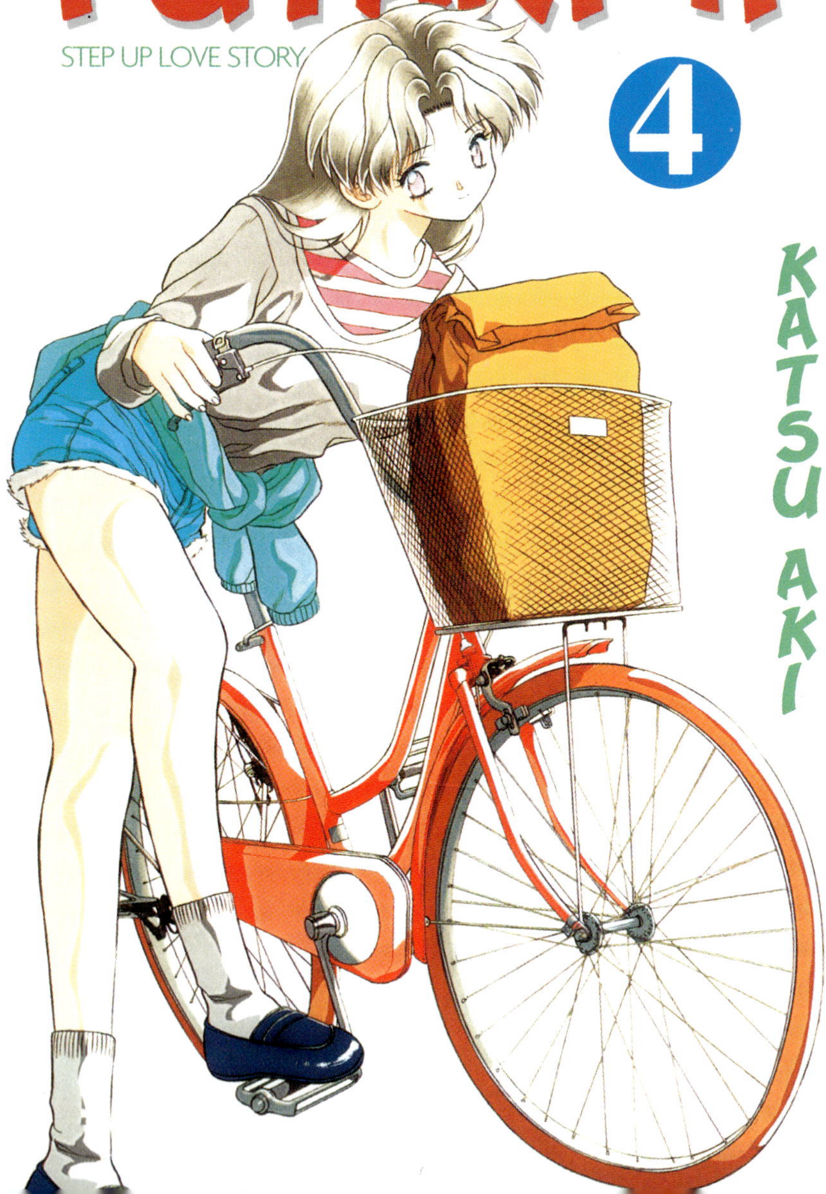

STEP UP
Love Story
KATSU AKI

Sommaire

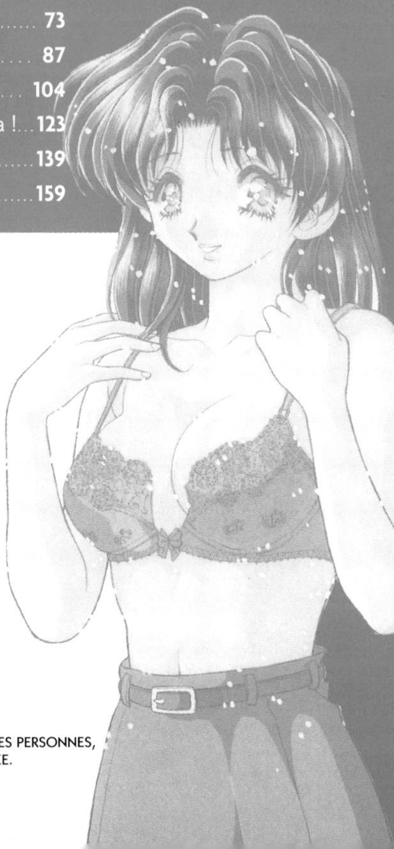

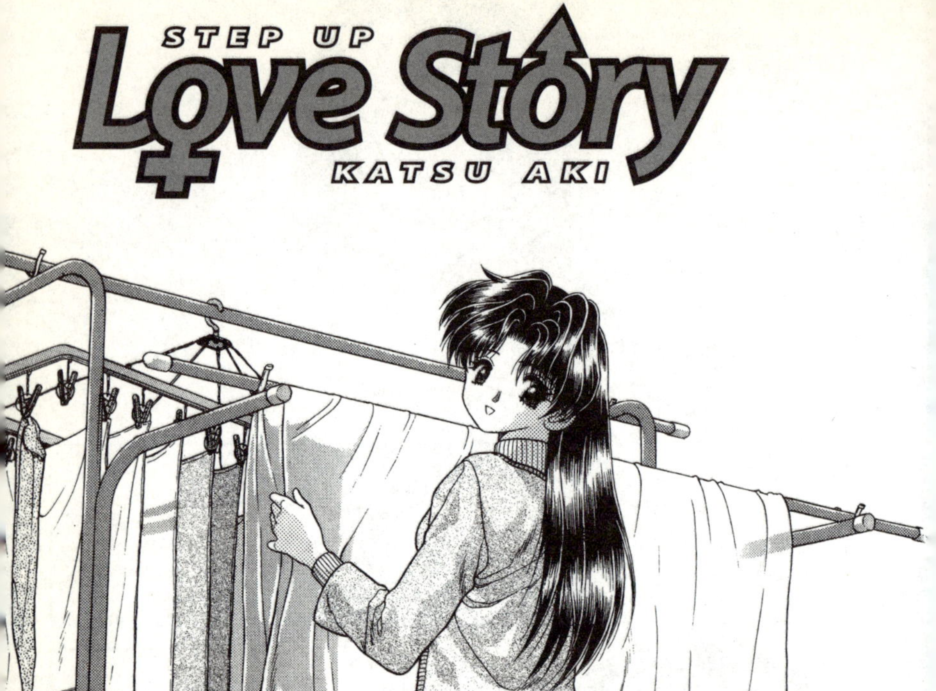
STEP UP
Love Story
KATSU AKI
CHAPITRE 31
PROBLÈMES D'ÉRECTION !

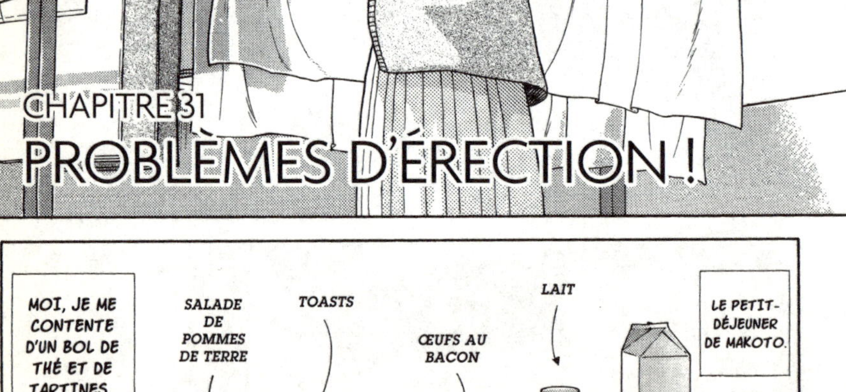
LE PETIT-DÉJEUNER DE MAKOTO.
LAIT
ŒUFS AU BACON
TOASTS
SALADE DE POMMES DE TERRE
MOI, JE ME CONTENTE D'UN BOL DE THÉ ET DE TARTINES...

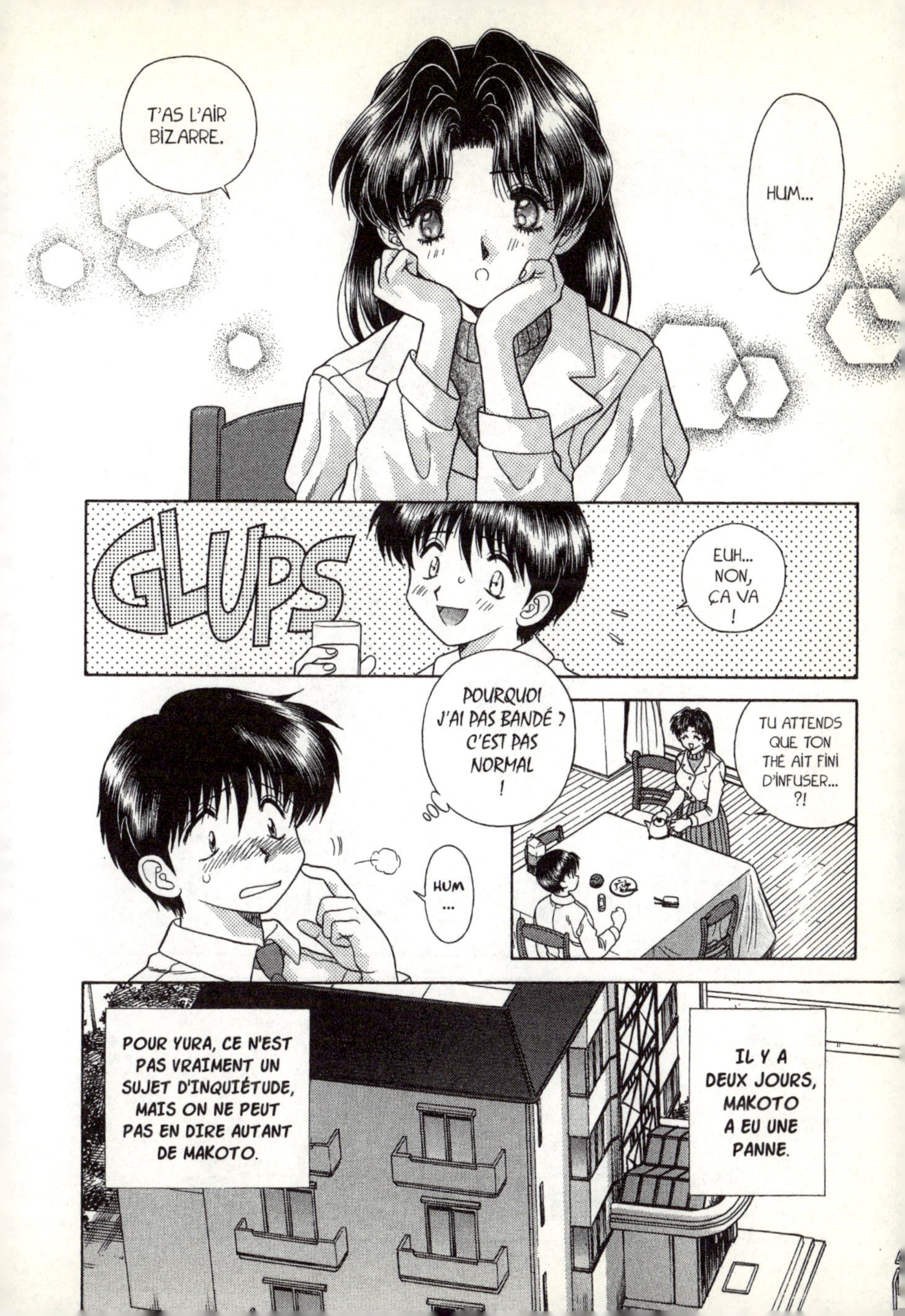
HUM...
T'AS L'AIR BIZARRE.
EUH... NON, ÇA VA !
GLUPS
TU ATTENDS QUE TON THÉ AIT FINI D'INFUSER... ?!
HUM ...
POURQUOI J'AI PAS BANDÉ ? C'EST PAS NORMAL !
IL Y A DEUX JOURS, MAKOTO A EU UNE PANNE.
POUR YURA, CE N'EST PAS VRAIMENT UN SUJET D'INQUIÉTUDE, MAIS ON NE PEUT PAS EN DIRE AUTANT DE MAKOTO.

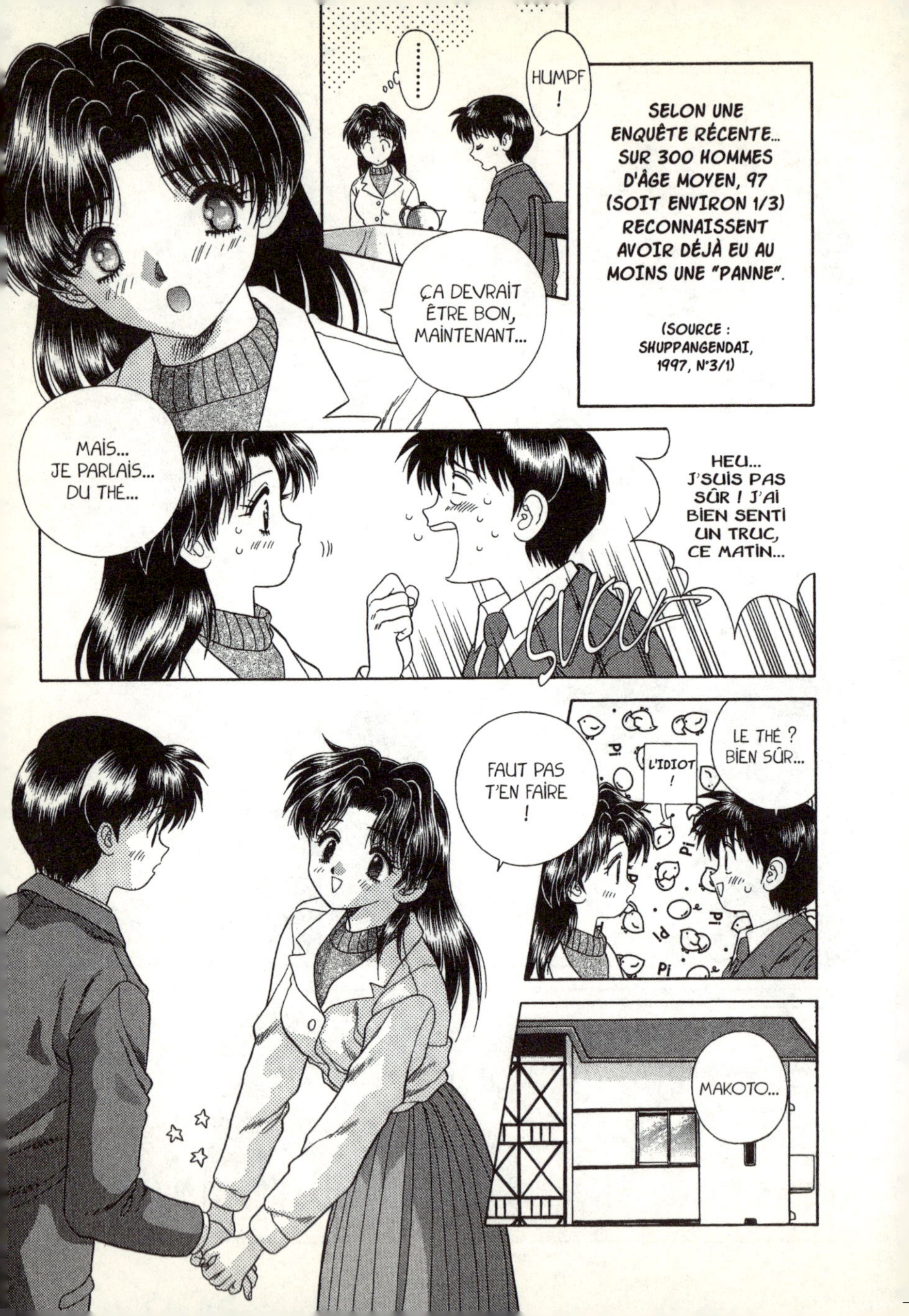
SELON UNE ENQUÊTE RÉCENTE... SUR 300 HOMMES D'ÂGE MOYEN, 97 (SOIT ENVIRON 1/3) RECONNAISSENT AVOIR DÉJÀ EU AU MOINS UNE "PANNE".
(SOURCE : SHUPPANGENDAI, 1997, N°3/1)
HUMPF !
......
ÇA DEVRAIT ÊTRE BON, MAINTENANT...
HEU... J'SUIS PAS SÛR ! J'AI BIEN SENTI UN TRUC, CE MATIN...
SVOUF
MAIS... JE PARLAIS... DU THÉ...
LE THÉ ? BIEN SÛR...
L'IDIOT !
Pi
FAUT PAS T'EN FAIRE !
MAKOTO...

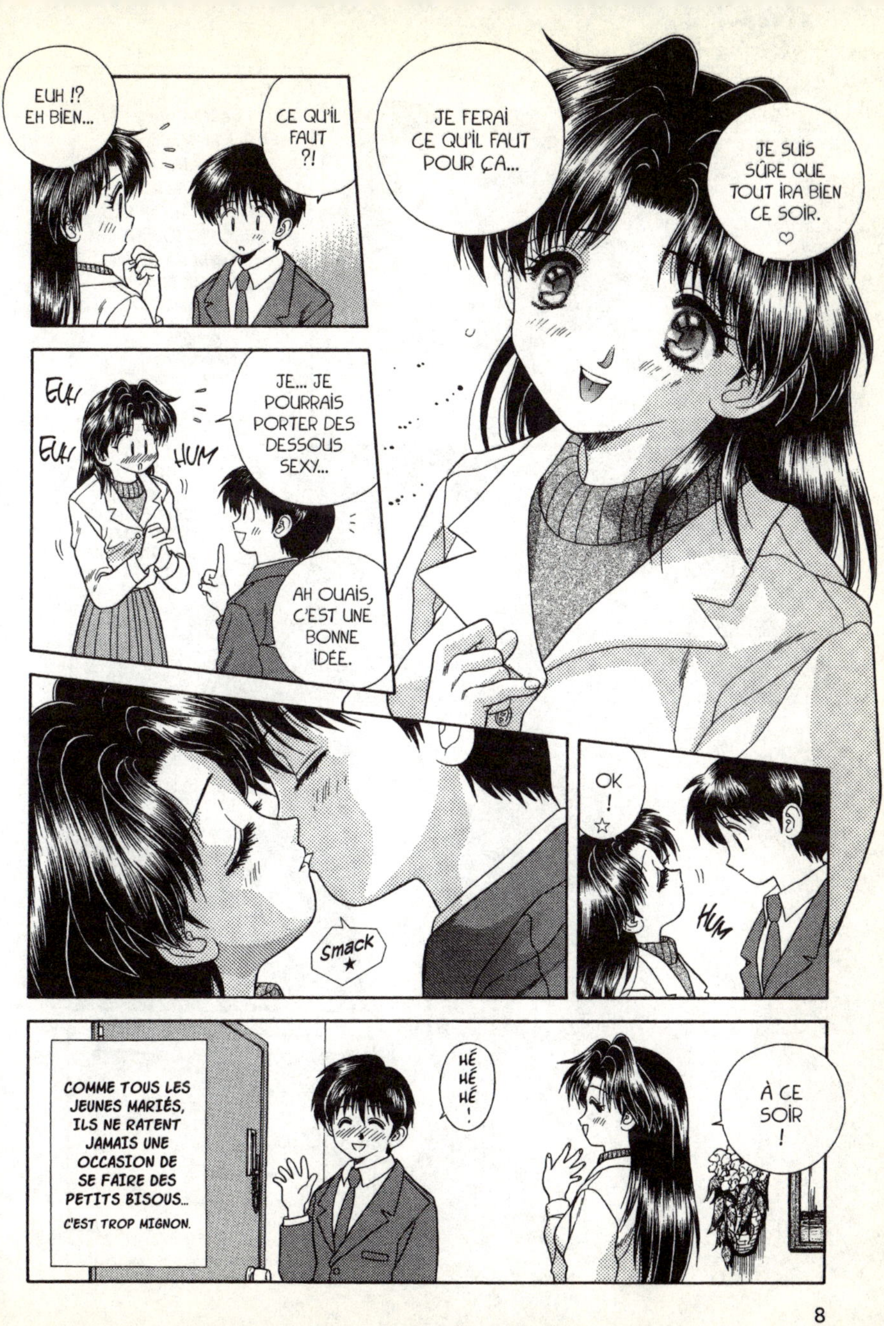
JE SUIS SÛRE QUE TOUT IRA BIEN CE SOIR. ♡
JE FERAI CE QU'IL FAUT POUR ÇA...
CE QU'IL FAUT ?!
EUH !? EH BIEN...
JE... JE POURRAIS PORTER DES DESSOUS SEXY...
EUH EUH
HUM
AH OUAIS, C'EST UNE BONNE IDÉE.
OK ! ☆
HUM
Smack ★
À CE SOIR !
HÉ HÉ HÉ !
COMME TOUS LES JEUNES MARIÉS, ILS NE RATENT JAMAIS UNE OCCASION DE SE FAIRE DES PETITS BISOUS...
C'EST TROP MIGNON.

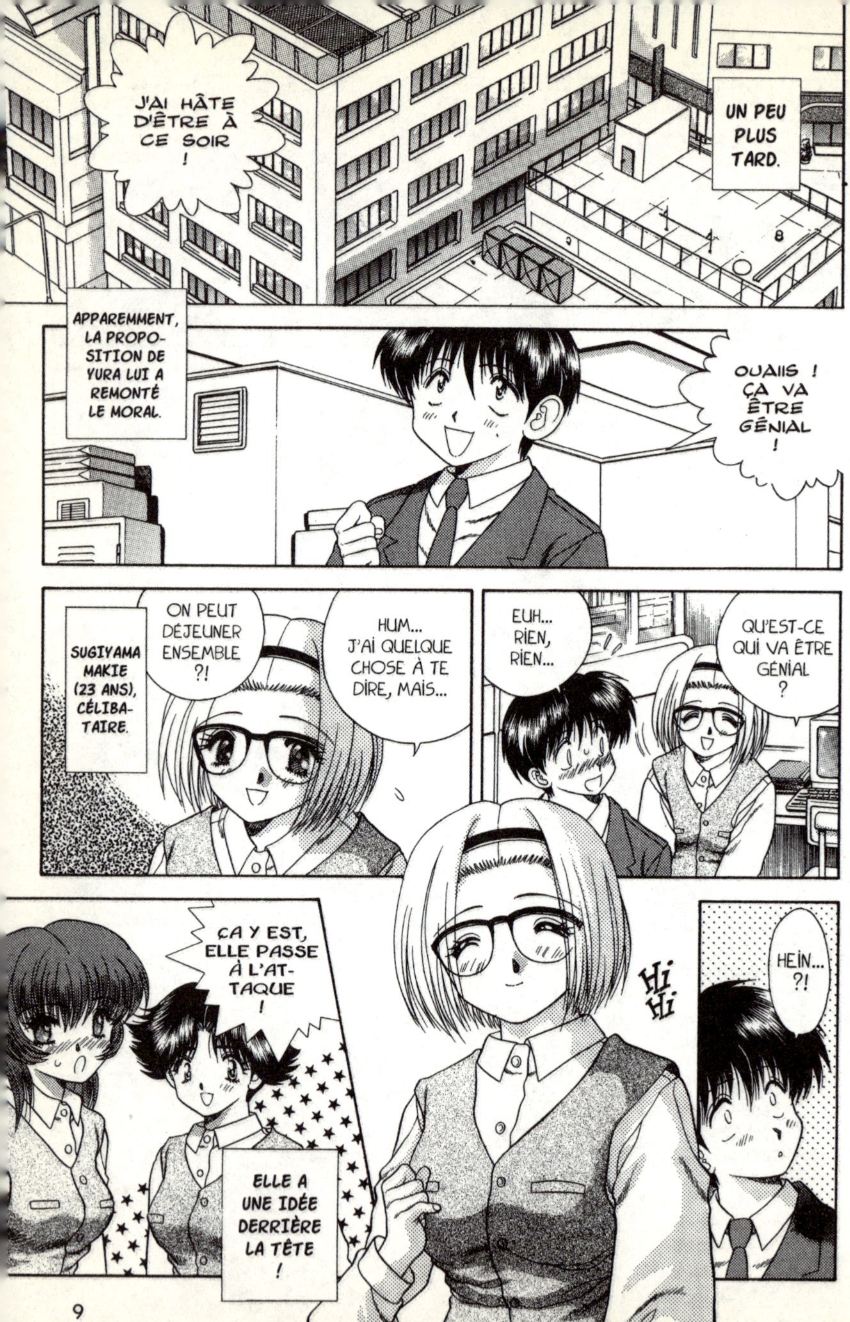
UN PEU PLUS TARD.
J'AI HÂTE D'ÊTRE À CE SOIR !
OUAIIS ! ÇA VA ÊTRE GÉNIAL !
APPAREMMENT, LA PROPOSITION DE YURA LUI A REMONTÉ LE MORAL.
QU'EST-CE QUI VA ÊTRE GÉNIAL ?
EUH... RIEN, RIEN...
HUM... J'AI QUELQUE CHOSE À TE DIRE, MAIS...
ON PEUT DÉJEUNER ENSEMBLE ?!
SUGIYAMA MAKIE (23 ANS), CÉLIBATAIRE.
HEIN... ?!
HI HI
ÇA Y EST, ELLE PASSE À L'ATTAQUE !
ELLE A UNE IDÉE DERRIÈRE LA TÊTE !

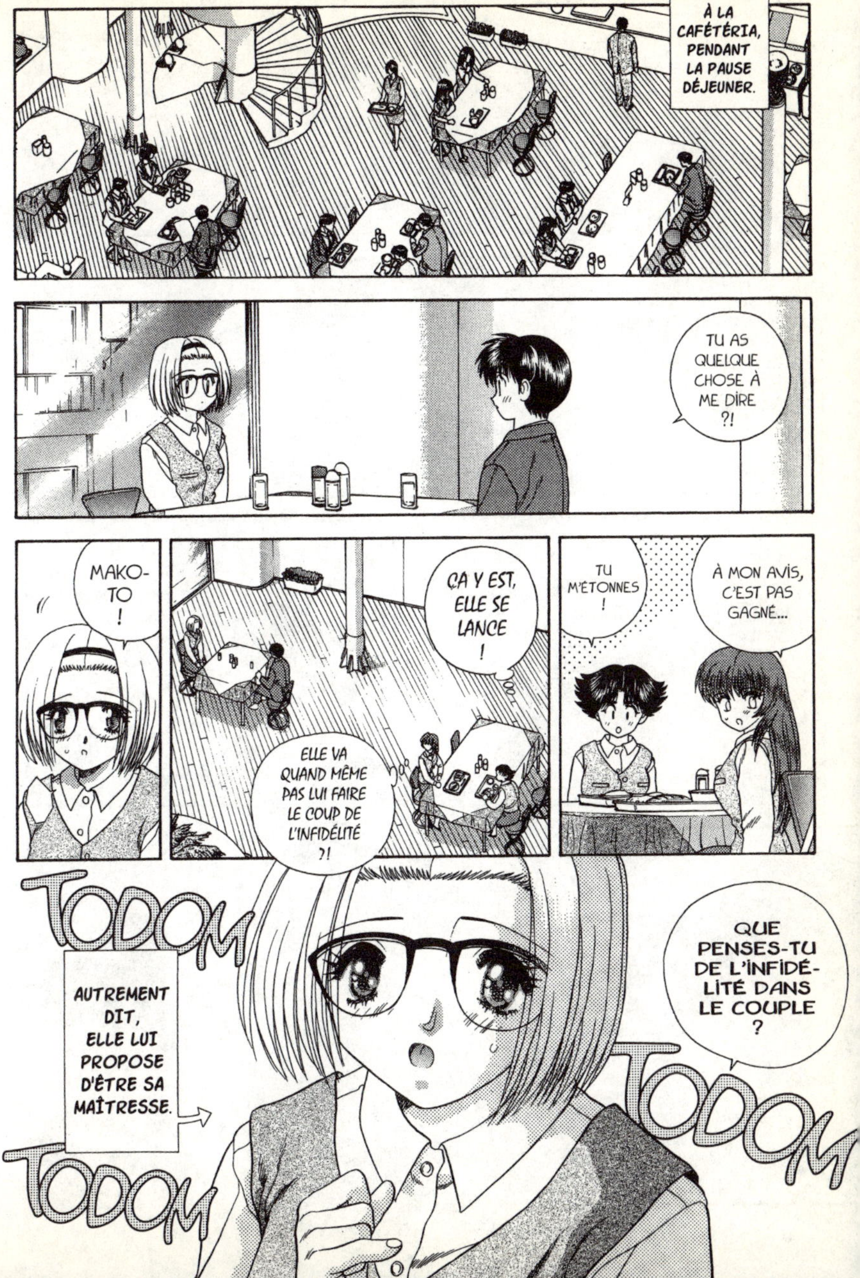

À LA CAFÉTÉRIA, PENDANT LA PAUSE DÉJEUNER.
TU AS QUELQUE CHOSE À ME DIRE ?!
À MON AVIS, C'EST PAS GAGNÉ...
TU M'ÉTONNES !
ÇA Y EST, ELLE SE LANCE !
ELLE VA QUAND MÊME PAS LUI FAIRE LE COUP DE L'INFIDÉLITÉ ?!
MAKO-TO !
QUE PENSES-TU DE L'INFIDÉLITÉ DANS LE COUPLE ?
TODOM
TODOM
TODOM
AUTREMENT DIT, ELLE LUI PROPOSE D'ÊTRE SA MAÎTRESSE.

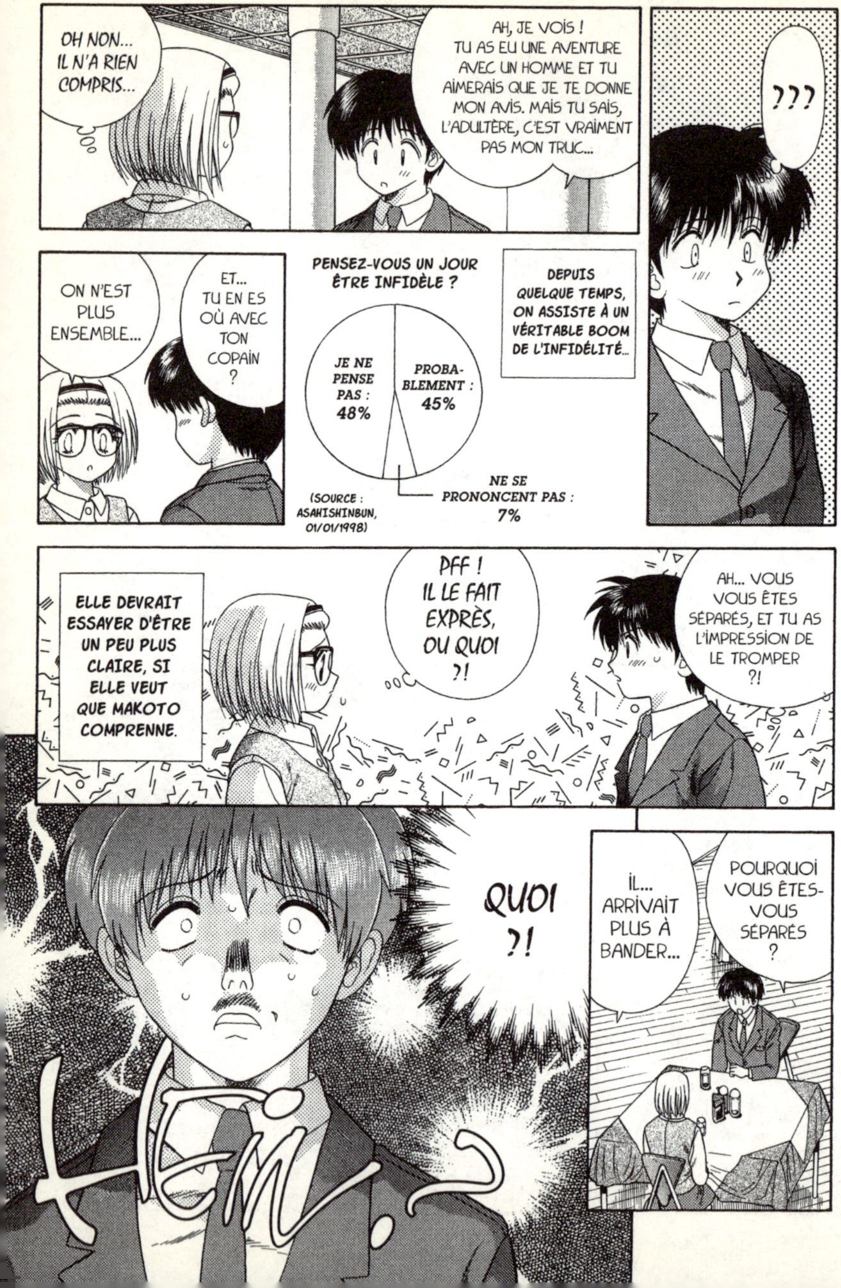
???
AH, JE VOIS ! TU AS EU UNE AVENTURE AVEC UN HOMME ET TU AIMERAIS QUE JE TE DONNE MON AVIS. MAIS TU SAIS, L'ADULTÈRE, C'EST VRAIMENT PAS MON TRUC...
OH NON... IL N'A RIEN COMPRIS...
DEPUIS QUELQUE TEMPS, ON ASSISTE À UN VÉRITABLE BOOM DE L'INFIDÉLITÉ...
PENSEZ-VOUS UN JOUR ÊTRE INFIDÈLE ?
PROBABLEMENT : 45%
JE NE PENSE PAS : 48%
NE SE PRONONCENT PAS : 7%
(SOURCE : ASAHISHINBUN, 01/01/1998)
ET... TU EN ES OÙ AVEC TON COPAIN ?
ON N'EST PLUS ENSEMBLE...
AH... VOUS VOUS ÊTES SÉPARÉS, ET TU AS L'IMPRESSION DE LE TROMPER ?!
PFF ! IL LE FAIT EXPRÈS, OU QUOI ?!
ELLE DEVRAIT ESSAYER D'ÊTRE UN PEU PLUS CLAIRE, SI ELLE VEUT QUE MAKOTO COMPRENNE.
POURQUOI VOUS ÊTES-VOUS SÉPARÉS ?
IL... ARRIVAIT PLUS À BANDER...
QUOI ?!
HEM.

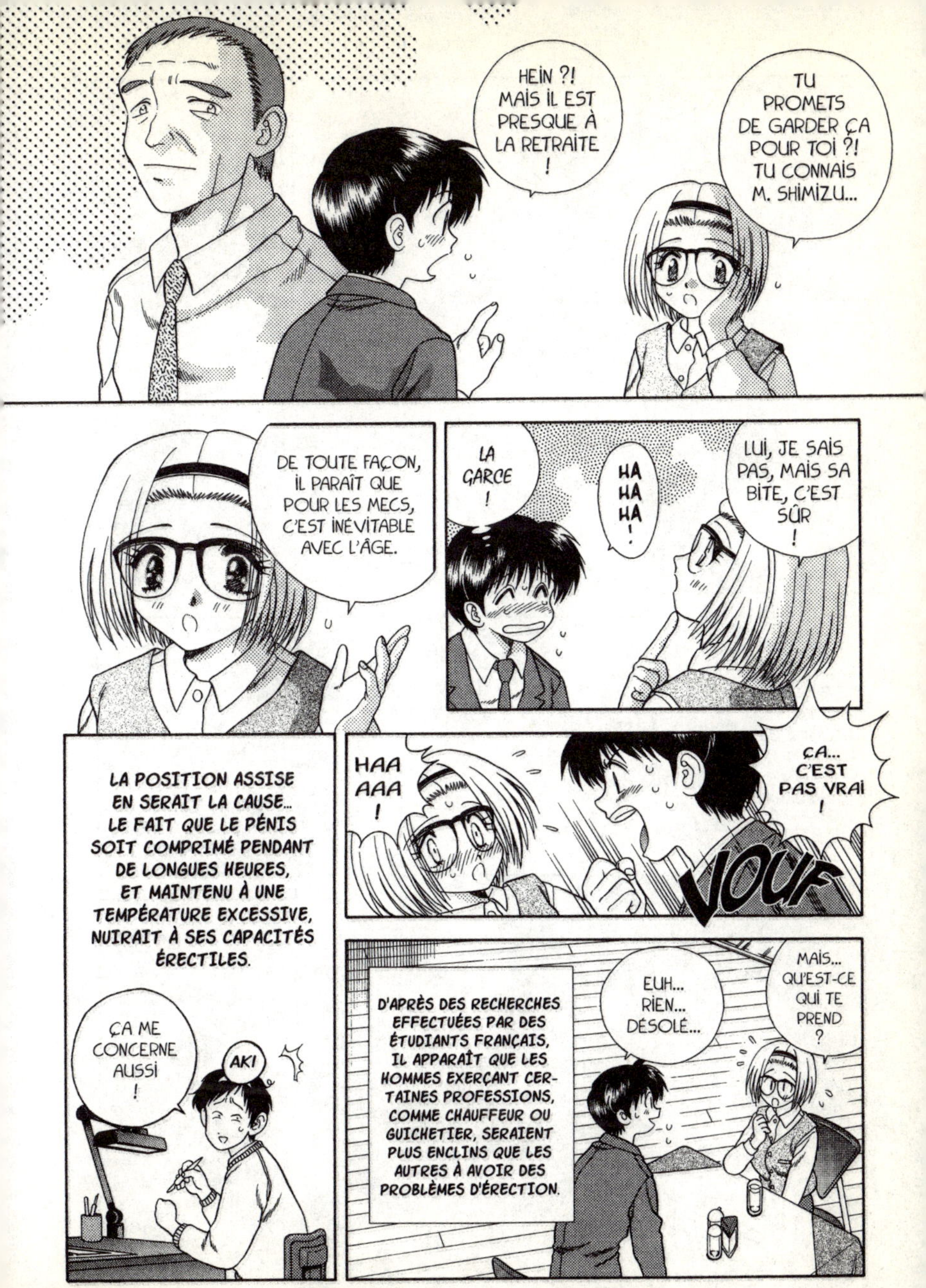
TU PROMETS DE GARDER ÇA POUR TOI ?! TU CONNAIS M. SHIMIZU...
HEIN ?! MAIS IL EST PRESQUE À LA RETRAITE !
DE TOUTE FAÇON, IL PARAÎT QUE POUR LES MECS, C'EST INÉVITABLE AVEC L'ÂGE.
LUI, JE SAIS PAS, MAIS SA BITE, C'EST SÛR !
HA HA HA !
LA GARCE !
ÇA... C'EST PAS VRAI !
VOUF
HAA AAA !
LA POSITION ASSISE EN SERAIT LA CAUSE... LE FAIT QUE LE PÉNIS SOIT COMPRIMÉ PENDANT DE LONGUES HEURES, ET MAINTENU À UNE TEMPÉRATURE EXCESSIVE, NUIRAIT À SES CAPACITÉS ÉRECTILES.
ÇA ME CONCERNE AUSSI !
AKI
MAIS... QU'EST-CE QUI TE PREND ?
EUH... RIEN... DÉSOLÉ...
D'APRÈS DES RECHERCHES EFFECTUÉES PAR DES ÉTUDIANTS FRANÇAIS, IL APPARAÎT QUE LES HOMMES EXERÇANT CERTAINES PROFESSIONS, COMME CHAUFFEUR OU GUICHETIER, SERAIENT PLUS ENCLINS QUE LES AUTRES À AVOIR DES PROBLÈMES D'ÉRECTION.

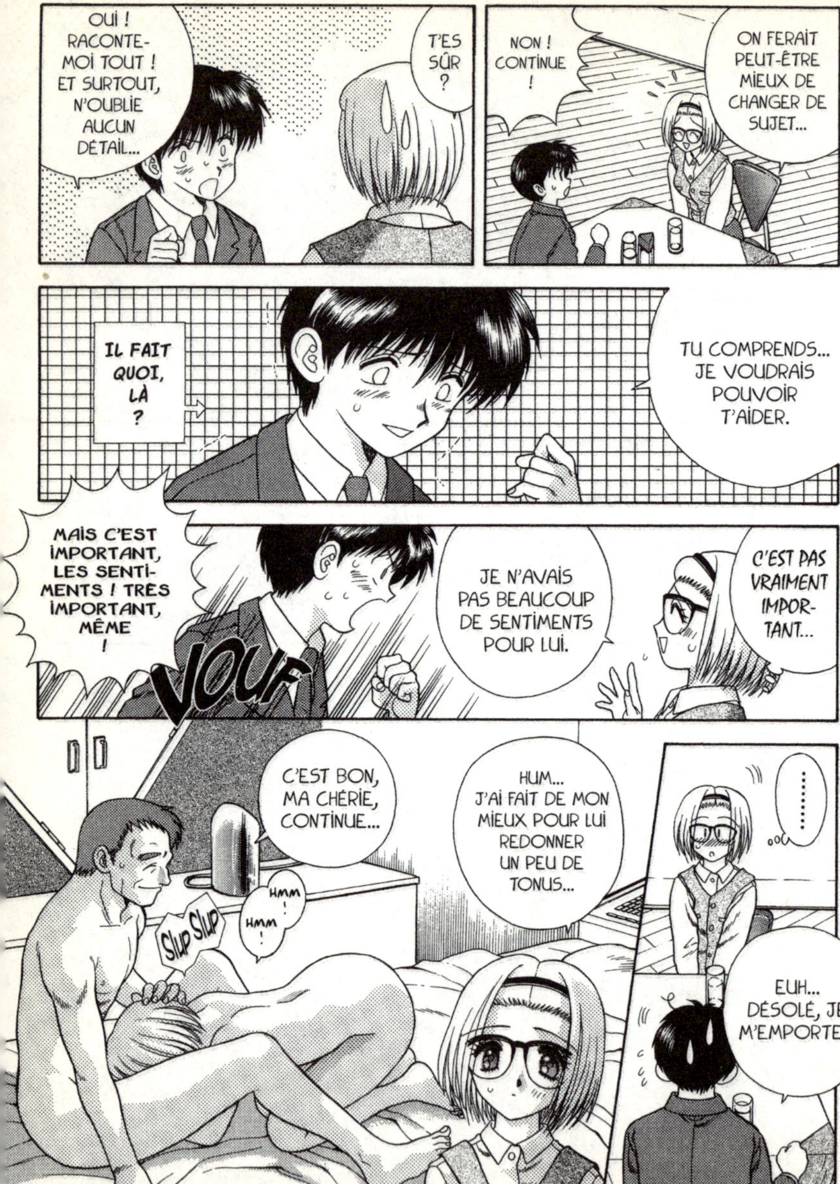

ON FERAIT PEUT-ÊTRE MIEUX DE CHANGER DE SUJET...
NON ! CONTINUE !
T'ES SÛR ?
OUI ! RACONTE-MOI TOUT ! ET SURTOUT, N'OUBLIE AUCUN DÉTAIL...
TU COMPRENDS... JE VOUDRAIS POUVOIR T'AIDER.
IL FAIT QUOI, LÀ ?
C'EST PAS VRAIMENT IMPORTANT...
JE N'AVAIS PAS BEAUCOUP DE SENTIMENTS POUR LUI.
MAIS C'EST IMPORTANT, LES SENTIMENTS ! TRÈS IMPORTANT, MÊME !
VOUF
......
HUM... J'AI FAIT DE MON MIEUX POUR LUI REDONNER UN PEU DE TONUS...
C'EST BON, MA CHÉRIE, CONTINUE...
HMM ! HMM !
SLUP SLUP
EUH... DÉSOLÉ, JE M'EMPORTE...

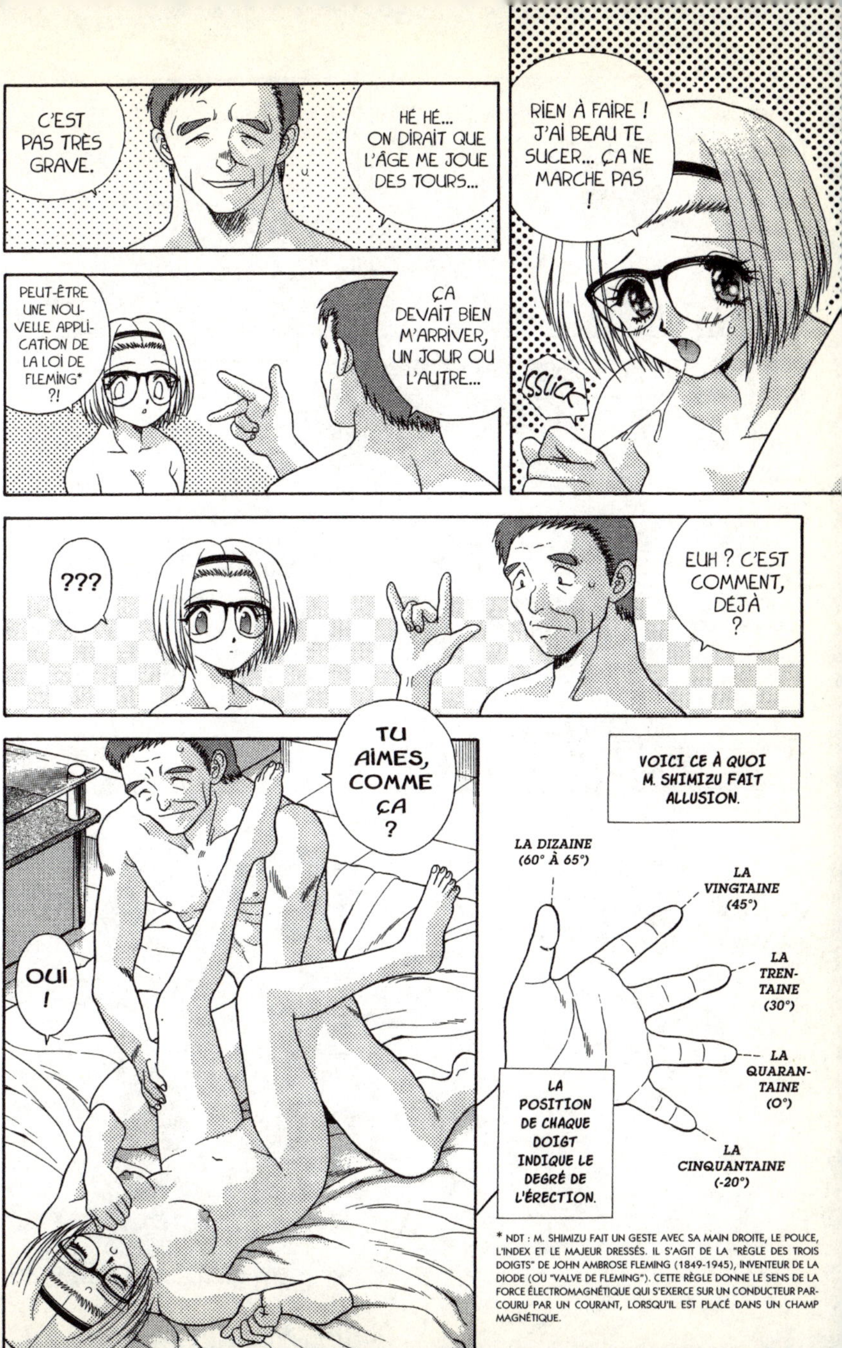

* NDT : M. SHIMIZU FAIT UN GESTE AVEC SA MAIN DROITE, LE POUCE, L'INDEX ET LE MAJEUR DRESSÉS. IL S'AGIT DE LA "RÈGLE DES TROIS DOIGTS" DE JOHN AMBROSE FLEMING (1849-1945), INVENTEUR DE LA DIODE (OU "VALVE DE FLEMING"). CETTE RÈGLE DONNE LE SENS DE LA FORCE ÉLECTROMAGNÉTIQUE QUI S'EXERCE SUR UN CONDUCTEUR PARCOURU PAR UN COURANT, LORSQU'IL EST PLACÉ DANS UN CHAMP MAGNÉTIQUE.

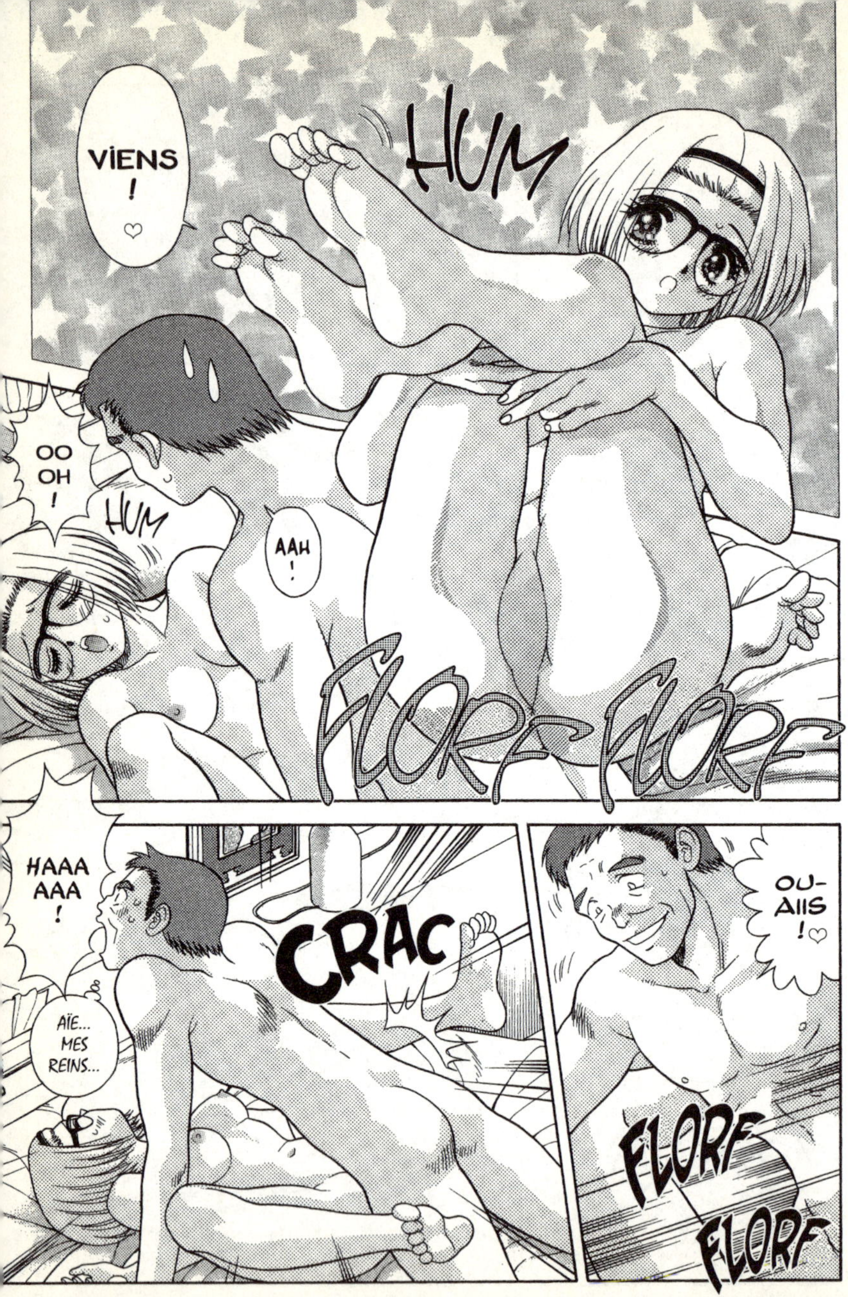
VIENS ! ♡
HUM
OO OH !
HUM
AAH !
FLORF FLORF
HAAA AAA !
AÏE... MES REINS...
CRAC
OU-AIIS ! ♡
FLORF
FLORF

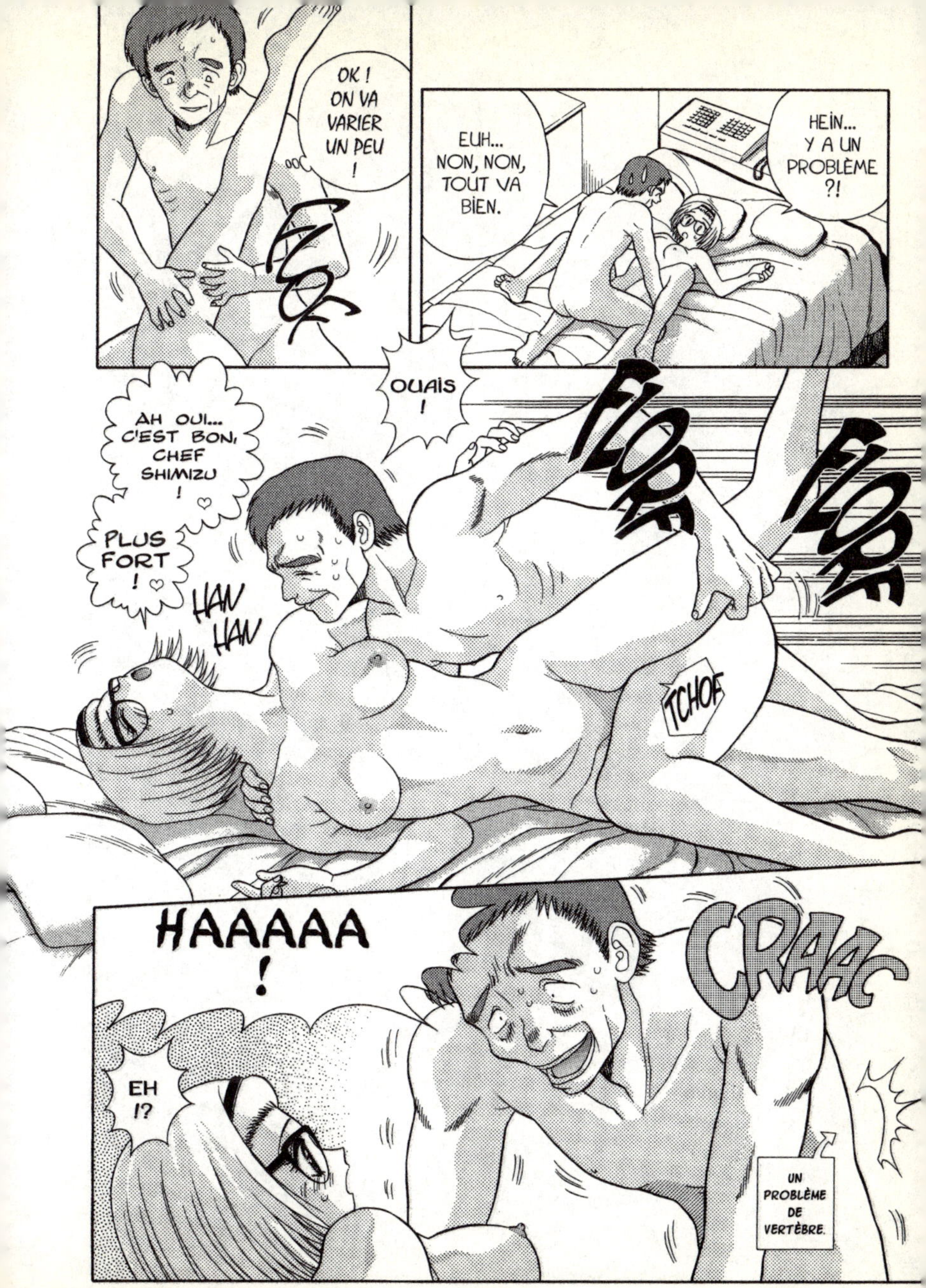
HEIN... Y A UN PROBLÈME ?!
EUH... NON, NON, TOUT VA BIEN.
OK ! ON VA VARIER UN PEU !
FLOC
OUAIS !
FLOPF
FLOPF
AH OUI... C'EST BON, CHEF SHIMIZU !
PLUS FORT !
HAN HAN
TCHOF
CRAAC
HAAAAA !
EH !?
UN PROBLÈME DE VERTÈBRE.

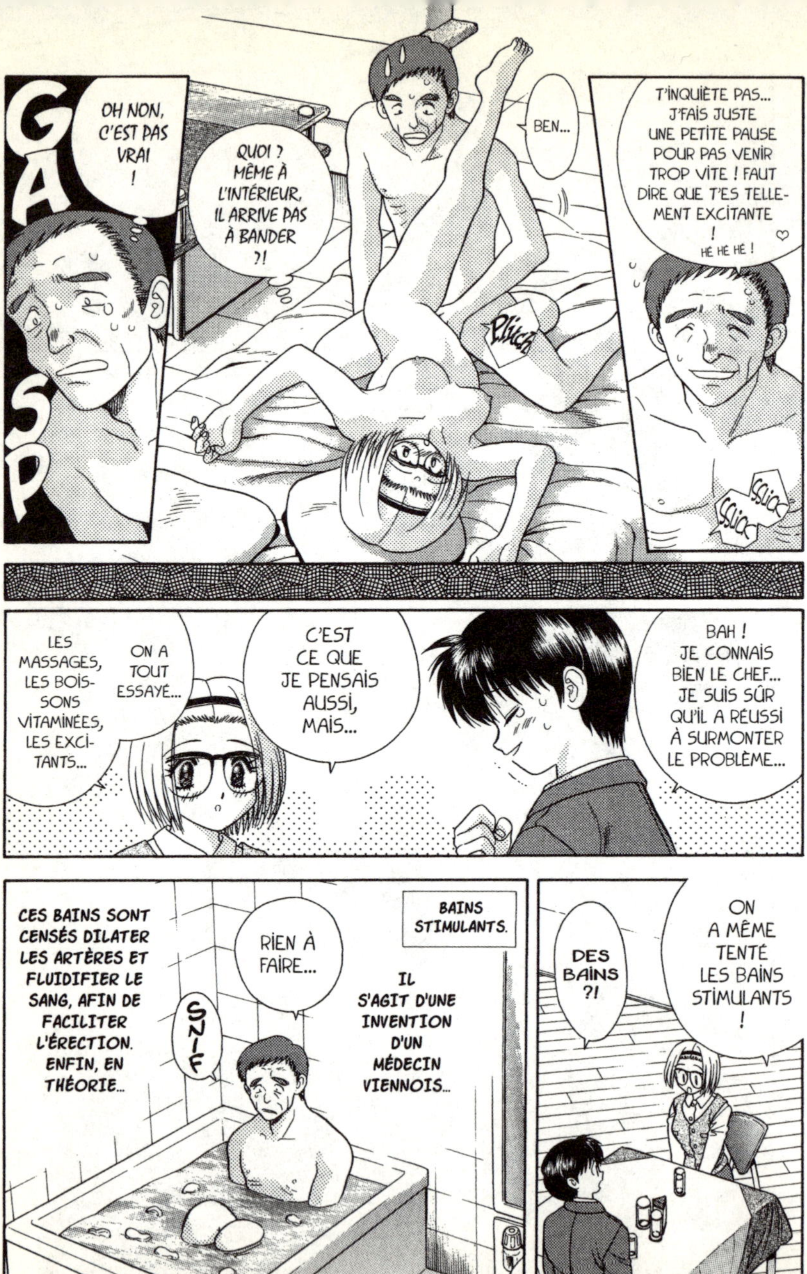
BEN...
T'INQUIÈTE PAS... J'FAIS JUSTE UNE PETITE PAUSE POUR PAS VENIR TROP VITE ! FAUT DIRE QUE T'ES TELLEMENT EXCITANTE !
HÉ HÉ HÉ !
QUOI ? MÊME À L'INTÉRIEUR, IL ARRIVE PAS À BANDER ?!
OH NON, C'EST PAS VRAI !
GASP
BAH ! JE CONNAIS BIEN LE CHEF... JE SUIS SÛR QU'IL A RÉUSSI À SURMONTER LE PROBLÈME...
C'EST CE QUE JE PENSAIS AUSSI, MAIS...
ON A TOUT ESSAYÉ...
LES MASSAGES, LES BOISSONS VITAMINÉES, LES EXCITANTS...
ON A MÊME TENTÉ LES BAINS STIMULANTS !
DES BAINS ?!
BAINS STIMULANTS.
IL S'AGIT D'UNE INVENTION D'UN MÉDECIN VIENNOIS...
RIEN À FAIRE...
SNIF
CES BAINS SONT CENSÉS DILATER LES ARTÈRES ET FLUIDIFIER LE SANG, AFIN DE FACILITER L'ÉRECTION. ENFIN, EN THÉORIE...

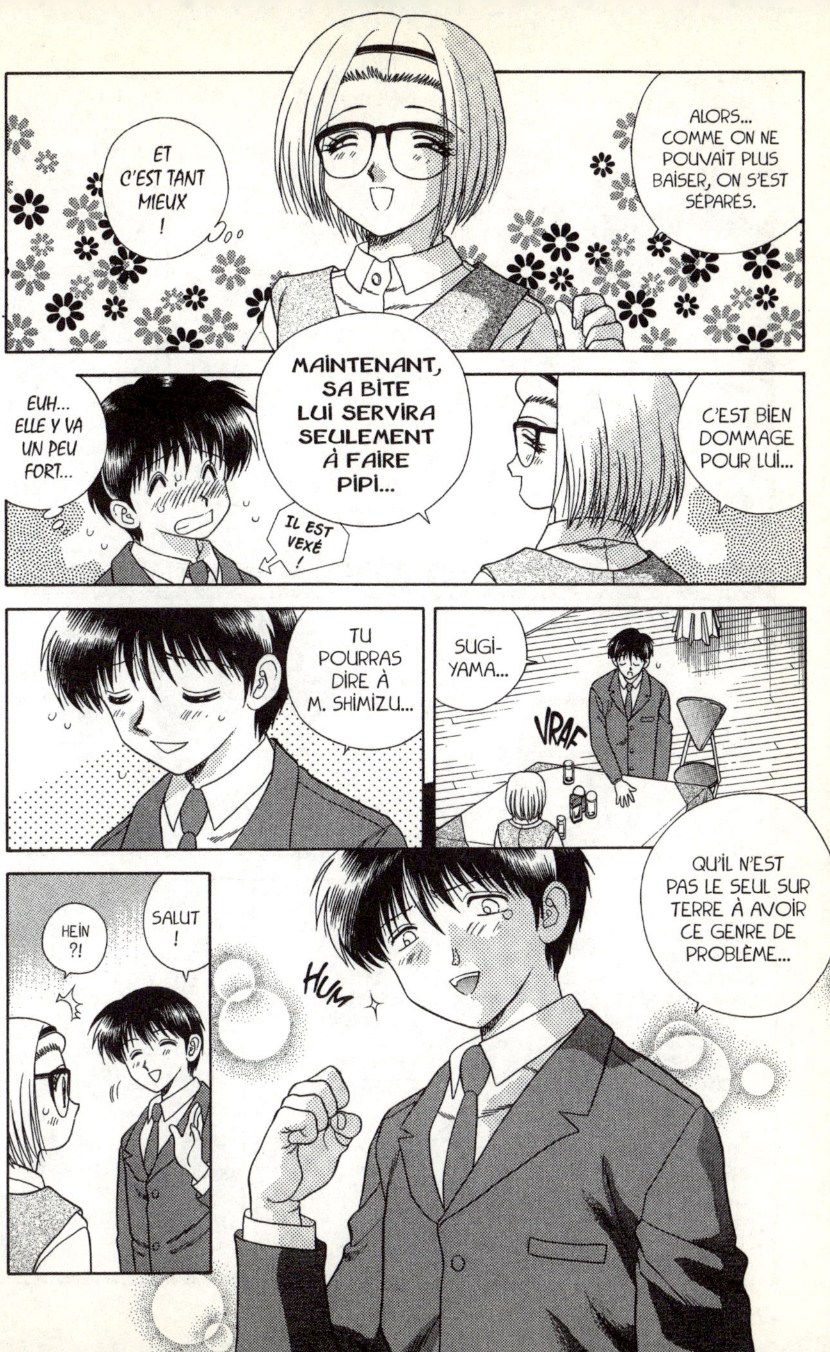
ALORS... COMME ON NE POUVAIT PLUS BAISER, ON S'EST SÉPARÉS.
ET C'EST TANT MIEUX !
C'EST BIEN DOMMAGE POUR LUI...
MAINTENANT, SA BITE LUI SERVIRA SEULEMENT À FAIRE PIPI...
IL EST VEXÉ !
EUH... ELLE Y VA UN PEU FORT...
SUGI-YAMA...
VRAF
TU POURRAS DIRE À M. SHIMIZU...
QU'IL N'EST PAS LE SEUL SUR TERRE À AVOIR CE GENRE DE PROBLÈME...
HUM
SALUT !
HEIN ?!

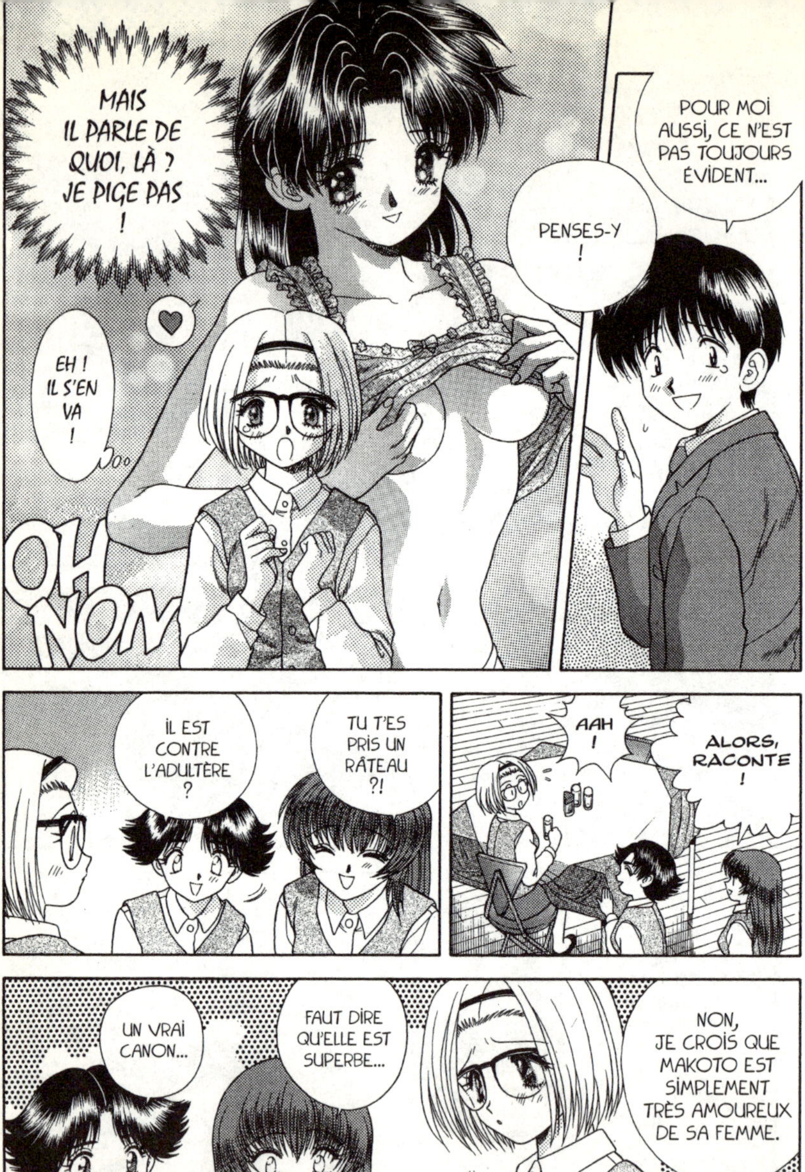
POUR MOI AUSSI, CE N'EST PAS TOUJOURS ÉVIDENT...
PENSES-Y !
MAIS IL PARLE DE QUOI, LÀ ? JE PIGE PAS !
EH ! IL S'EN VA !
OH NON
ALORS, RACONTE !
AAH !
TU T'ES PRIS UN RÂTEAU ?!
IL EST CONTRE L'ADULTÈRE ?
NON, JE CROIS QUE MAKOTO EST SIMPLEMENT TRÈS AMOUREUX DE SA FEMME.
FAUT DIRE QU'ELLE EST SUPERBE...
UN VRAI CANON...

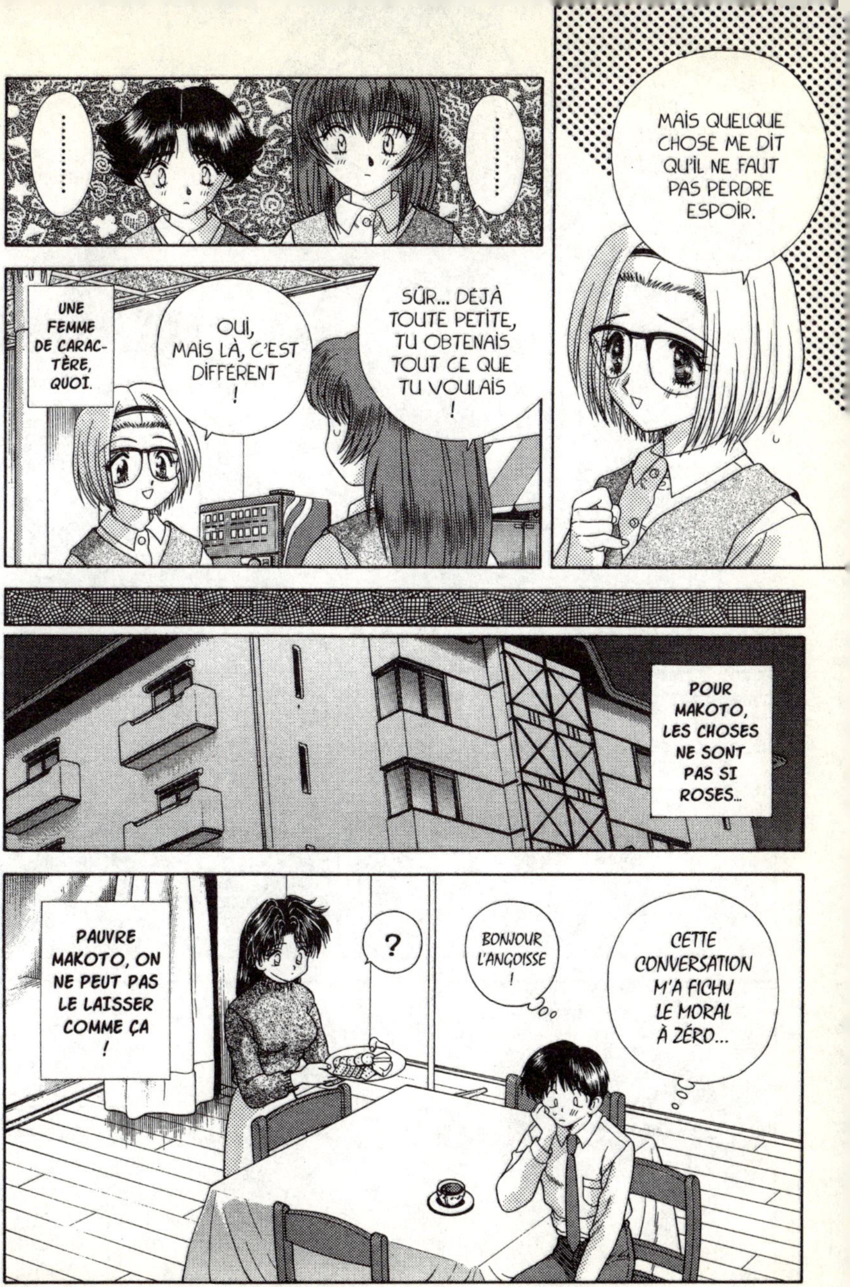

SÛR... DÉJÀ TOUTE PETITE, TU OBTENAIS TOUT CE QUE TU VOULAIS !
OUI, MAIS LÀ, C'EST DIFFÉRENT !
UNE FEMME DE CARAC-TÈRE, QUOI.
....
....
MAIS QUELQUE CHOSE ME DIT QU'IL NE FAUT PAS PERDRE ESPOIR.
POUR MAKOTO, LES CHOSES NE SONT PAS SI ROSES...
CETTE CONVERSATION M'A FICHU LE MORAL À ZÉRO...
BONJOUR L'ANGOISSE !
?
PAUVRE MAKOTO, ON NE PEUT PAS LE LAISSER COMME ÇA !

CHAPITRE 32

FELLATION, MODE D'EMPLOI

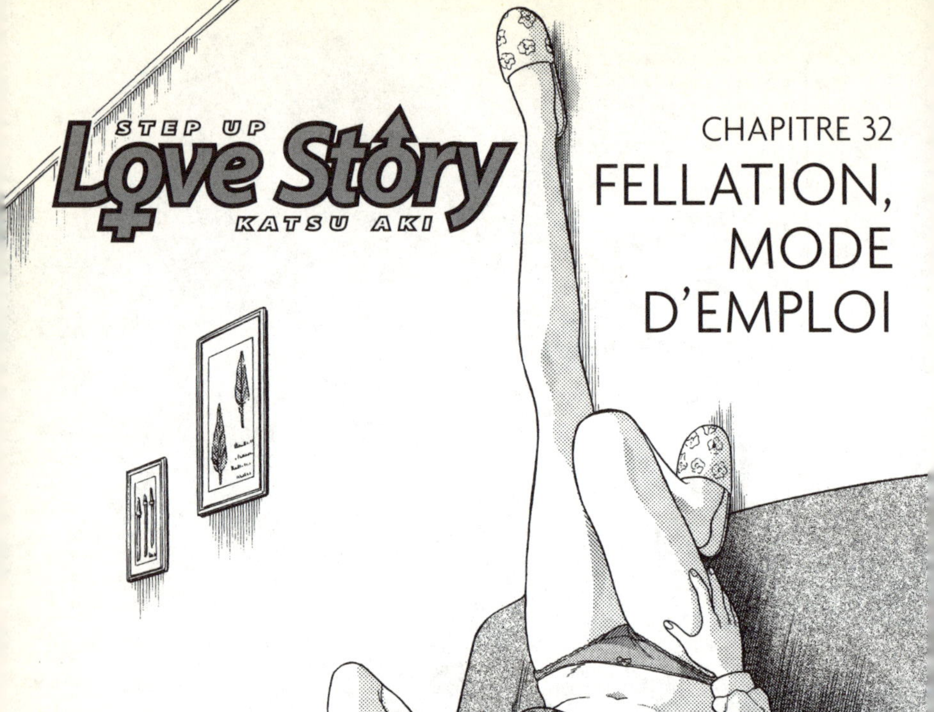

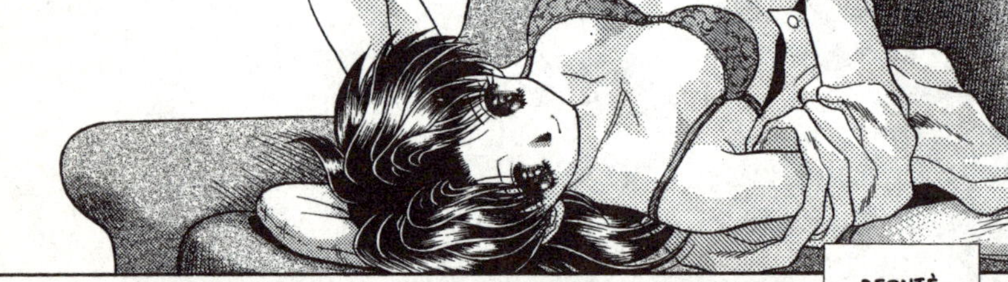

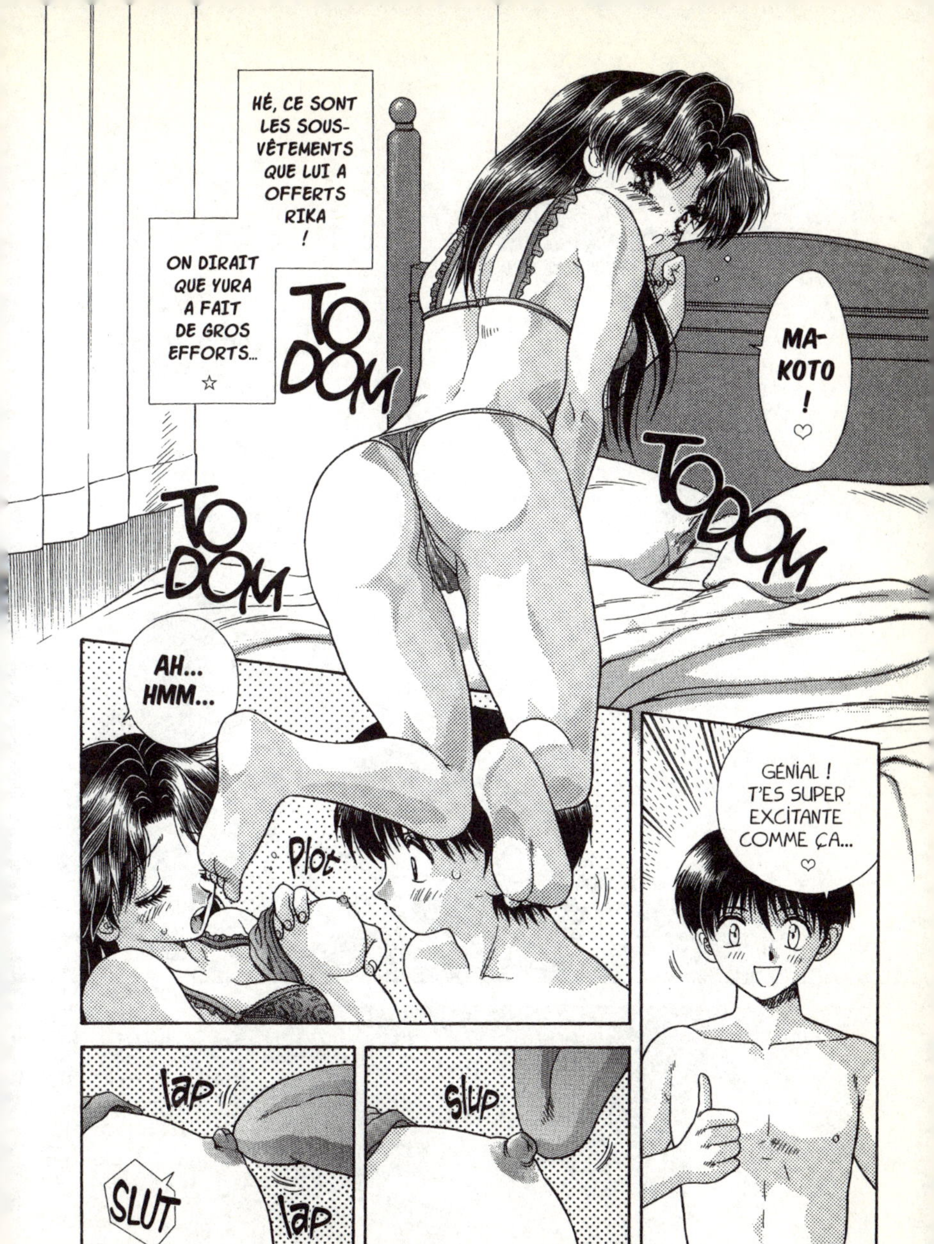
MA-KOTO ! ♡
TODOM
HÉ, CE SONT LES SOUS-VÊTEMENTS QUE LUI A OFFERTS RIKA !
ON DIRAIT QUE YURA A FAIT DE GROS EFFORTS... ☆
TO DOM
TO DOM
GÉNIAL ! T'ES SUPER EXCITANTE COMME ÇA... ♡
AH... HMM...
Plot
slup
lap
lap
SLUT

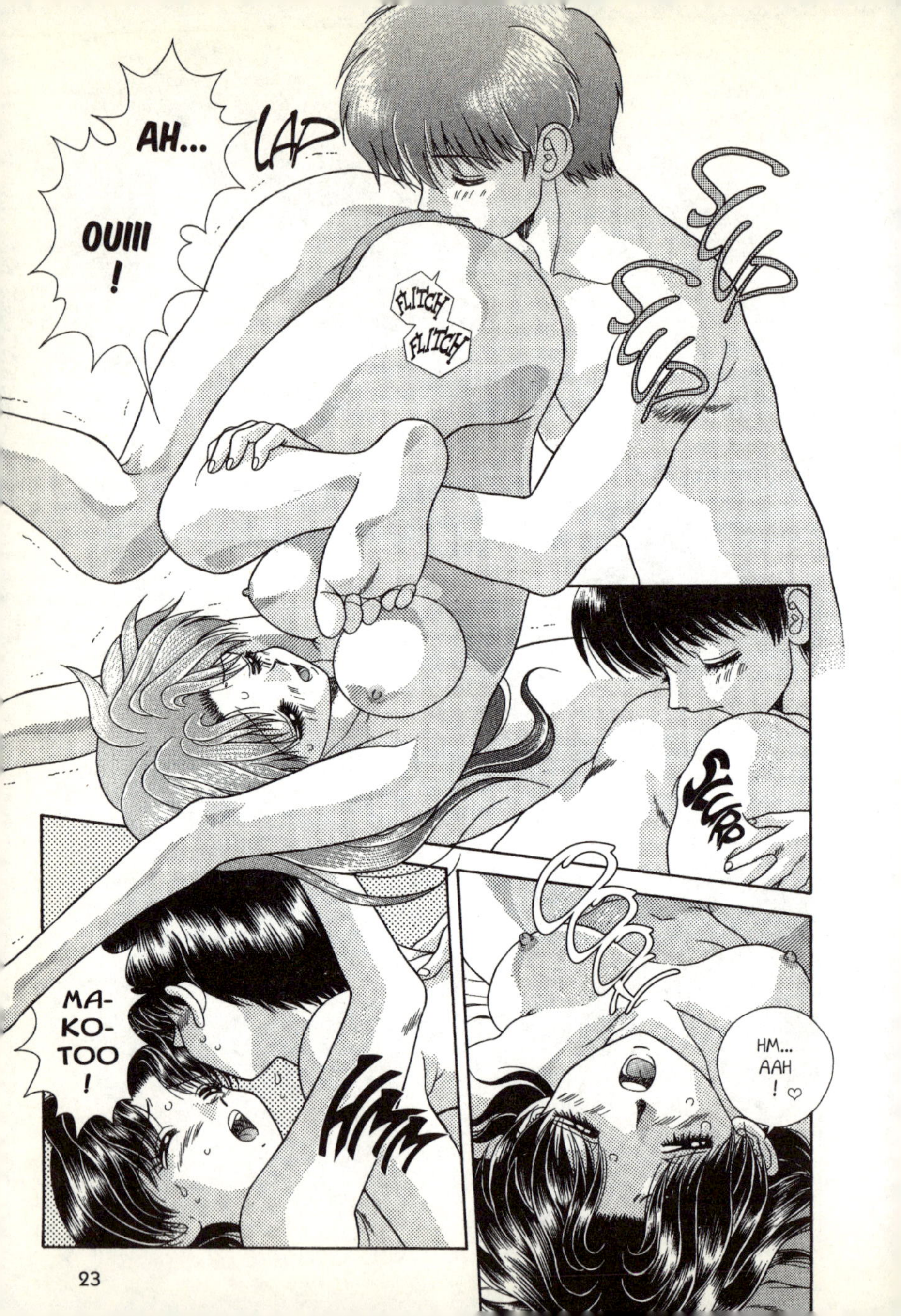
AH...
LAP
OUIII !
FLITCH FLITCH
SLURP
MA-KO-TOO !
HM... AAH ! ♡

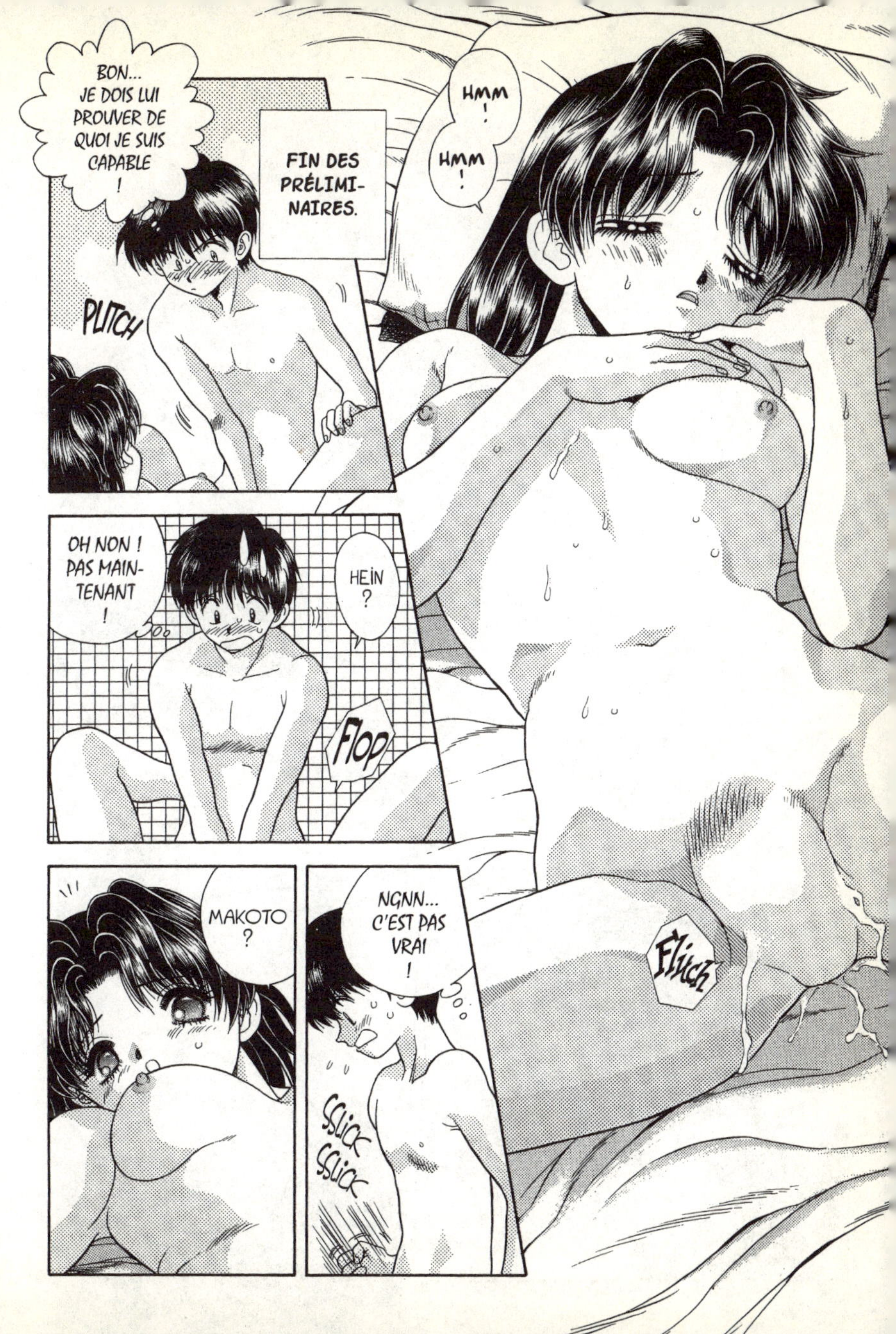
BON... JE DOIS LUI PROUVER DE QUOI JE SUIS CAPABLE !
FIN DES PRÉLIMINAIRES.
HMM !
HMM !
PLITCH
OH NON ! PAS MAINTENANT !
HEIN ?
FLOP
MAKOTO ?
NGNN... C'EST PAS VRAI !
FLICH
SSLICK SSLICK

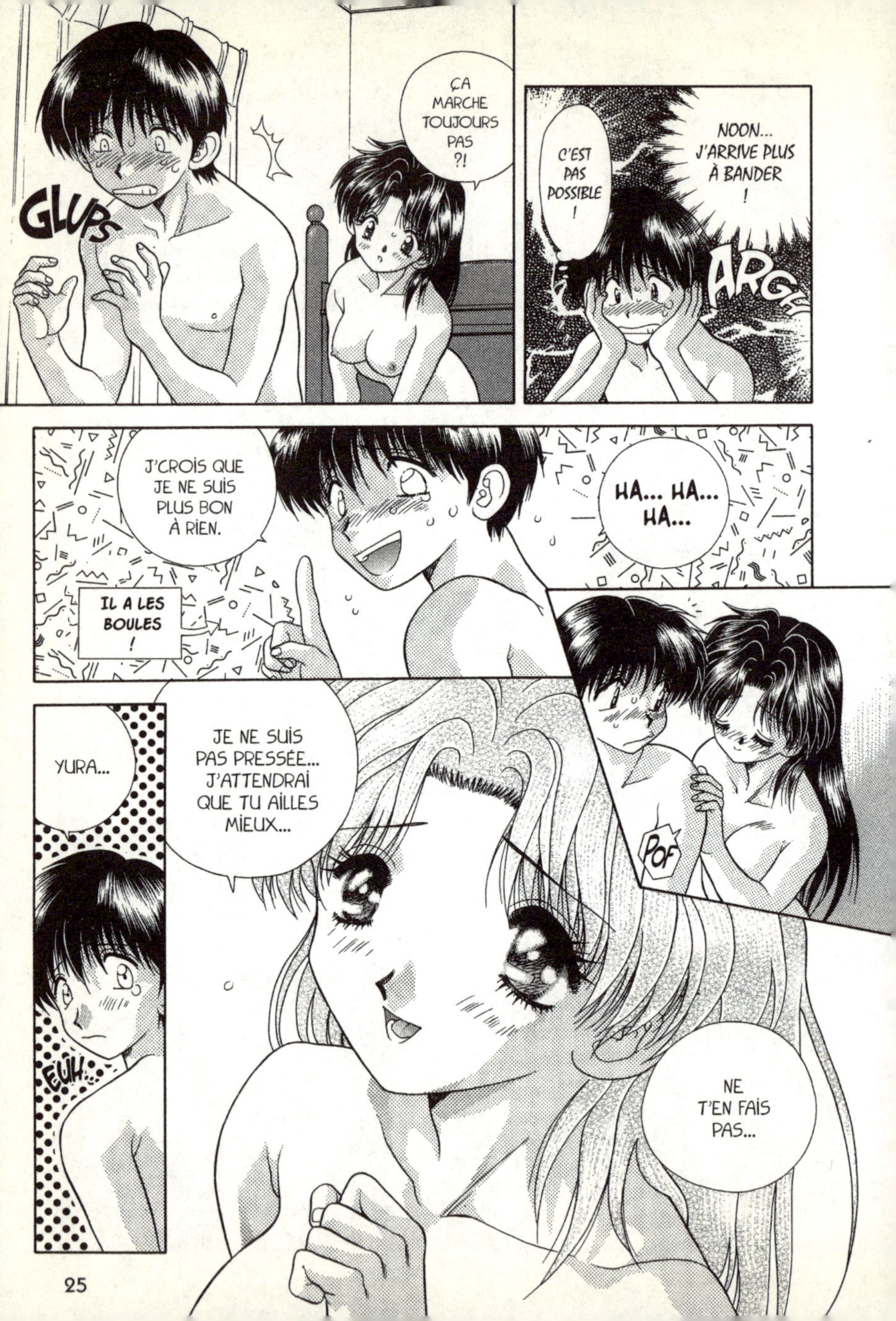
GLUPS
ÇA MARCHE TOUJOURS PAS ?!
C'EST PAS POSSIBLE !
NOON... J'ARRIVE PLUS À BANDER !
ARGH
J'CROIS QUE JE NE SUIS PLUS BON À RIEN.
IL A LES BOULES !
HA... HA... HA...
POF
YURA...
EUH...
JE NE SUIS PAS PRESSÉE... J'ATTENDRAI QUE TU AILLES MIEUX...
NE T'EN FAIS PAS...

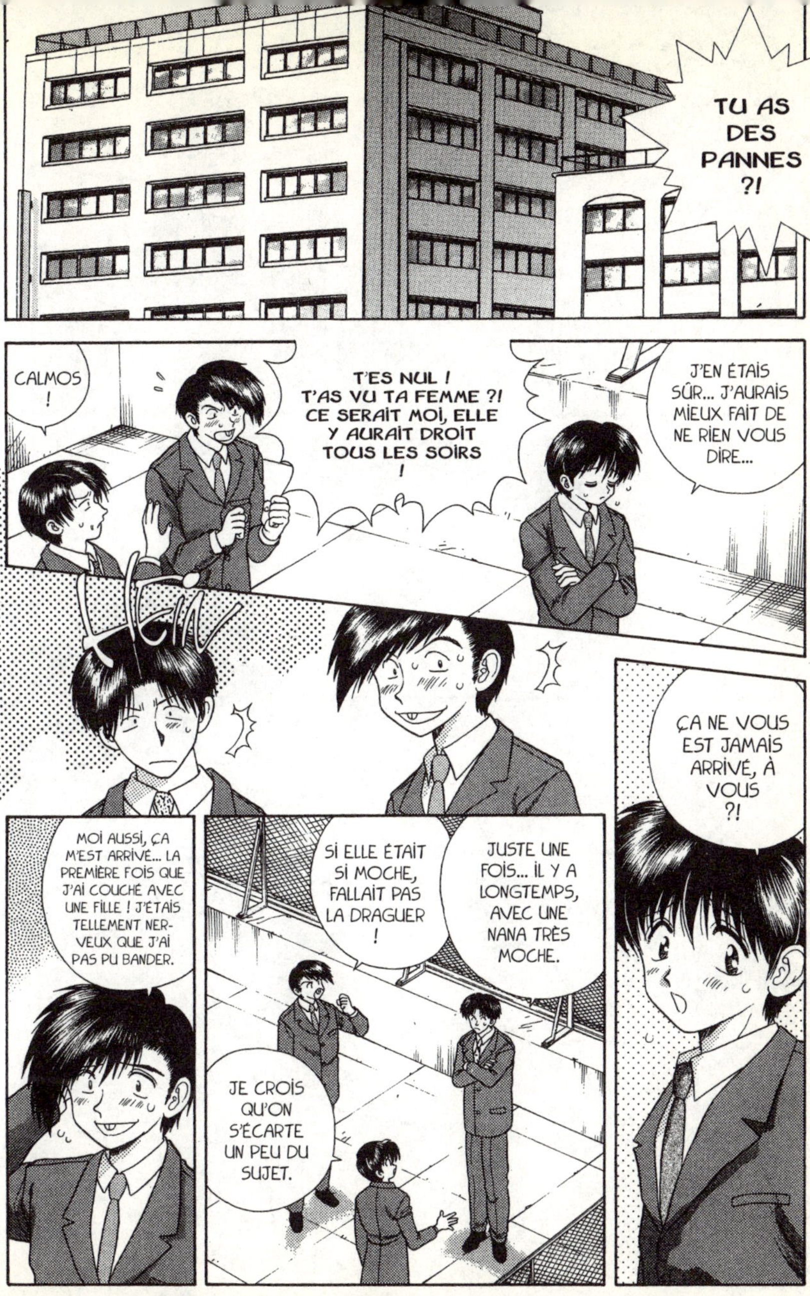
TU AS DES PANNES ?!
J'EN ÉTAIS SÛR... J'AURAIS MIEUX FAIT DE NE RIEN VOUS DIRE...
T'ES NUL ! T'AS VU TA FEMME ?! CE SERAIT MOI, ELLE Y AURAIT DROIT TOUS LES SOIRS !
CALMOS !
ÇA NE VOUS EST JAMAIS ARRIVÉ, À VOUS ?!
JUSTE UNE FOIS... IL Y A LONGTEMPS, AVEC UNE NANA TRÈS MOCHE.
SI ELLE ÉTAIT SI MOCHE, FALLAIT PAS LA DRAGUER !
JE CROIS QU'ON S'ÉCARTE UN PEU DU SUJET.
MOI AUSSI, ÇA M'EST ARRIVÉ... LA PREMIÈRE FOIS QUE J'AI COUCHÉ AVEC UNE FILLE ! J'ÉTAIS TELLEMENT NERVEUX QUE J'AI PAS PU BANDER.

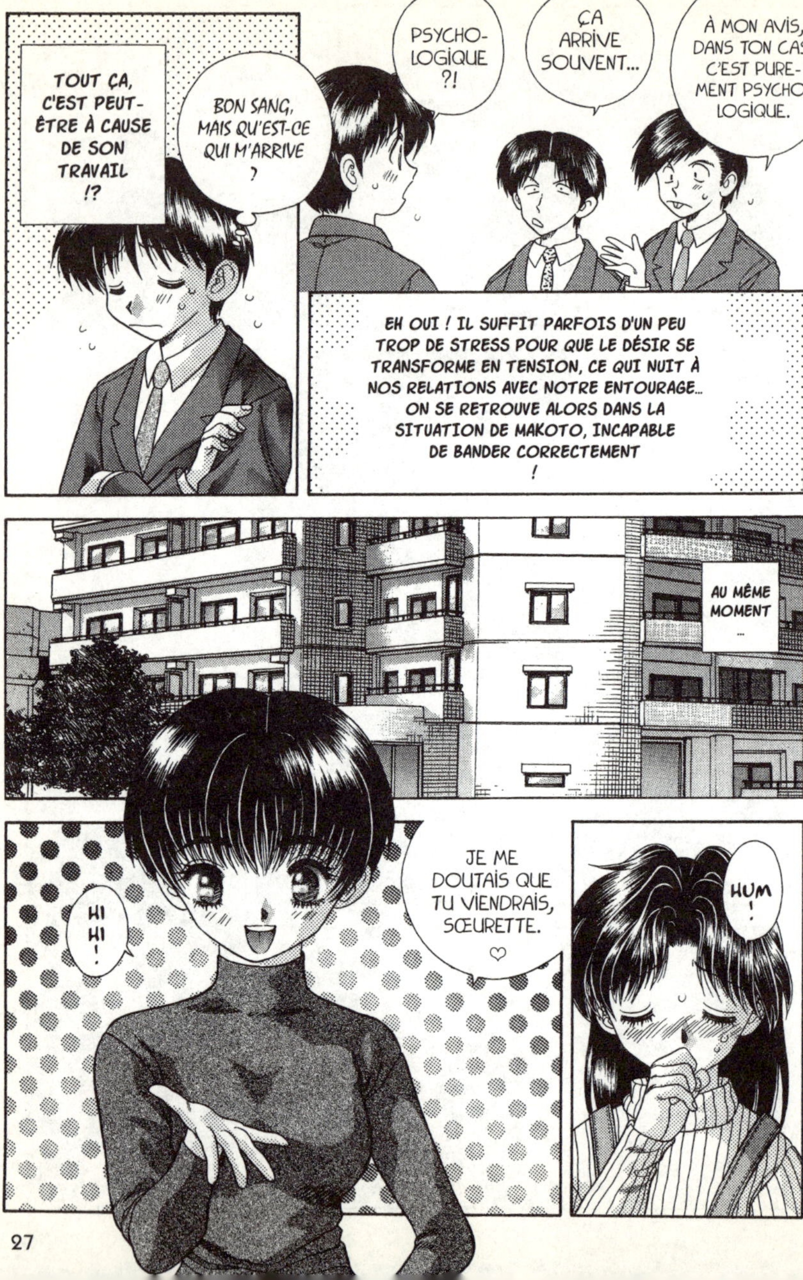
TOUT ÇA, C'EST PEUT-ÊTRE À CAUSE DE SON TRAVAIL !?
BON SANG, MAIS QU'EST-CE QUI M'ARRIVE ?
PSYCHO-LOGIQUE ?!
ÇA ARRIVE SOUVENT...
À MON AVIS, DANS TON CAS, C'EST PURE-MENT PSYCHO-LOGIQUE.
EH OUI ! IL SUFFIT PARFOIS D'UN PEU TROP DE STRESS POUR QUE LE DÉSIR SE TRANSFORME EN TENSION, CE QUI NUIT À NOS RELATIONS AVEC NOTRE ENTOURAGE... ON SE RETROUVE ALORS DANS LA SITUATION DE MAKOTO, INCAPABLE DE BANDER CORRECTEMENT !
AU MÊME MOMENT ...
HUM !
JE ME DOUTAIS QUE TU VIENDRAIS, SŒURETTE. ♡
HI HI !

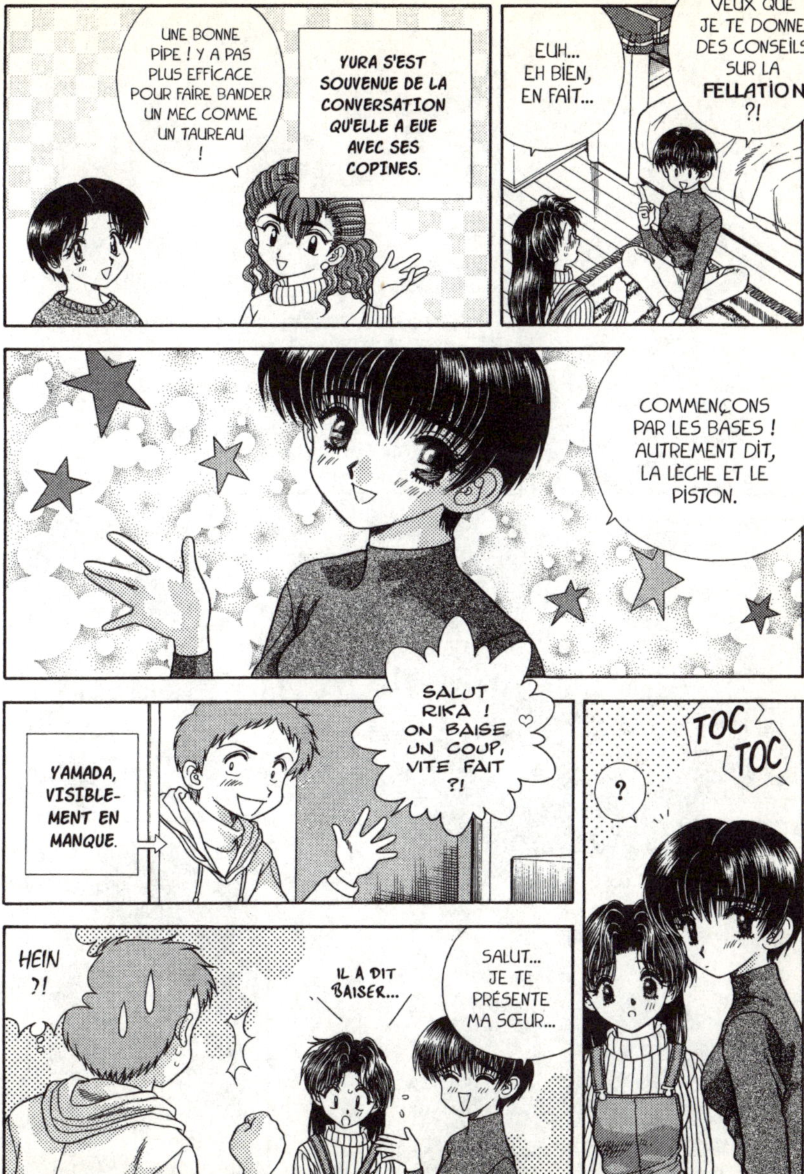
TU VEUX QUE JE TE DONNE DES CONSEILS SUR LA **FELLATION** ?!
EUH... EH BIEN, EN FAIT...
UNE BONNE PIPE ! Y A PAS PLUS EFFICACE POUR FAIRE BANDER UN MEC COMME UN TAUREAU !
YURA S'EST SOUVENUE DE LA CONVERSATION QU'ELLE A EUE AVEC SES COPINES.
COMMENÇONS PAR LES BASES ! AUTREMENT DIT, LA LÈCHE ET LE PISTON.
TOC TOC
?
SALUT RIKA ! ON BAISE UN COUP, VITE FAIT ?!
YAMADA, VISIBLEMENT EN MANQUE.
SALUT... JE TE PRÉSENTE MA SŒUR...
IL A DIT BAISER...
HEIN ?!

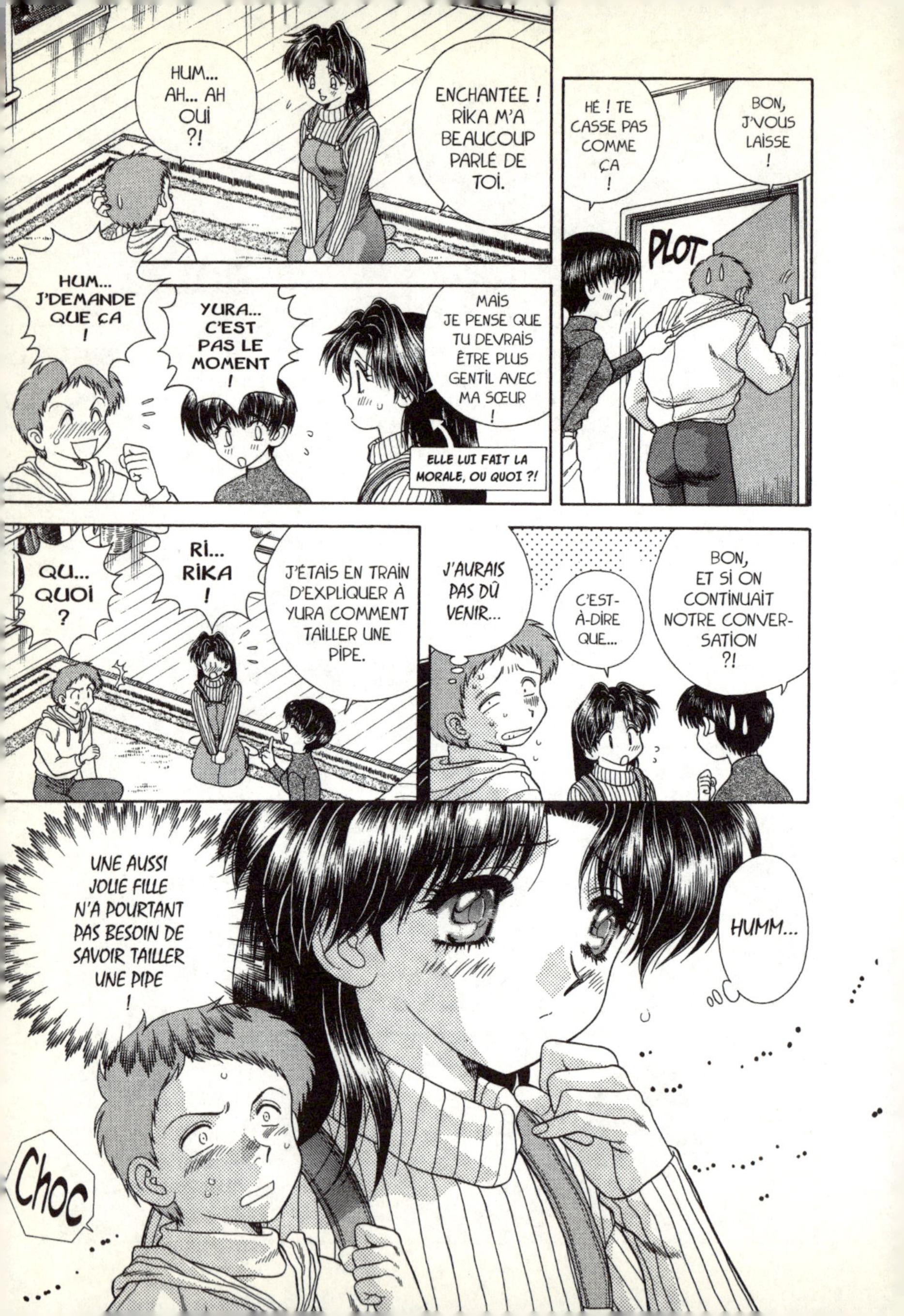
BON, J'VOUS LAISSE !
HÉ ! TE CASSE PAS COMME ÇA !
PLOT
ENCHANTÉE ! RİKA M'A BEAUCOUP PARLÉ DE TOI.
HUM... AH... AH OUI ?!
MAIS JE PENSE QUE TU DEVRAIS ÊTRE PLUS GENTIL AVEC MA SŒUR !
ELLE LUI FAIT LA MORALE, OU QUOI ?!
YURA... C'EST PAS LE MOMENT !
HUM... J'DEMANDE QUE ÇA !
BON, ET SI ON CONTINUAIT NOTRE CONVERSATION ?!
C'EST-À-DIRE QUE...
J'AURAIS PAS DÛ VENIR...
J'ÉTAIS EN TRAIN D'EXPLIQUER À YURA COMMENT TAILLER UNE PIPE.
RI... RIKA !
QU... QUOI ?
HUMM...
UNE AUSSI JOLIE FILLE N'A POURTANT PAS BESOIN DE SAVOIR TAILLER UNE PIPE !
Choc

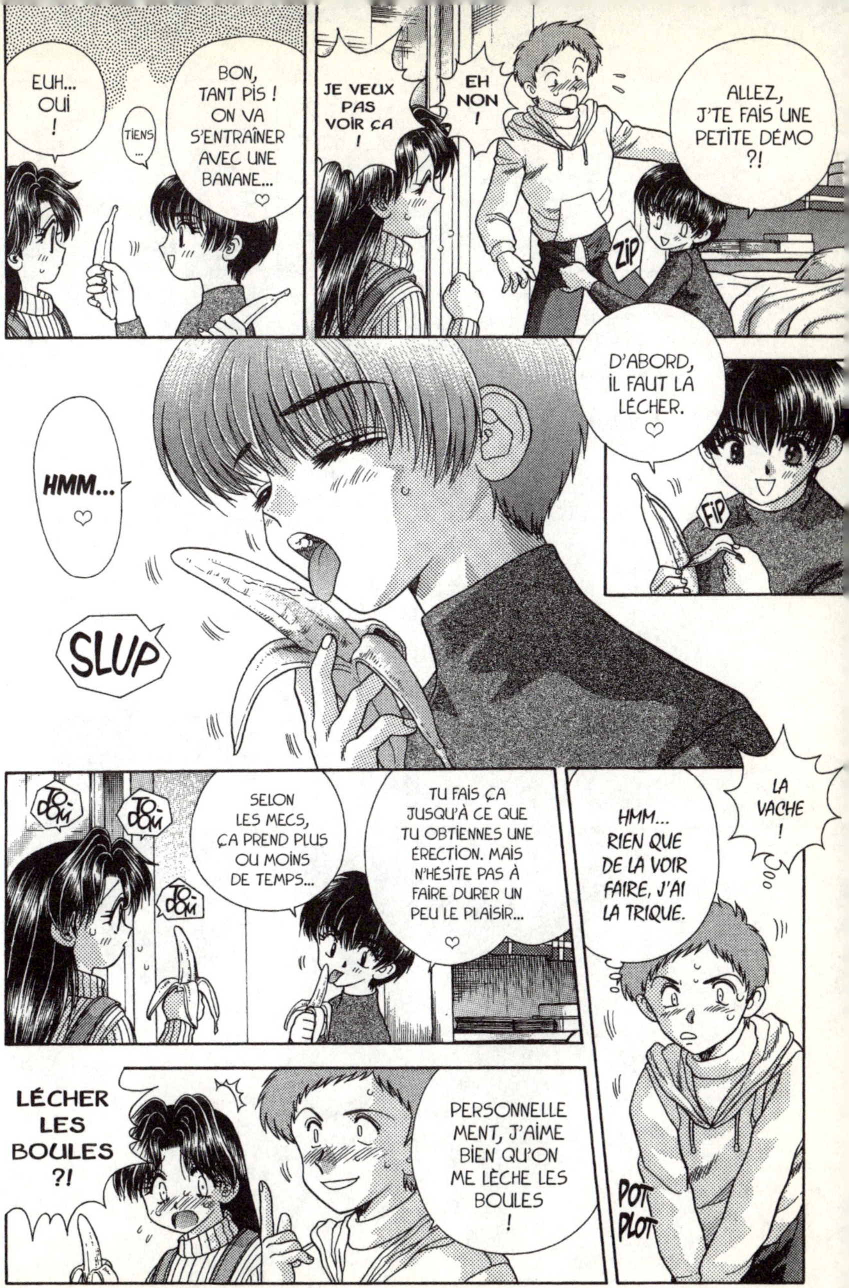
EUH... OUI !
TIENS...
BON, TANT PIS ! ON VA S'ENTRAÎNER AVEC UNE BANANE... ♡
JE VEUX PAS VOIR ÇA !
EH NON !
ALLEZ, J'TE FAIS UNE PETITE DÉMO ?!
ZIP
D'ABORD, IL FAUT LA LÉCHER. ♡
FIP
HMM... ♡
SLUP
TO-DOM
TO-DOM
TO-DOM
SELON LES MECS, ÇA PREND PLUS OU MOINS DE TEMPS...
TU FAIS ÇA JUSQU'À CE QUE TU OBTIENNES UNE ÉRECTION. MAIS N'HÉSITE PAS À FAIRE DURER UN PEU LE PLAISIR... ♡
HMM... RIEN QUE DE LA VOIR FAIRE, J'AI LA TRIQUE.
LA VACHE !
LÉCHER LES BOULES ?!
PERSONNELLE MENT, J'AIME BIEN QU'ON ME LÈCHE LES BOULES !
POT PLOT

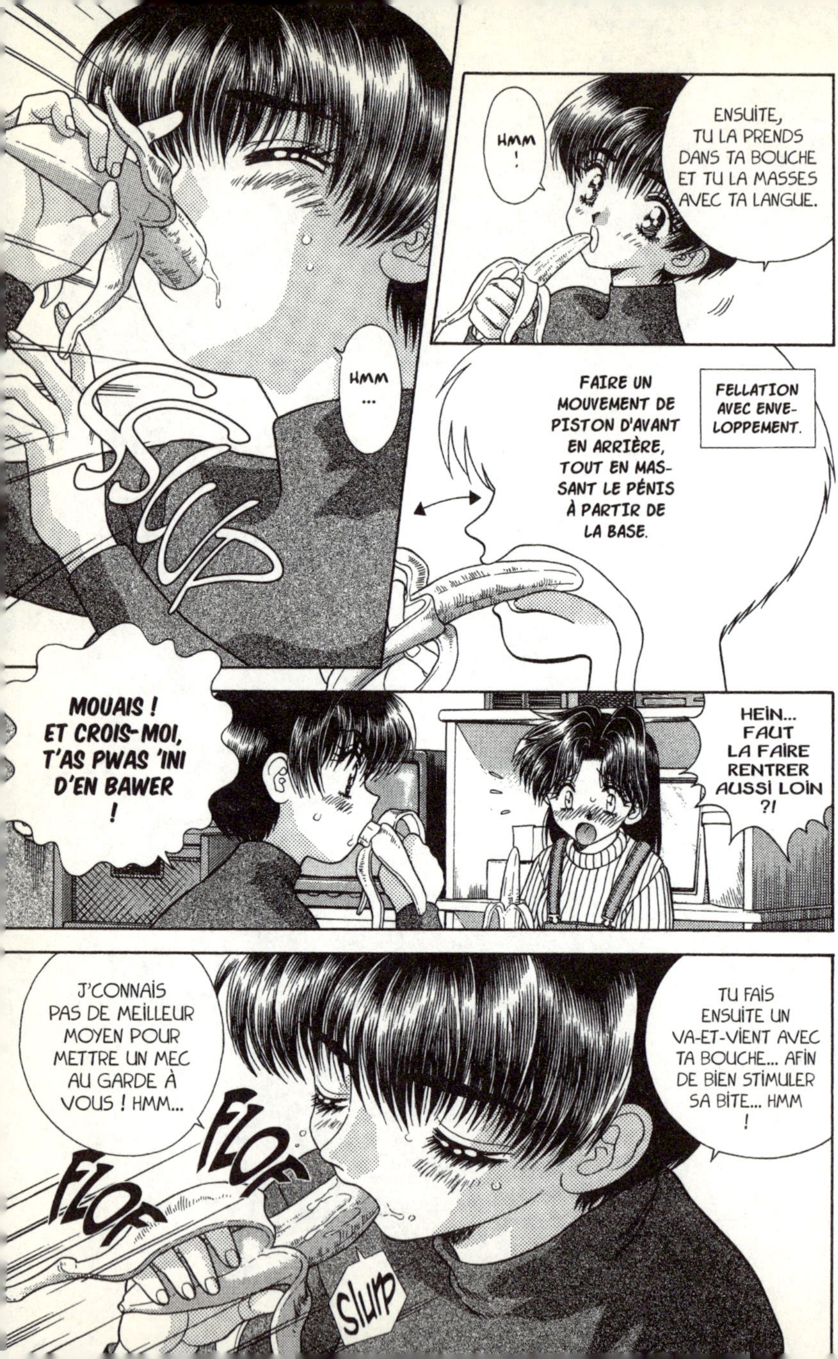
HMM !
ENSUITE, TU LA PRENDS DANS TA BOUCHE ET TU LA MASSES AVEC TA LANGUE.
HMM ...
SSLUP
FELLATION AVEC ENVE-LOPPEMENT.
FAIRE UN MOUVEMENT DE PISTON D'AVANT EN ARRIÈRE, TOUT EN MAS-SANT LE PÉNIS À PARTIR DE LA BASE.
MOUAIS ! ET CROIS-MOI, T'AS PWAS 'INI D'EN BAWER !
HEIN... FAUT LA FAIRE RENTRER AUSSI LOIN ?!
J'CONNAIS PAS DE MEILLEUR MOYEN POUR METTRE UN MEC AU GARDE À VOUS ! HMM...
TU FAIS ENSUITE UN VA-ET-VIENT AVEC TA BOUCHE... AFIN DE BIEN STIMULER SA BITE... HMM !
FLOF
FLOF
FLOF
slurp

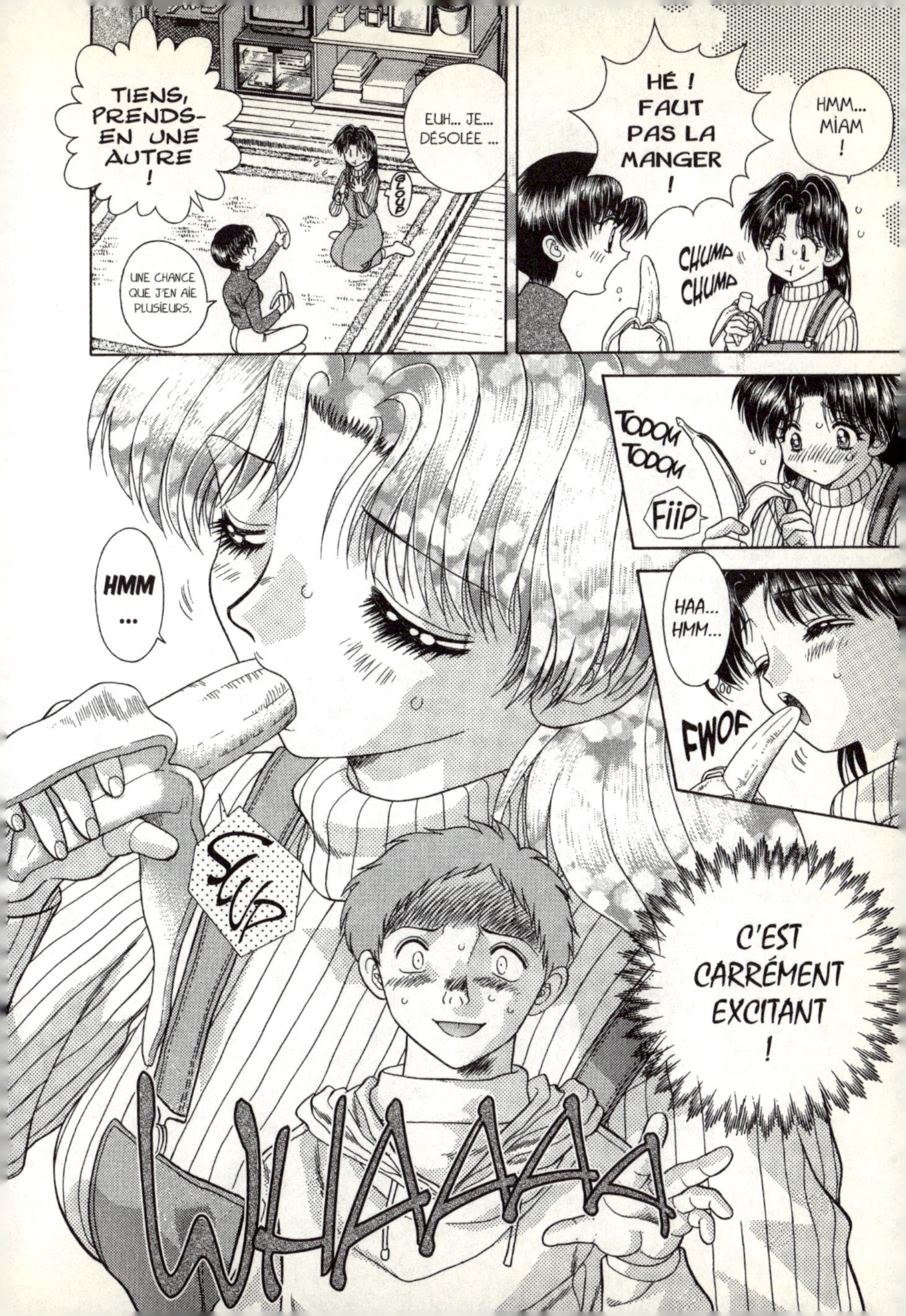
HMM... MIAM !
CHUMP CHUMP
HÉ ! FAUT PAS LA MANGER !
GLOUP
EUH... JE... DÉSOLÉE ...
TIENS, PRENDS-EN UNE AUTRE !
UNE CHANCE QUE J'EN AIE PLUSIEURS.
TODOM TODOM
FIIP
HAA... HMM...
FWOF
HMM ...
C'EST CARRÉMENT EXCITANT !
WHAAAA

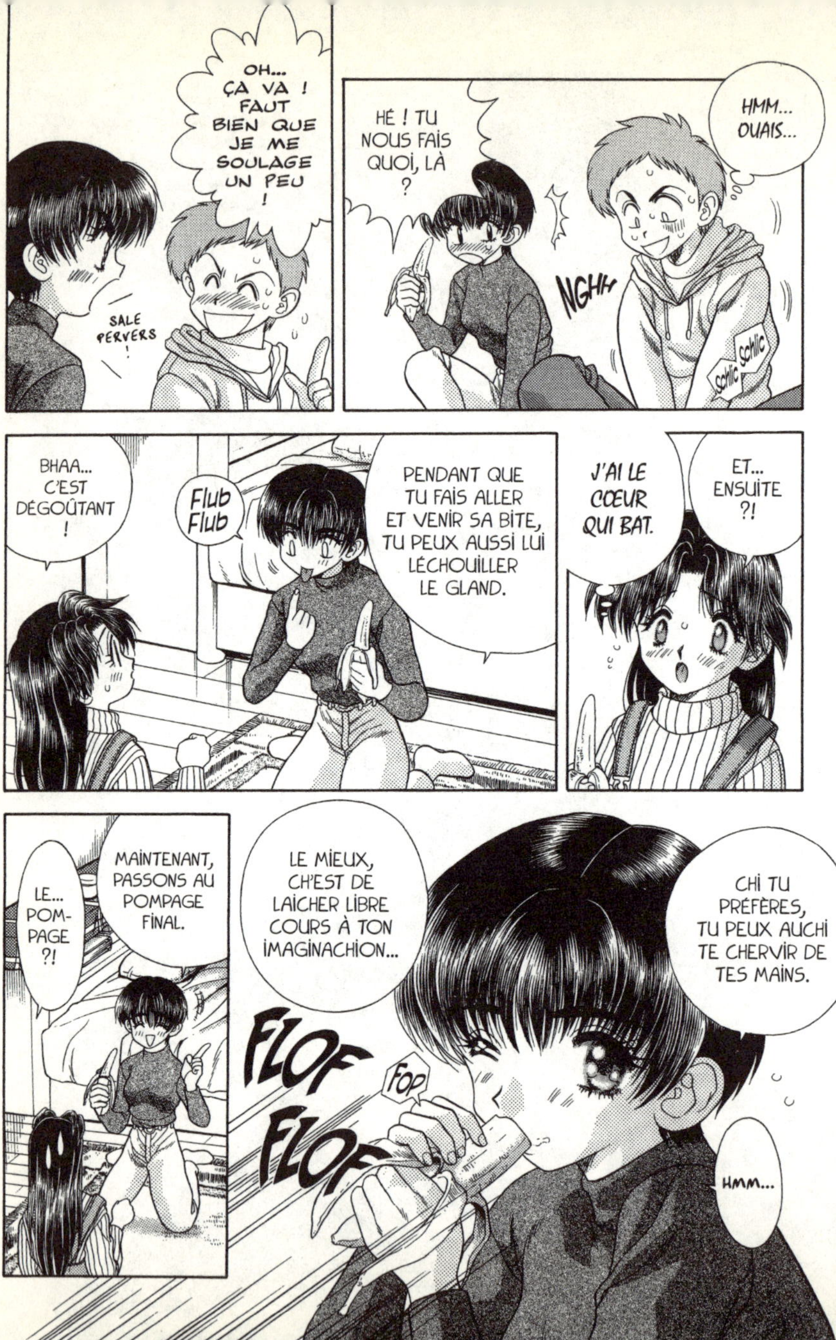
SALE PERVERS !
OH... ÇA VA ! FAUT BIEN QUE JE ME SOULAGE UN PEU !
HÉ ! TU NOUS FAIS QUOI, LÀ ?
NGHH
Schlic Schlic
HMM... OUAIS...
BHAA... C'EST DÉGOÛTANT !
Flub Flub
PENDANT QUE TU FAIS ALLER ET VENIR SA BITE, TU PEUX AUSSI LUI LÉCHOUILLER LE GLAND.
J'AI LE CŒUR QUI BAT.
ET... ENSUITE ?!
MAINTENANT, PASSONS AU POMPAGE FINAL.
LE... POMPAGE ?!
LE MIEUX, CH'EST DE LAICHER LIBRE COURS À TON IMAGINACHION...
CHI TU PRÉFÈRES, TU PEUX AUCHI TE CHERVIR DE TES MAINS.
FLOF
FOP
FLOF
HMM...

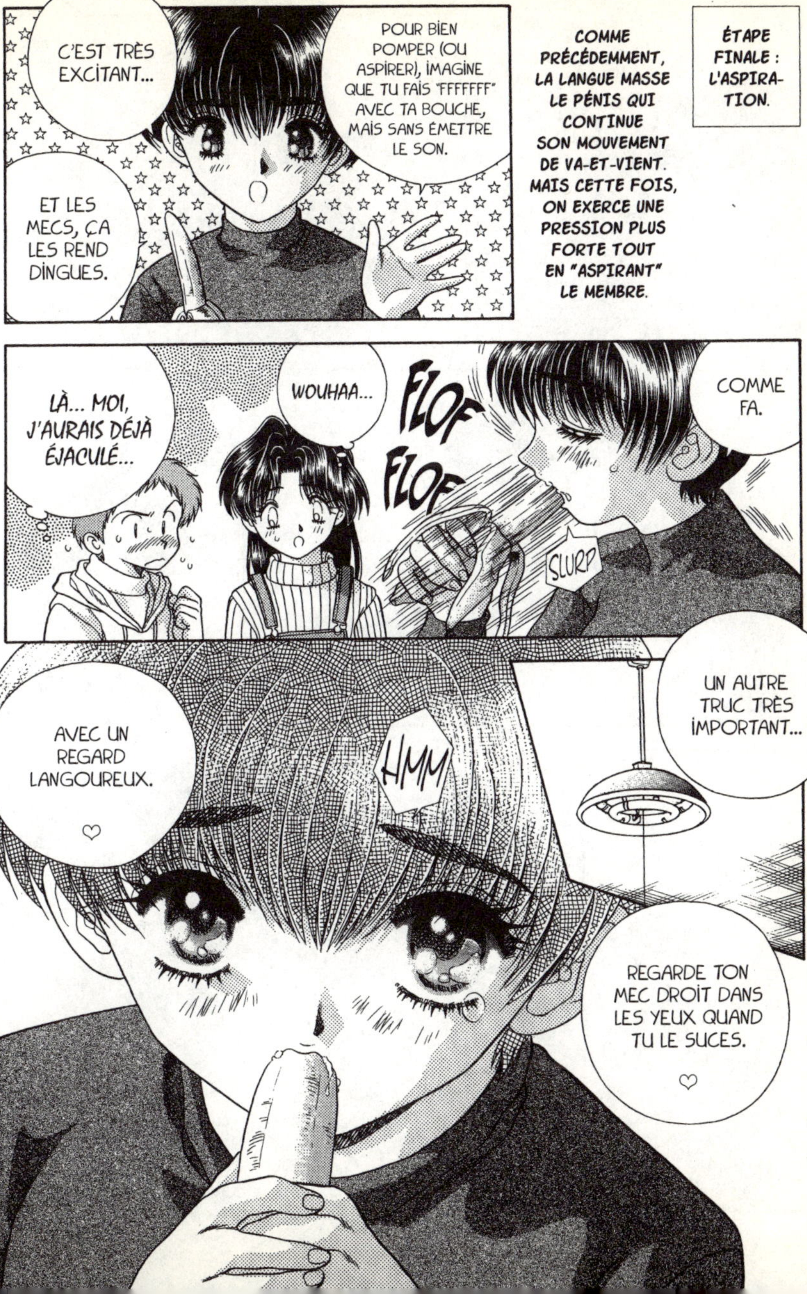
ÉTAPE FINALE : L'ASPIRATION.
COMME PRÉCÉDEMMENT, LA LANGUE MASSE LE PÉNIS QUI CONTINUE SON MOUVEMENT DE VA-ET-VIENT. MAIS CETTE FOIS, ON EXERCE UNE PRESSION PLUS FORTE TOUT EN "ASPIRANT" LE MEMBRE.
POUR BIEN POMPER (OU ASPIRER), IMAGINE QUE TU FAIS "FFFFFFF" AVEC TA BOUCHE, MAIS SANS ÉMETTRE LE SON.
C'EST TRÈS EXCITANT...
ET LES MECS, ÇA LES REND DINGUES.
COMME FA.
FLOF FLOF
SLURP
WOUHAA...
LÀ... MOI, J'AURAIS DÉJÀ ÉJACULÉ...
UN AUTRE TRUC TRÈS IMPORTANT...
HMM
AVEC UN REGARD LANGOUREUX. ♡
REGARDE TON MEC DROIT DANS LES YEUX QUAND TU LE SUCES. ♡

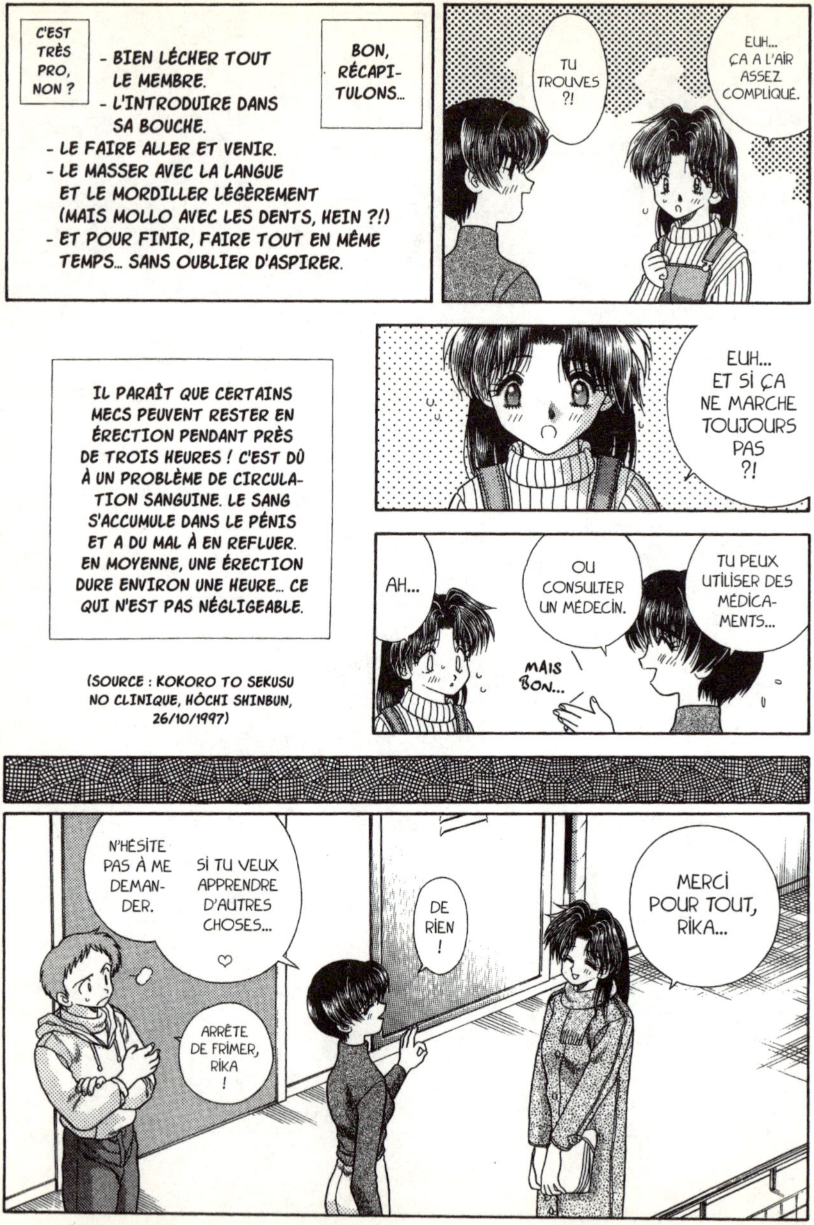
EUH... ÇA A L'AIR ASSEZ COMPLIQUÉ.
TU TROUVES ?!
BON, RÉCAPITULONS...
- BIEN LÉCHER TOUT LE MEMBRE.
- L'INTRODUIRE DANS SA BOUCHE.
- LE FAIRE ALLER ET VENIR.
- LE MASSER AVEC LA LANGUE ET LE MORDILLER LÉGÈREMENT (MAIS MOLLO AVEC LES DENTS, HEIN ?!)
- ET POUR FINIR, FAIRE TOUT EN MÊME TEMPS... SANS OUBLIER D'ASPIRER.
C'EST TRÈS PRO, NON ?
EUH... ET SI ÇA NE MARCHE TOUJOURS PAS ?!
IL PARAÎT QUE CERTAINS MECS PEUVENT RESTER EN ÉRECTION PENDANT PRÈS DE TROIS HEURES ! C'EST DÛ À UN PROBLÈME DE CIRCULATION SANGUINE. LE SANG S'ACCUMULE DANS LE PÉNIS ET A DU MAL À EN REFLUER. EN MOYENNE, UNE ÉRECTION DURE ENVIRON UNE HEURE... CE QUI N'EST PAS NÉGLIGEABLE.
(SOURCE : KOKORO TO SEKUSU NO CLINIQUE, HÔCHI SHINBUN, 26/10/1997)
TU PEUX UTILISER DES MÉDICAMENTS...
OU CONSULTER UN MÉDECIN.
MAIS BON...
AH...
MERCI POUR TOUT, RIKA...
DE RIEN !
SI TU VEUX APPRENDRE D'AUTRES CHOSES...
N'HÉSITE PAS À ME DEMANDER.
ARRÊTE DE FRIMER, RIKA !

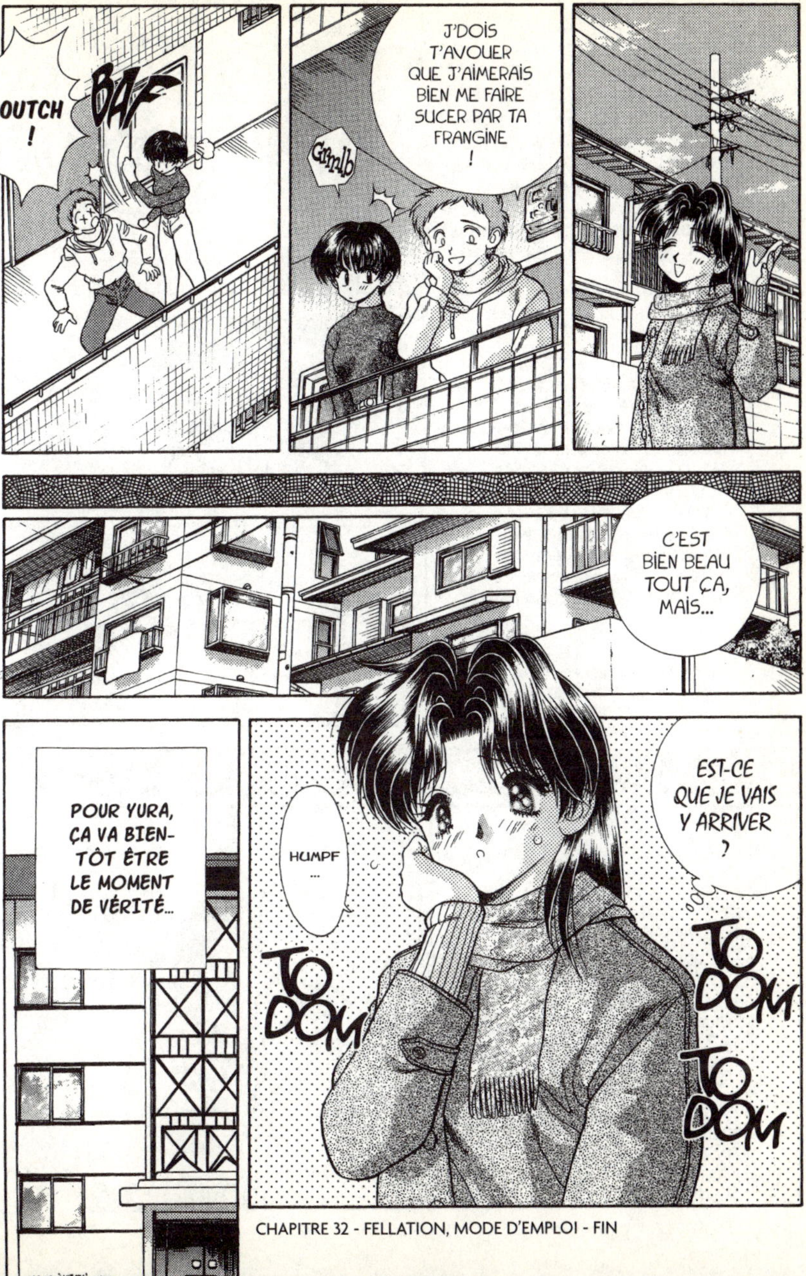

CHAPITRE 32 - FELLATION, MODE D'EMPLOI - FIN

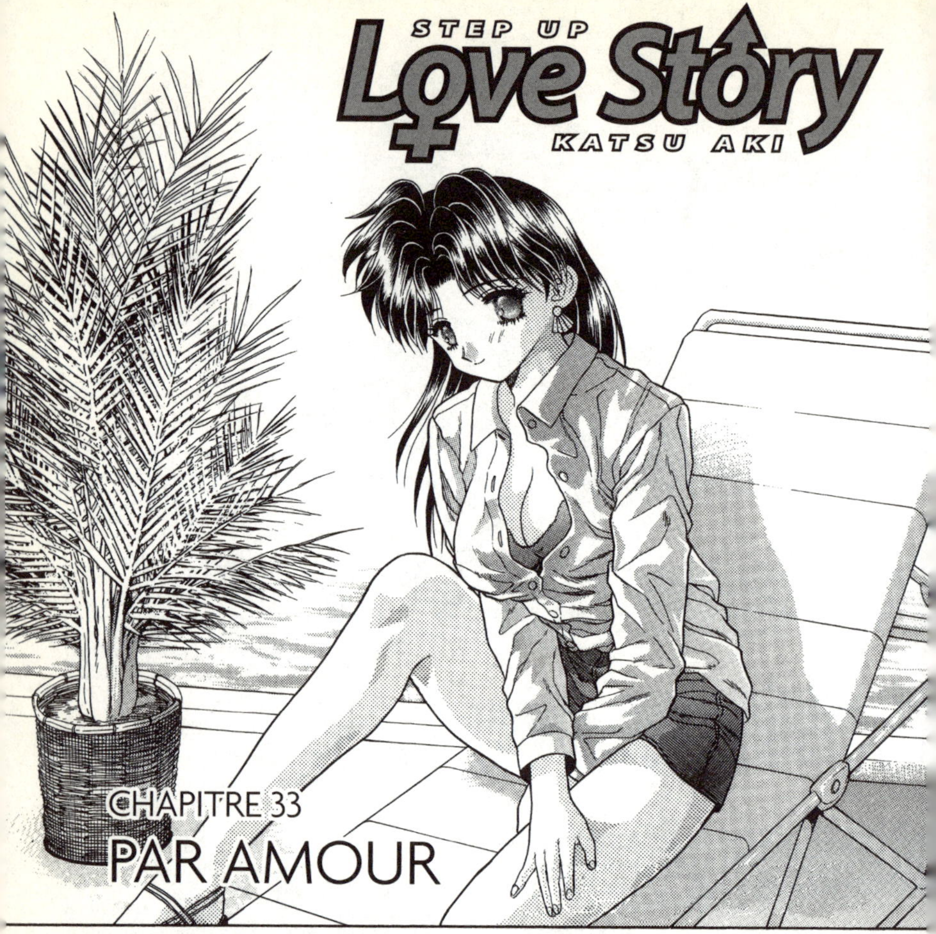
STEP UP
Love Story
KATSU AKI
CHAPITRE 33
PAR AMOUR

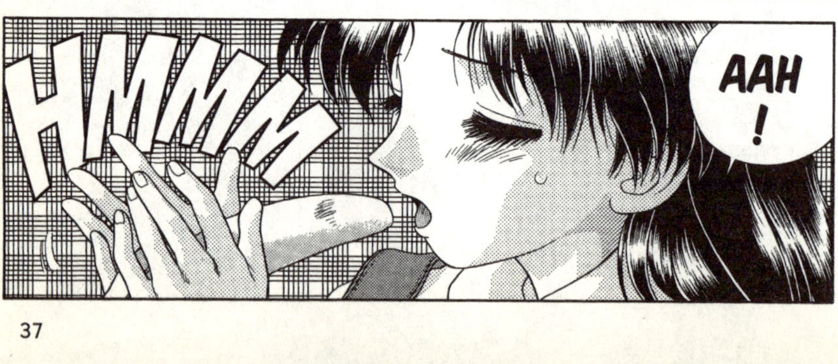
AAH !
HMMM

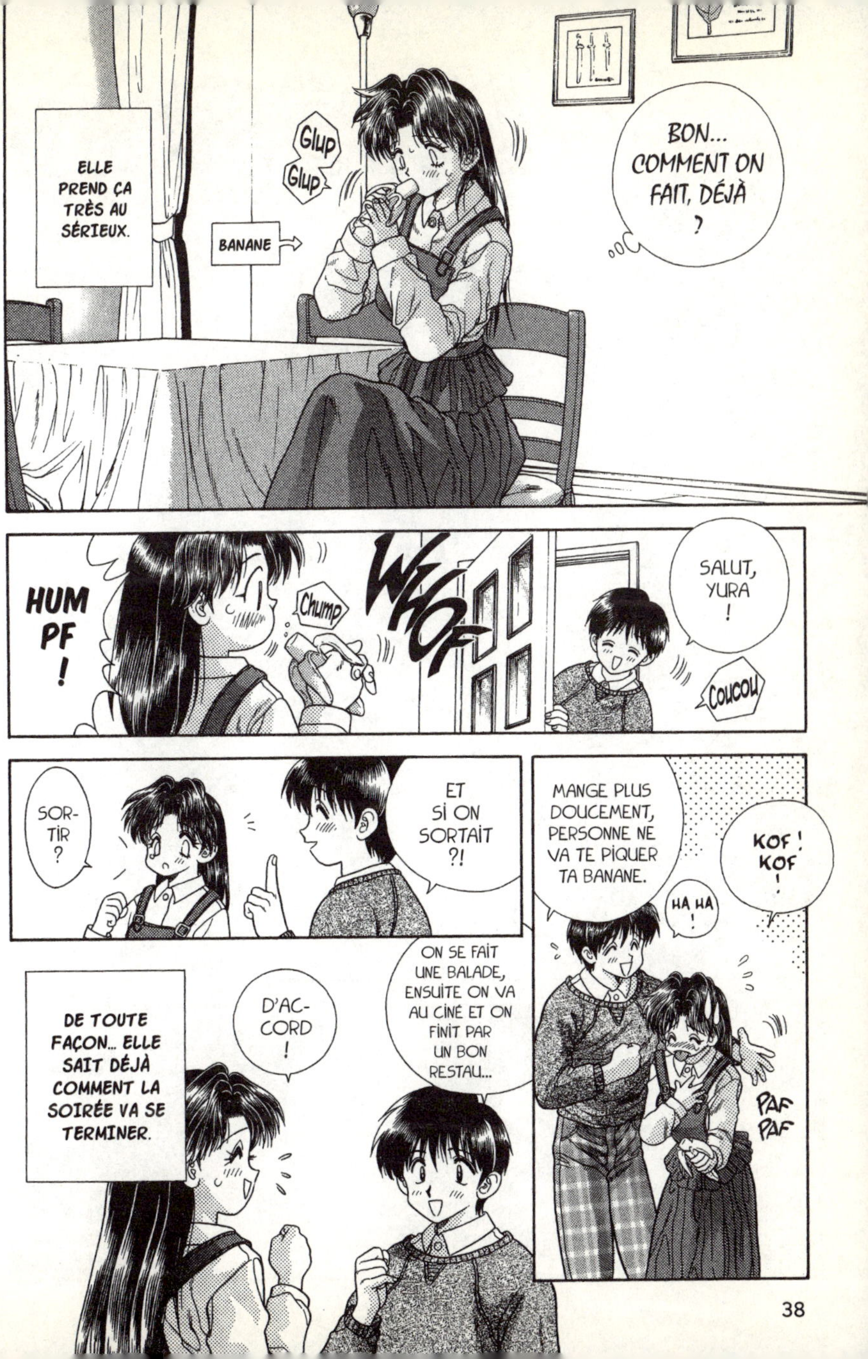

BON... COMMENT ON FAIT, DÉJÀ ?
ELLE PREND ÇA TRÈS AU SÉRIEUX.
Glup
Glup
BANANE
SALUT, YURA !
COUCOU
WHOF
Chump
HUMPF !
KOF ! KOF !
HA HA !
MANGE PLUS DOUCEMENT, PERSONNE NE VA TE PIQUER TA BANANE.
PAF PAF
ET SI ON SORTAIT ?!
SOR-TIR ?
ON SE FAIT UNE BALADE, ENSUITE ON VA AU CINÉ ET ON FINIT PAR UN BON RESTAU...
D'AC-CORD !
DE TOUTE FAÇON... ELLE SAIT DÉJÀ COMMENT LA SOIRÉE VA SE TERMINER.

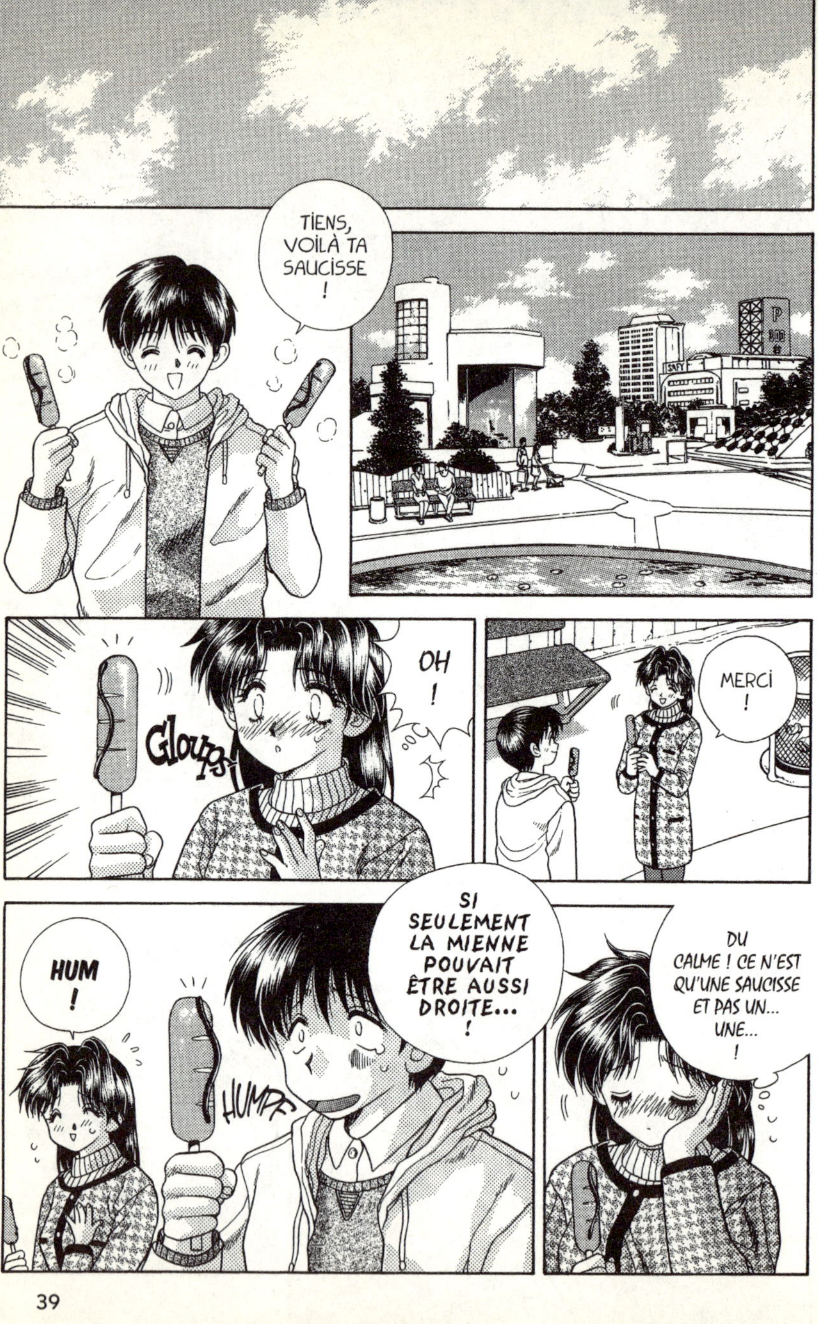
TIENS, VOILÀ TA SAUCISSE !
OH !
GLOUPS !
MERCI !
SI SEULEMENT LA MIENNE POUVAIT ÊTRE AUSSI DROITE... !
HUM !
HUMPF
DU CALME ! CE N'EST QU'UNE SAUCISSE ET PAS UN... UNE... !

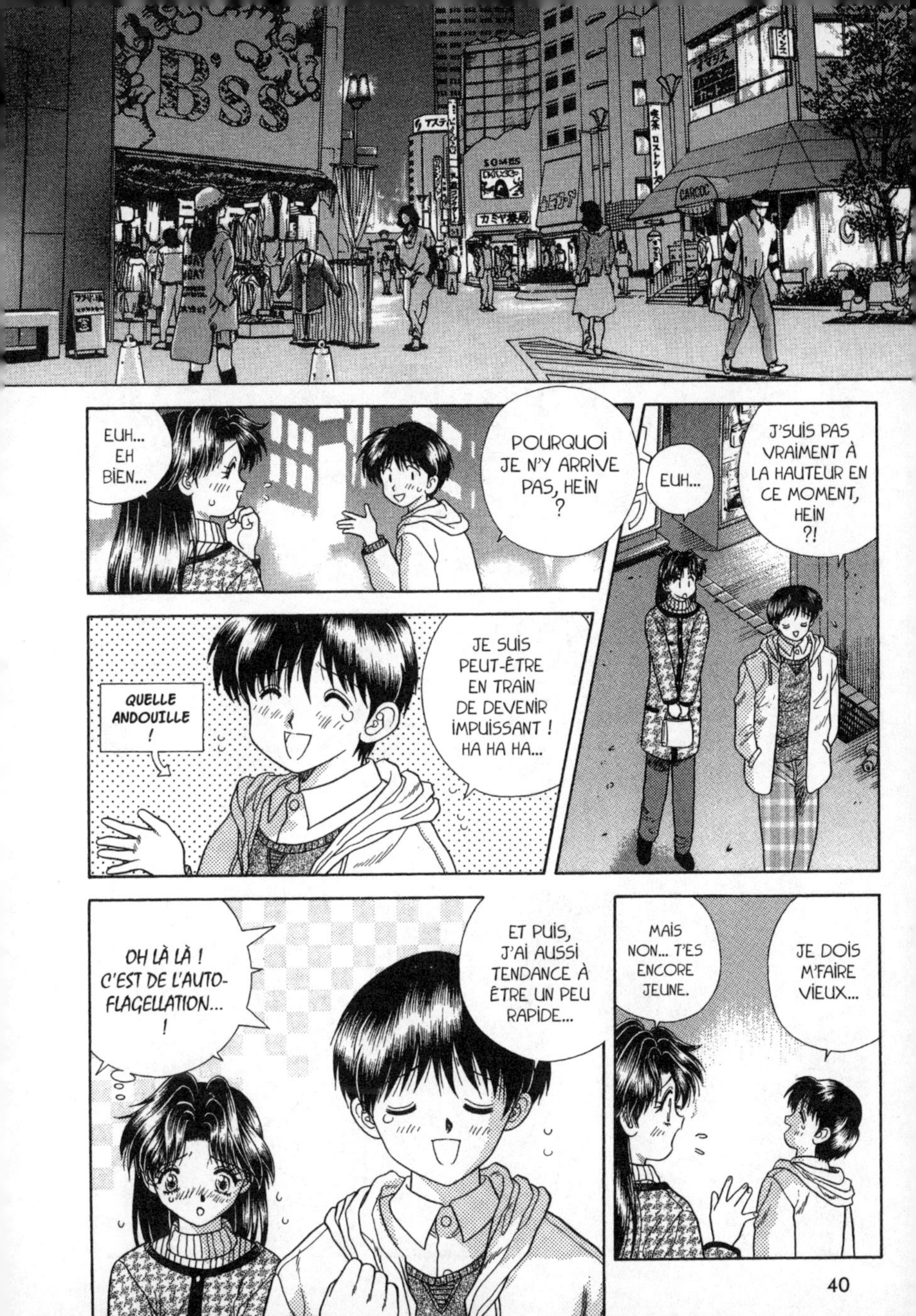
J'SUIS PAS VRAIMENT À LA HAUTEUR EN CE MOMENT, HEIN ?!
EUH...
POURQUOI JE N'Y ARRIVE PAS, HEIN ?
EUH... EH BIEN...
JE SUIS PEUT-ÊTRE EN TRAIN DE DEVENIR IMPUISSANT ! HA HA HA...
QUELLE ANDOUILLE !
JE DOIS M'FAIRE VIEUX...
MAIS NON... T'ES ENCORE JEUNE.
ET PUIS, J'AI AUSSI TENDANCE À ÊTRE UN PEU RAPIDE...
OH LÀ LÀ ! C'EST DE L'AUTO-FLAGELLATION... !

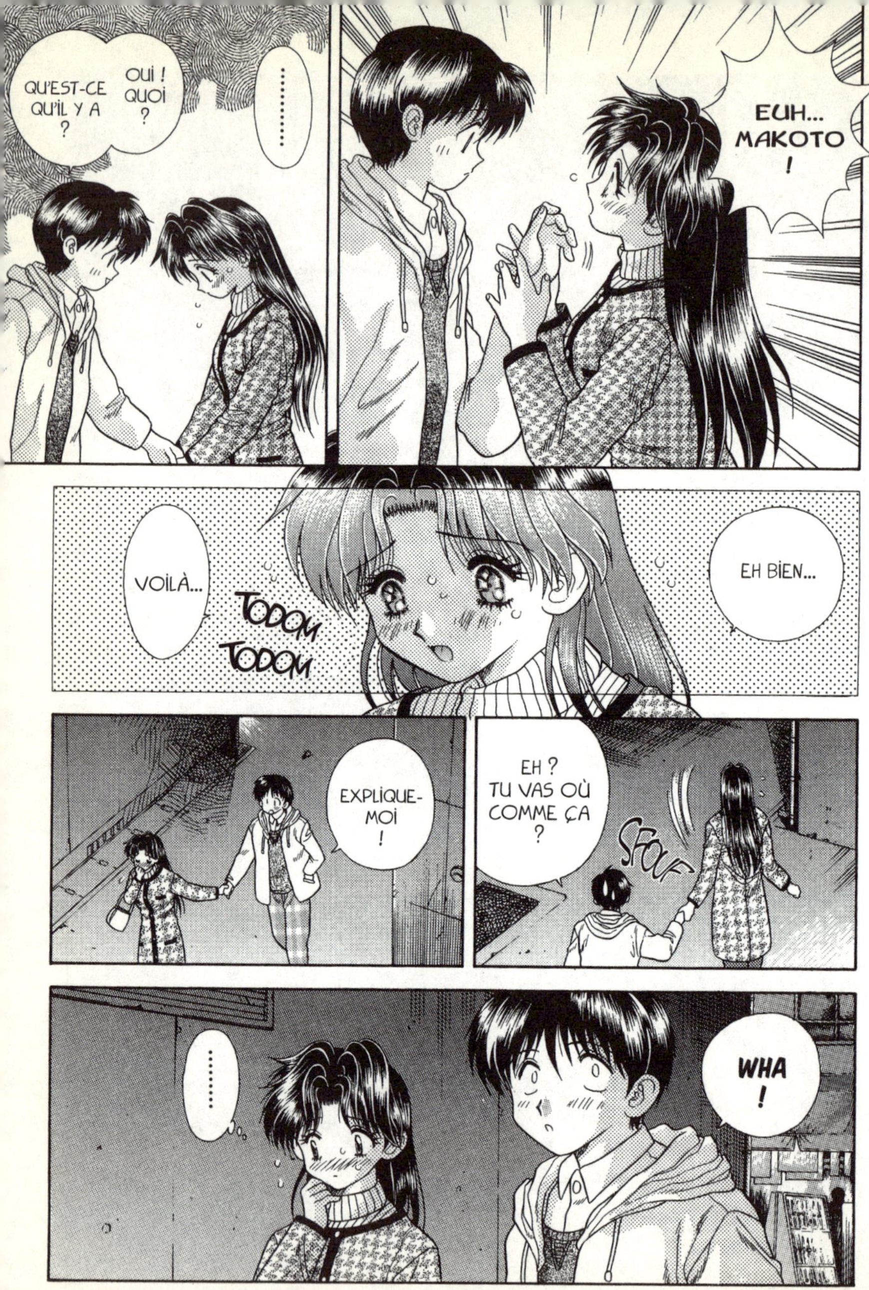
EUH... MAKOTO !
......
OUI ! QUOI ?
QU'EST-CE QU'IL Y A ?
EH BIEN...
VOILÀ...
TODOM TODOM
EH ? TU VAS OÙ COMME ÇA ?
SFOUF
EXPLIQUE-MOI !
WHA !
......

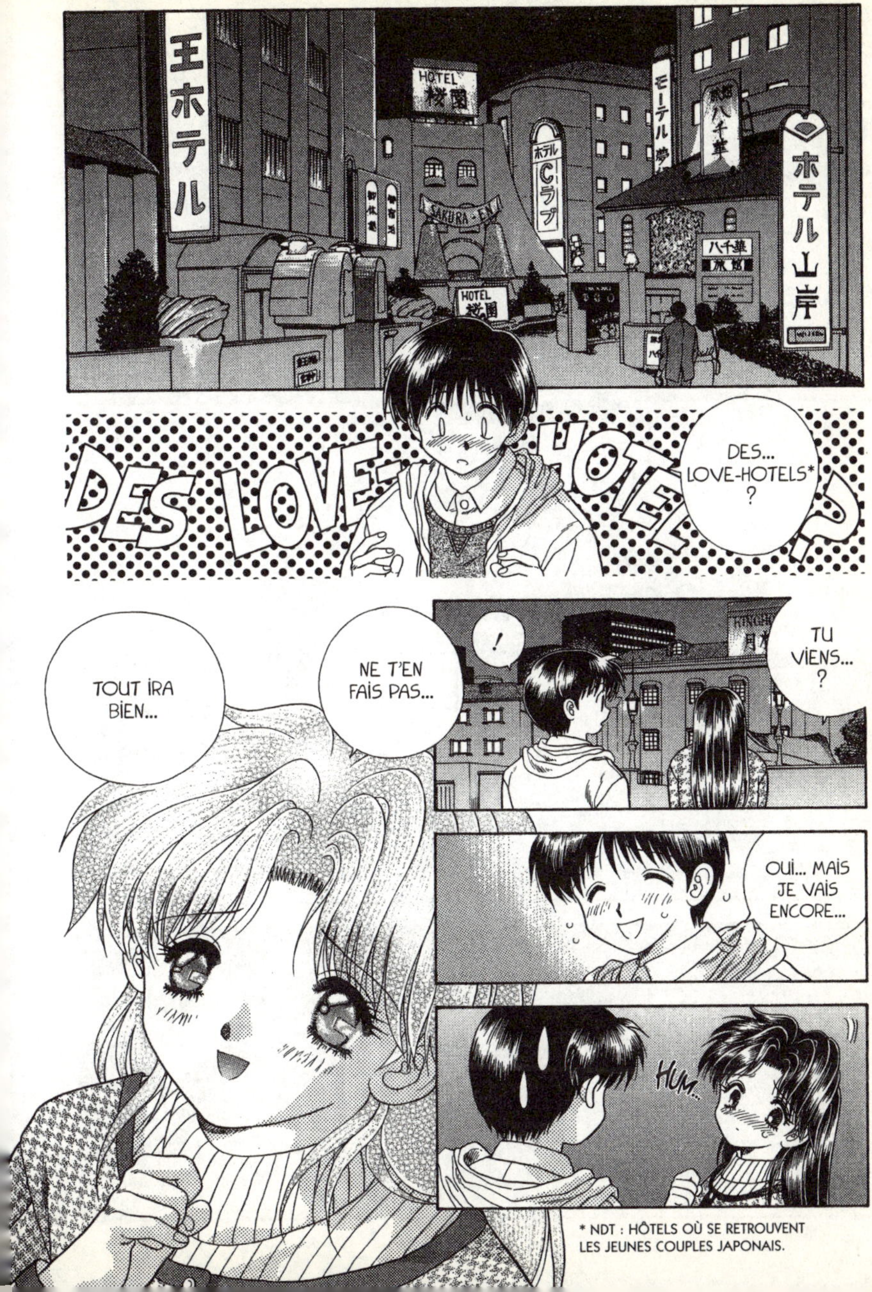

* NDT : HÔTELS OÙ SE RETROUVENT LES JEUNES COUPLES JAPONAIS.

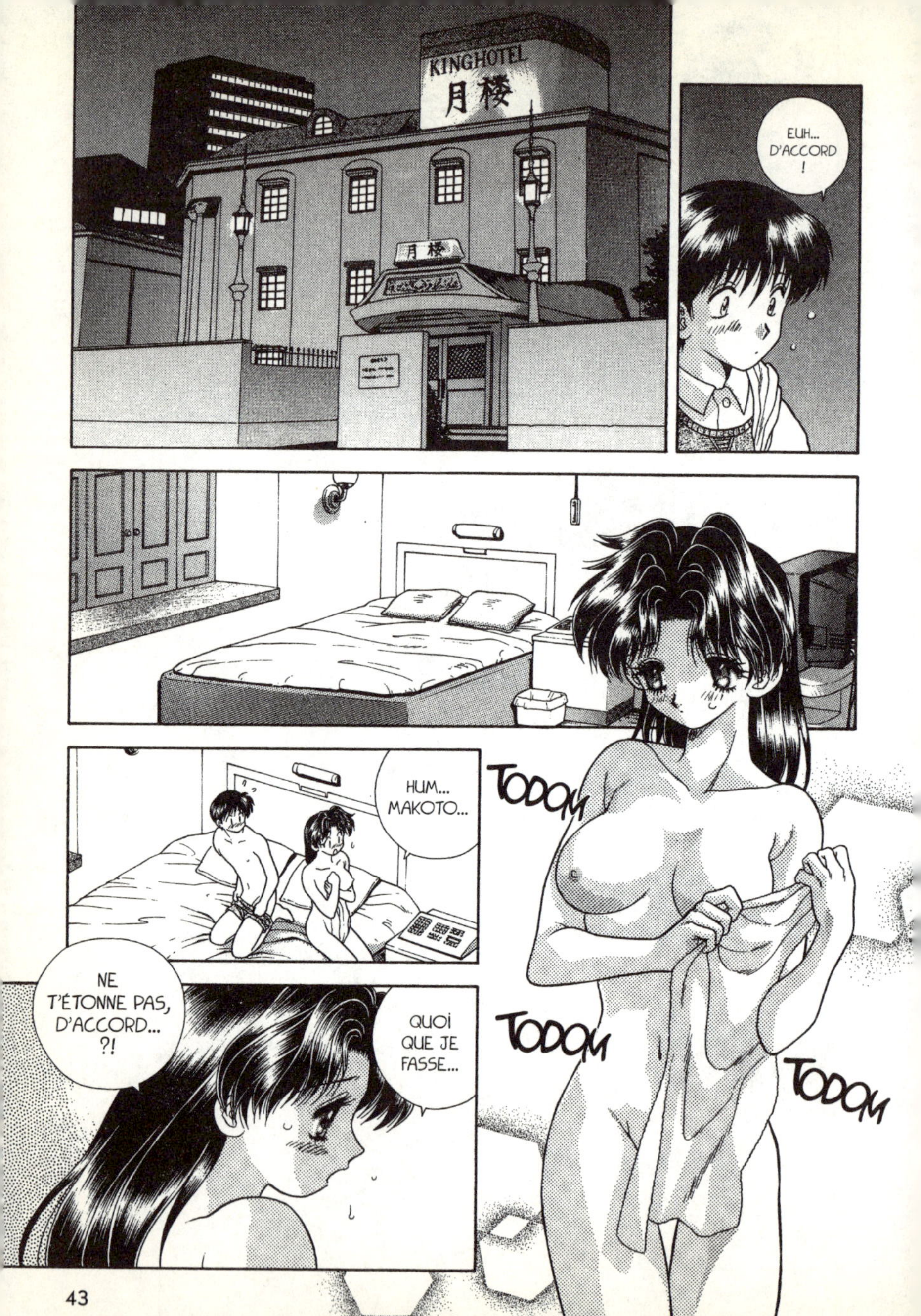
KINGHOTEL
月楼
月楼
EUH... D'ACCORD !
HUM... MAKOTO...
TODOM
QUOI QUE JE FASSE...
NE T'ÉTONNE PAS, D'ACCORD... ?!
TODOM
TODOM

!
CHOP
WHAA !
SWOF
LAISSE-MOI FAIRE !
OK !
J'AI HONTE !
MAIS J'AI ENVIE DE LE FAIRE POUR LUI !
J'AI QU'À FAIRE COMME SI C'ÉTAIT UNE BANANE...
?!

HMM... AAH...
WHAA AA !
GLOUP
SLUP
ELLE... ELLE ME SUCE !
AAH...
LAP
OH... OUI, SUR LE GLAND !
AAAH

YURA... TE SENS PAS OBLIGÉE !
FLOP
!!
MAIS C'EST MOI QUI VEUX !
C'EST LA PREMIÈRE FOIS QUE... !
NE T'EN FAIS PAS POUR MOI...
JE LE FAIS POUR TOI !
C'EST PARCE QUE JE T'AIME...
QUE JE PEUX LE FAIRE !
OH...

BON SANG ! ELLE... ME PREND DANS SA BOUCHE...
LAP LAP
HMM
Gloup
Slurp Slurp
AAAH ! ♡ JE SUIS DANS SA BOUCHE... SI CHAUDE... SI DOUCE.
C'EST... AU MOINS DIX FOIS MEILLEUR QUE LA MASTUR-BATION !
FLORF
FLORF

!!
Gloup
Gloup
OOH... JE LA SENS QUI GROSSIT...
SLUP
Gloup
IL Y A 80 ANS ENVIRON, LA FELLATION ÉTAIT LOIN DE FAIRE PARTIE DES MŒURS... MAIS LES CHOSES ONT CHANGÉ AVEC LA DÉMOCRATISATION DES VIDÉOS POUR ADULTES, ET LES JEUNES FEMMES MODERNES EN ONT FAIT UNE DES TECHNIQUES AMOUREUSES LES PLUS COURANTES.
SLURP
SLURP
HMM MPF !
HMM MPF !

ELLE FAIT ÇA POUR MOI... JUSTE POUR MOI...
ELLE EST DOUÉE, EN PLUS.
ALORS, LES FILLES, VOUS AUSSI, VOUS ÊTES DOUÉES POUR LA FELLATION ?
UNE ENQUÊTE OFFICIELLE AMÉRICAINE FAIT RESSORTIR DES CHIFFRES ÉTONNANTS... 52 À 72% DES ÉTUDIANTES DÉCLARENT AVOIR UNE BONNE CONNAISSANCE DES TECHNIQUES DE LA FELLATION.
AAH !
AAH !
HAN
HAN
Floutch
Floutch
IL A L'AIR D'AIMER ÇA.
JE SUIS HEUREUSE.
SELON CETTE ENQUÊTE, LES FILLES PRATIQUENT SOUVENT LA FELLATION AVANT TOUT AUTRE FORME DE RELATIONS SEXUELLES ! IL LEUR FAUT CERTAINEMENT BEAUCOUP DE CONVICTION, LA PREMIÈRE FOIS... MAIS LES MECS ONT TOUJOURS ENVIE DE RECOMMENCER, BIEN SÛR !
Slup

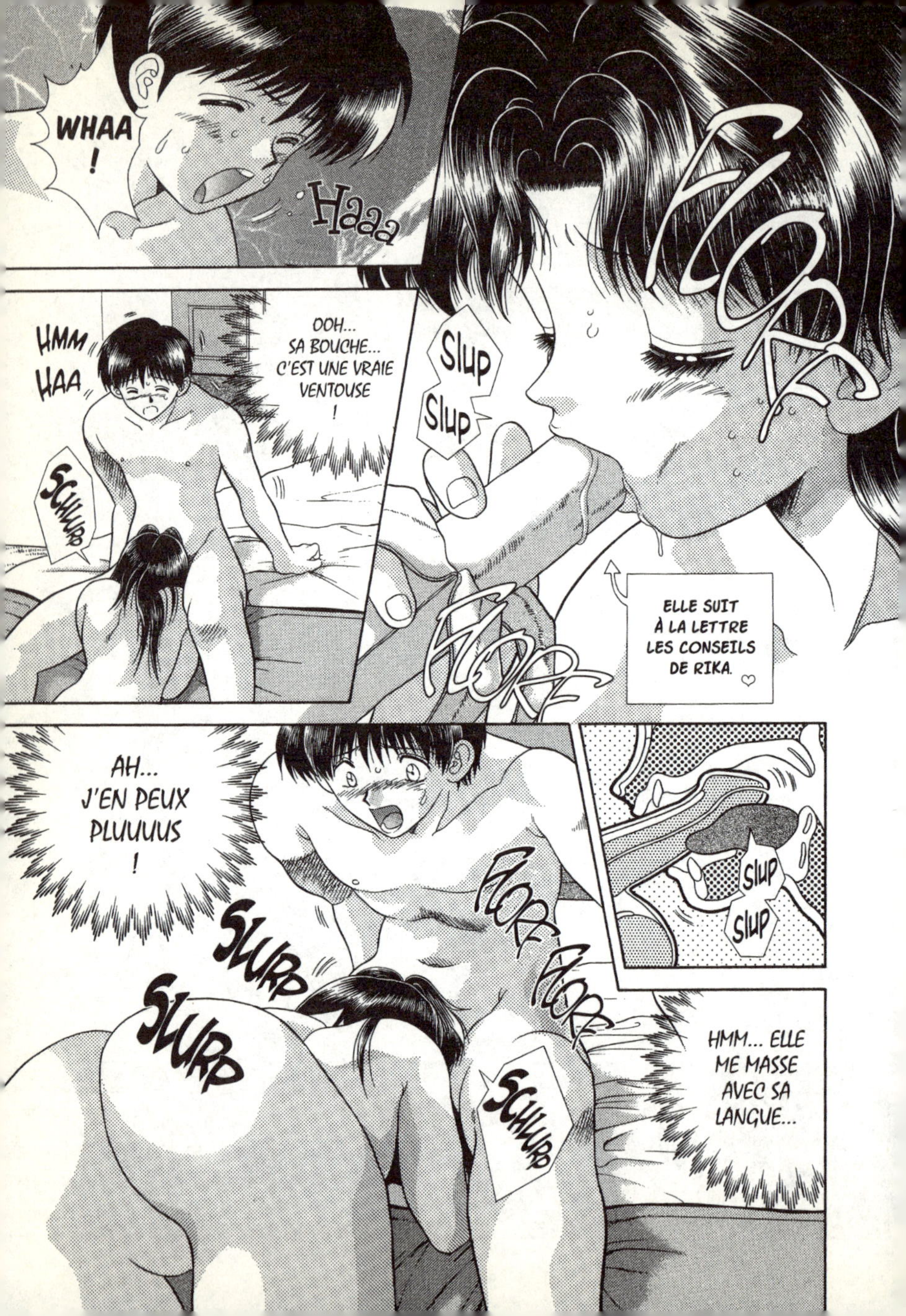
WHAA !
Haaa
FLORF
HMM HAA
OOH... SA BOUCHE... C'EST UNE VRAIE VENTOUSE !
Slup
Slup
SCHLURP
FLORF
ELLE SUIT À LA LETTRE LES CONSEILS DE RIKA. ♡
AH... J'EN PEUX PLUUUUS !
FLORF FLORF
Slup
Slup
SLURP
SLURP
SCHLURP
HMM... ELLE ME MASSE AVEC SA LANGUE...

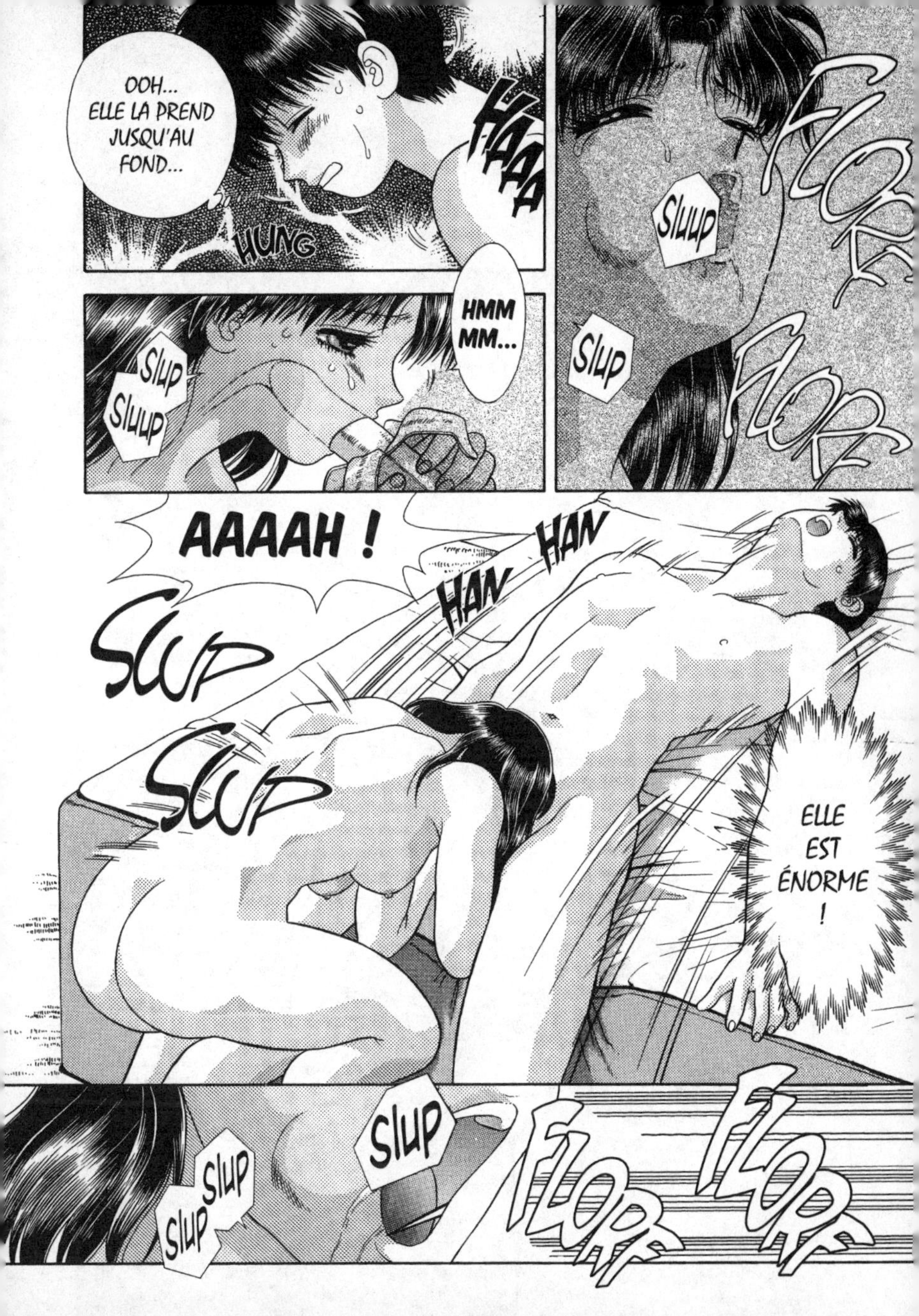
OOH... ELLE LA PREND JUSQU'AU FOND...
HAAAA
HUNG
HMM MM...
SLUP
SLUUP
SLUUP
SLUP
FLORF
FLORF
AAAAH !
HAN
HAN
SLUP
SLUP
ELLE EST ÉNORME !
SLUP
SLUP
SLUP
FLORF
FLORF

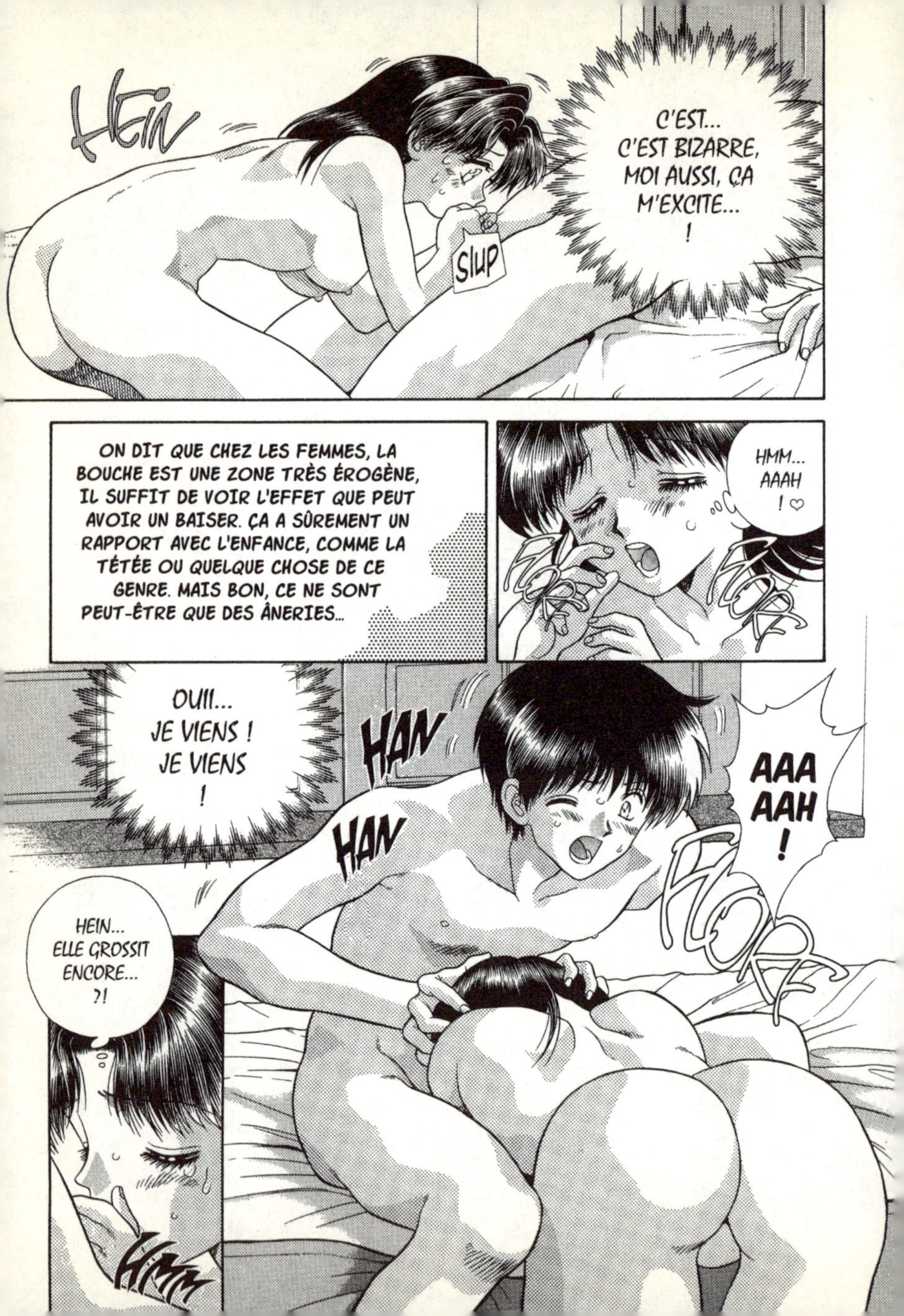
HEIN
C'EST... C'EST BIZARRE, MOI AUSSI, ÇA M'EXCITE... !
SLUP
ON DIT QUE CHEZ LES FEMMES, LA BOUCHE EST UNE ZONE TRÈS ÉROGÈNE, IL SUFFIT DE VOIR L'EFFET QUE PEUT AVOIR UN BAISER. ÇA A SÛREMENT UN RAPPORT AVEC L'ENFANCE, COMME LA TÉTÉE OU QUELQUE CHOSE DE CE GENRE. MAIS BON, CE NE SONT PEUT-ÊTRE QUE DES ÂNERIES...
HMM... AAAH ! ♡
FLORF
FLORF
OUII... JE VIENS ! JE VIENS !
HAN
HAN
AAAAAH !
FLORF
HEIN... ELLE GROSSIT ENCORE... ?!
HMM

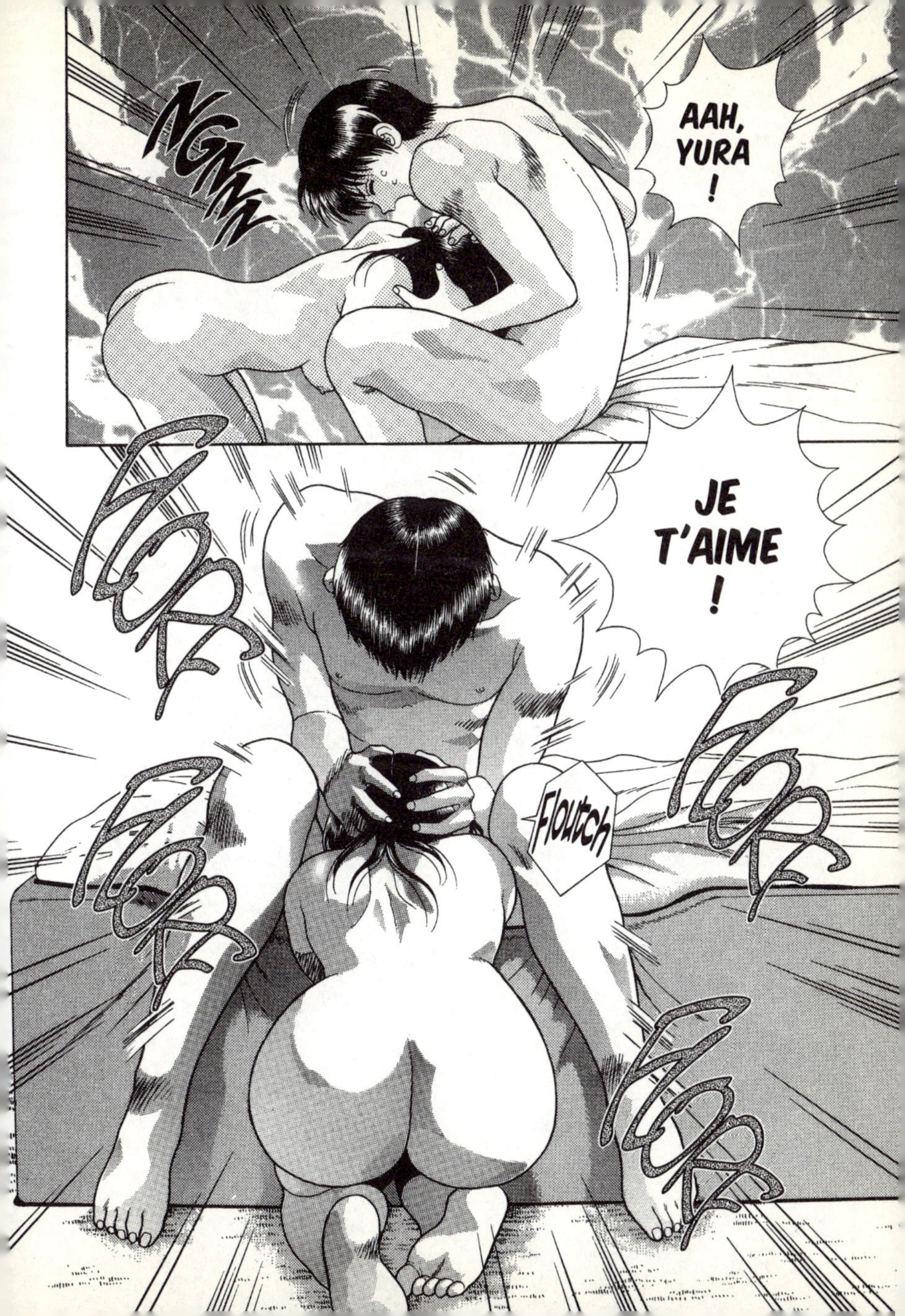
NGNNN
AAH, YURA !
JE T'AIME !
Floutch

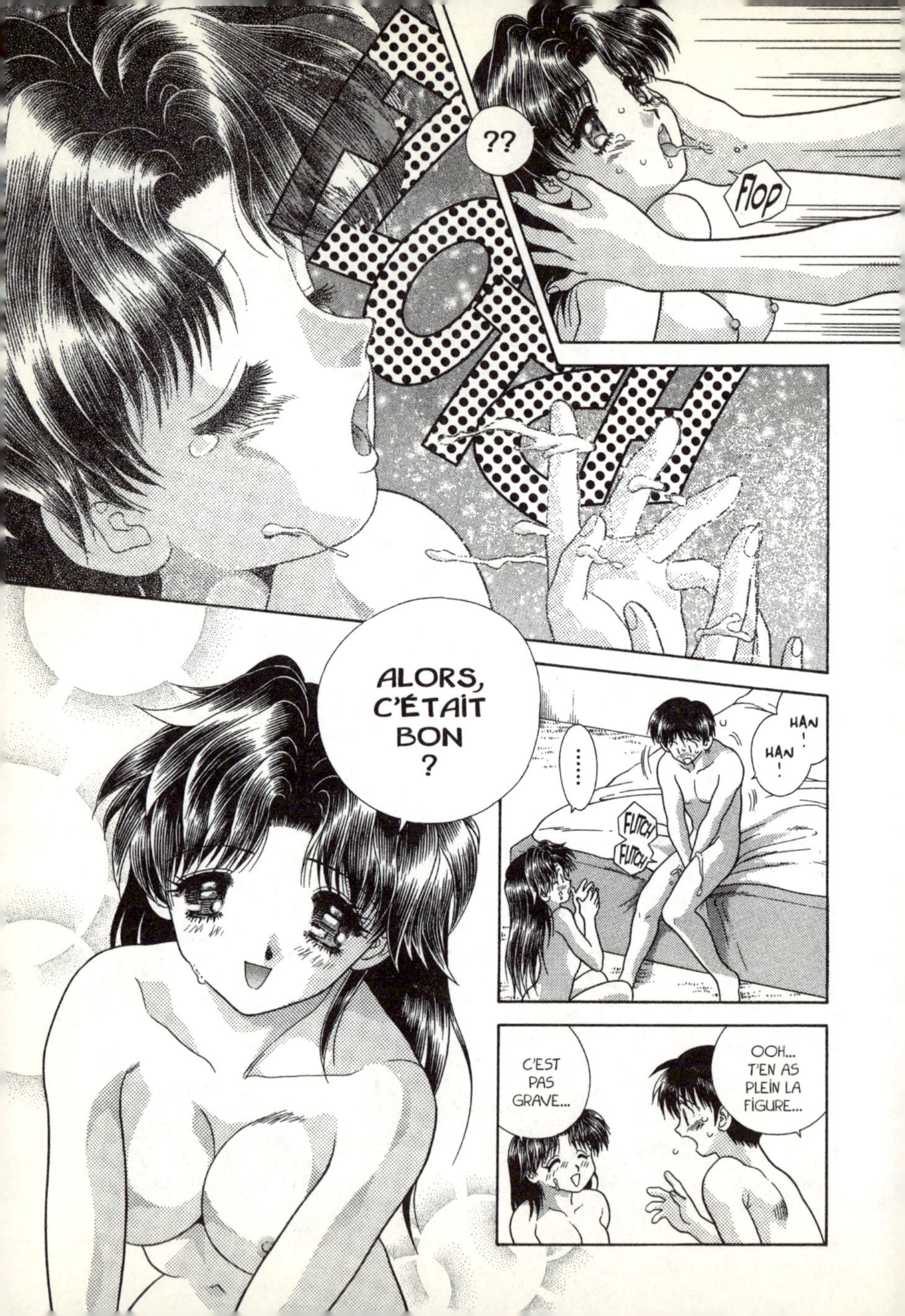
??
FLOP
ALORS, C'ÉTAIT BON ?
HAN ! HAN !
......
FLITCH FLITCH
OOH... T'EN AS PLEIN LA FIGURE...
C'EST PAS GRAVE...

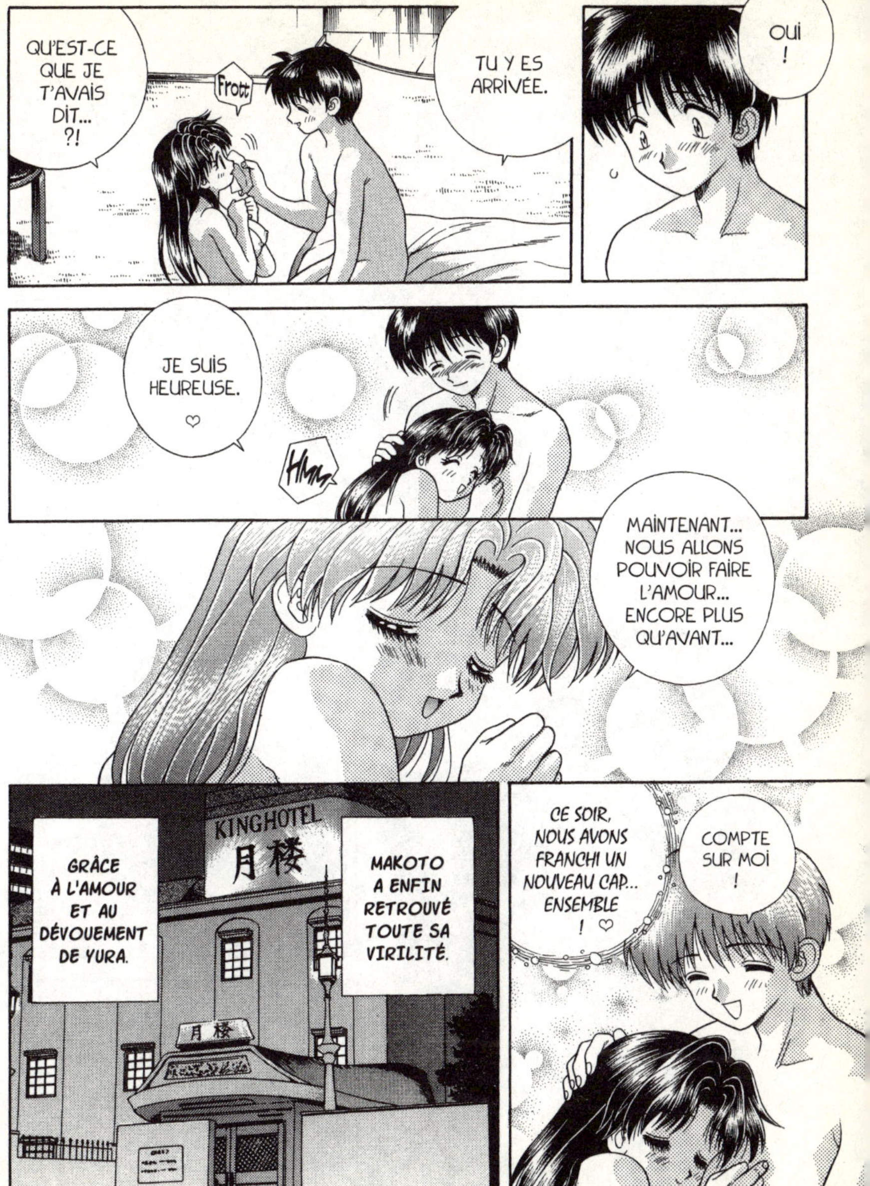
QU'EST-CE QUE JE T'AVAIS DIT... ?!
Frott
TU Y ES ARRIVÉE.
OUI !
JE SUIS HEUREUSE. ♡
HMM
MAINTENANT... NOUS ALLONS POUVOIR FAIRE L'AMOUR... ENCORE PLUS QU'AVANT...
KINGHOTEL
月楼
GRÂCE À L'AMOUR ET AU DÉVOUEMENT DE YURA.
MAKOTO A ENFIN RETROUVÉ TOUTE SA VIRILITÉ.
CE SOIR, NOUS AVONS FRANCHI UN NOUVEAU CAP... ENSEMBLE ! ♡
COMPTE SUR MOI !

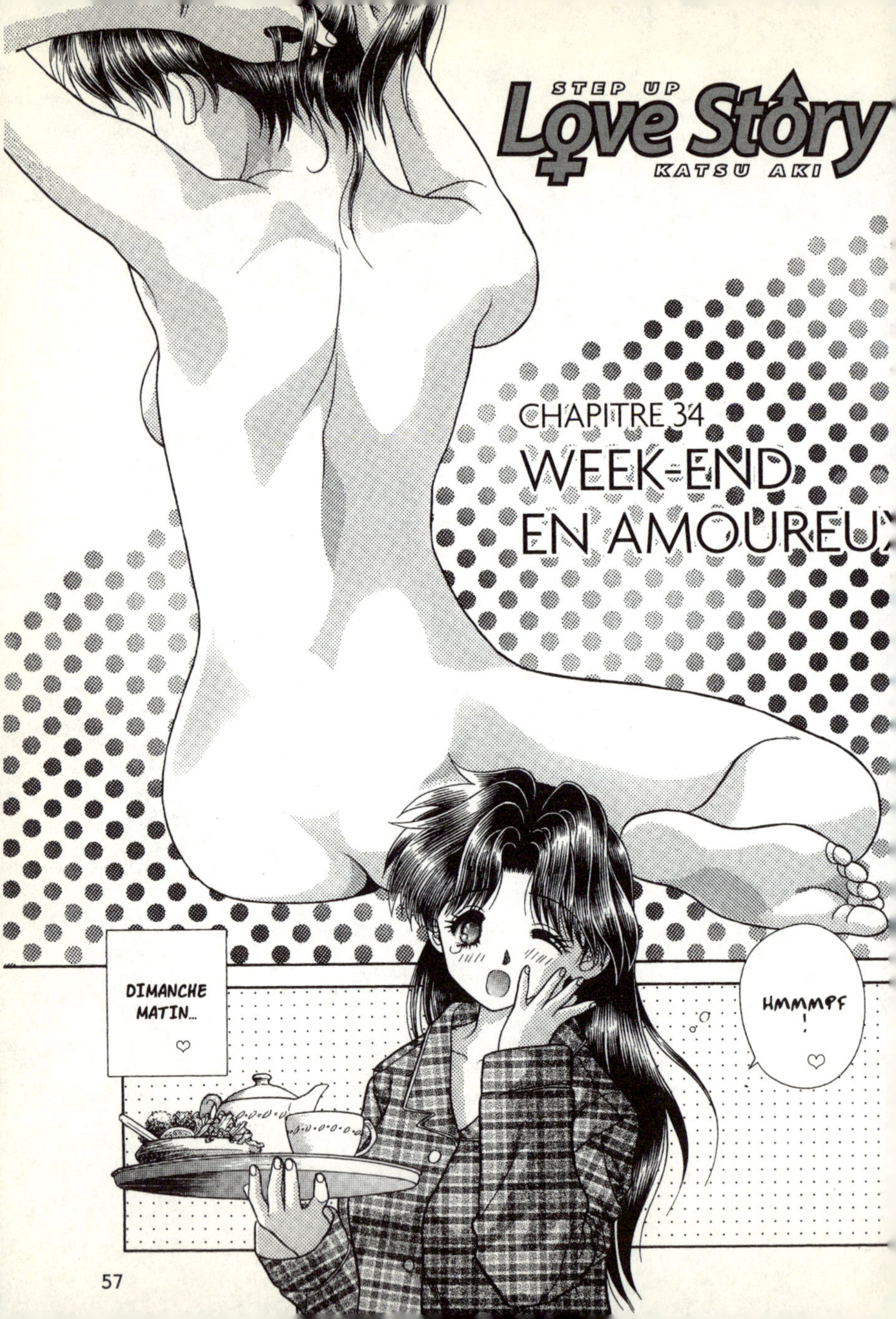
STEP UP
Love Story
KATSU AKI
CHAPITRE 34
WEEK-END
EN AMOUREUX
HMMMPF !
DIMANCHE MATIN...

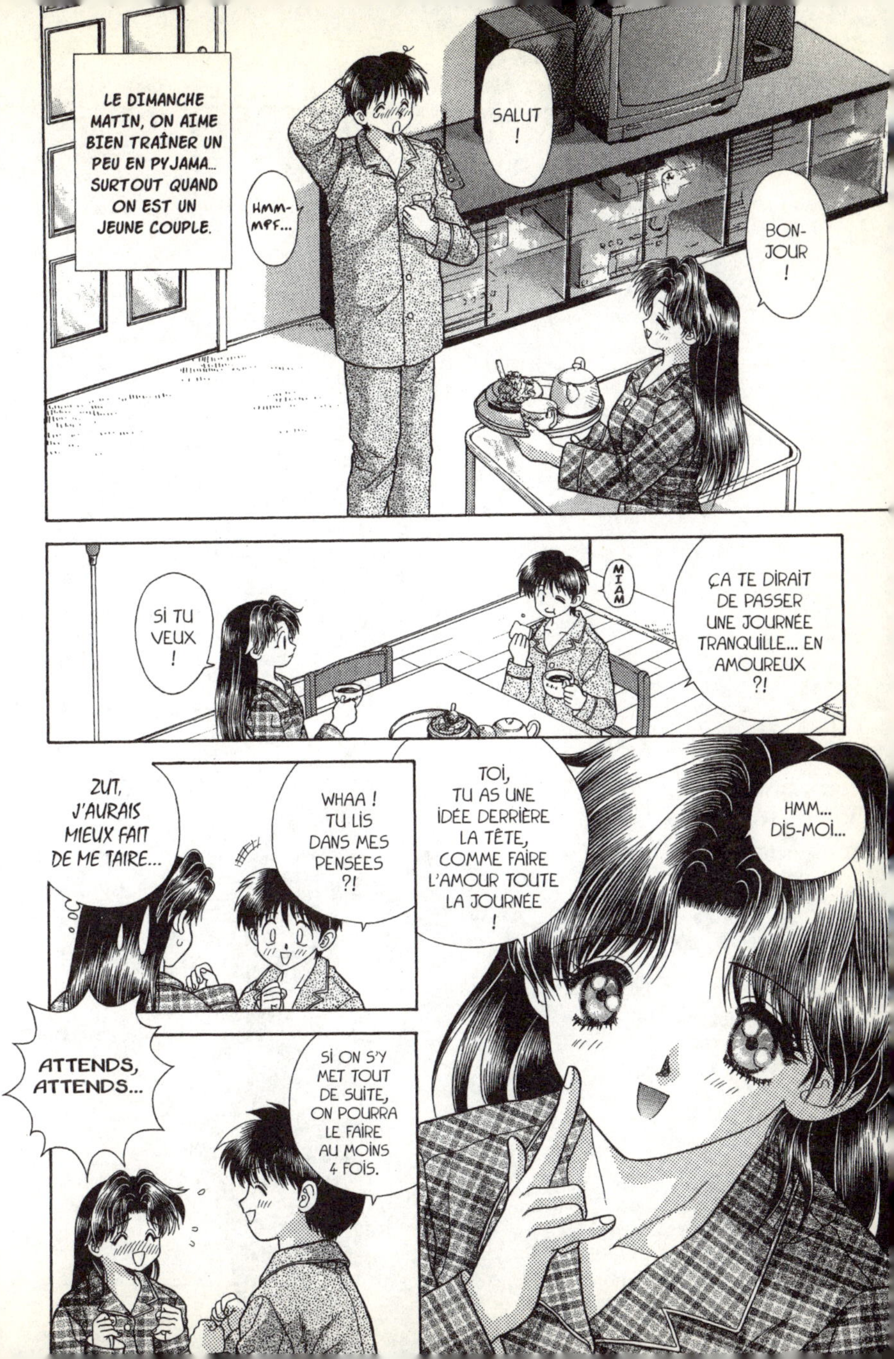
LE DIMANCHE MATIN, ON AIME BIEN TRAÎNER UN PEU EN PYJAMA... SURTOUT QUAND ON EST UN JEUNE COUPLE.
BON-JOUR !
SALUT !
HMM-MPF...
ÇA TE DIRAIT DE PASSER UNE JOURNÉE TRANQUILLE... EN AMOUREUX ?!
MIAM
SI TU VEUX !
HMM... DIS-MOI...
TOI, TU AS UNE IDÉE DERRIÈRE LA TÊTE, COMME FAIRE L'AMOUR TOUTE LA JOURNÉE !
WHAA ! TU LIS DANS MES PENSÉES ?!
ZUT, J'AURAIS MIEUX FAIT DE ME TAIRE...
SI ON S'Y MET TOUT DE SUITE, ON POURRA LE FAIRE AU MOINS 4 FOIS.
ATTENDS, ATTENDS...

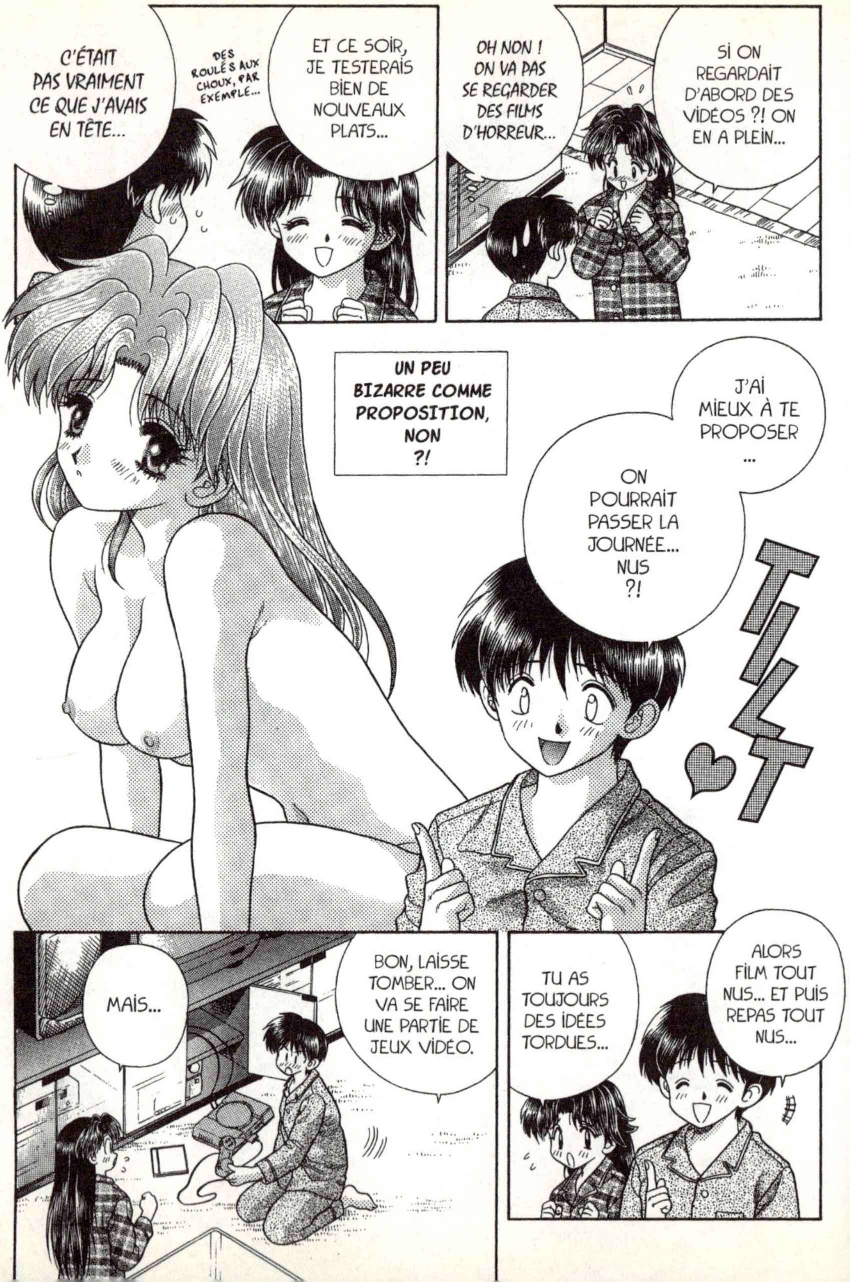
SI ON REGARDAIT D'ABORD DES VIDÉOS ?! ON EN A PLEIN...
OH NON ! ON VA PAS SE REGARDER DES FILMS D'HORREUR...
ET CE SOIR, JE TESTERAIS BIEN DE NOUVEAUX PLATS...
DES ROULÉS AUX CHOUX, PAR EXEMPLE...
C'ÉTAIT PAS VRAIMENT CE QUE J'AVAIS EN TÊTE...
J'AI MIEUX À TE PROPOSER ...
ON POURRAIT PASSER LA JOURNÉE... NUS ?!
TILT
UN PEU BIZARRE COMME PROPOSITION, NON ?!
ALORS FILM TOUT NUS... ET PUIS REPAS TOUT NUS...
TU AS TOUJOURS DES IDÉES TORDUES...
BON, LAISSE TOMBER... ON VA SE FAIRE UNE PARTIE DE JEUX VIDÉO.
MAIS...

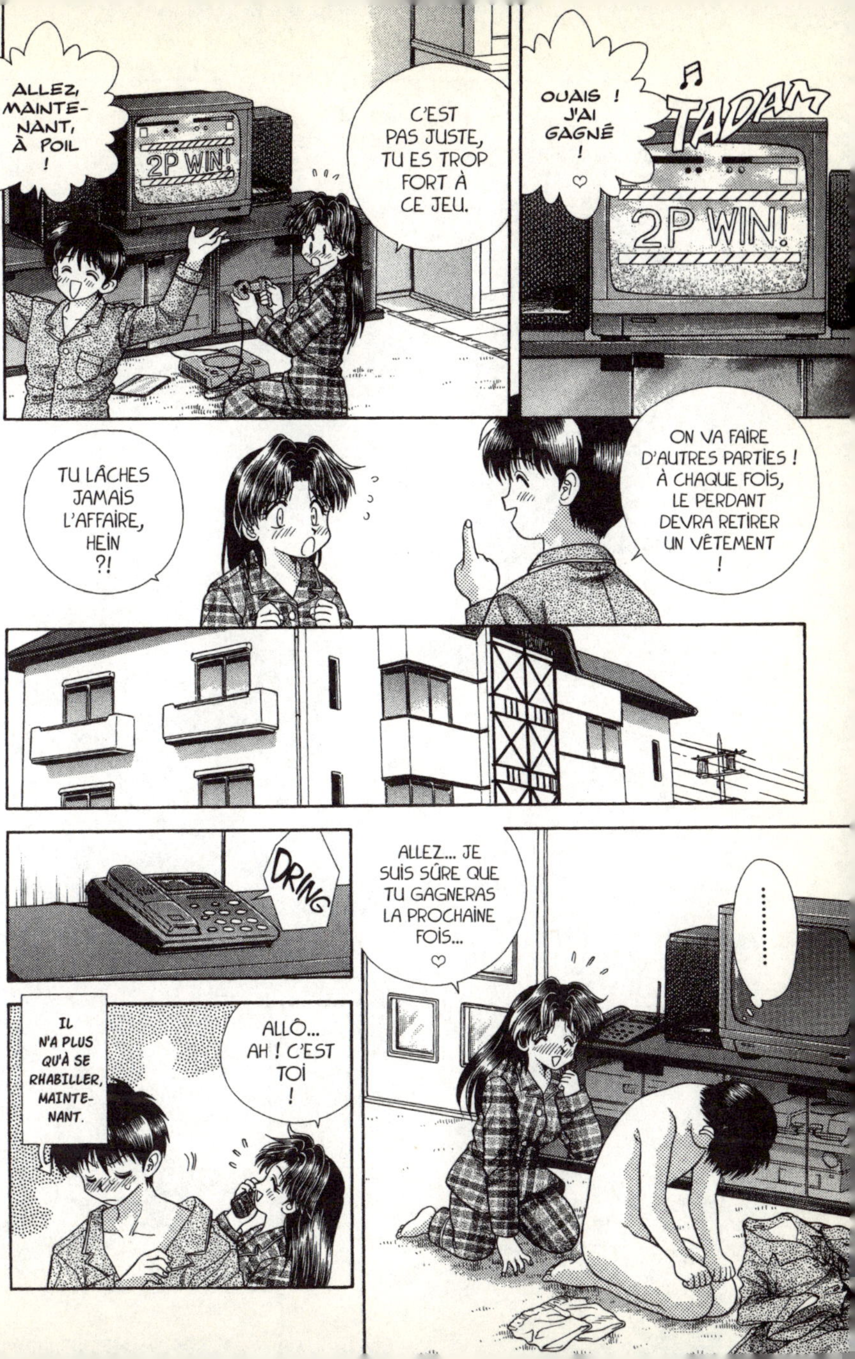
TADAM
OUAIS ! J'AI GAGNÉ ! ♡
C'EST PAS JUSTE, TU ES TROP FORT À CE JEU.
ALLEZ, MAINTE-NANT, À POIL !
2P WIN!
ON VA FAIRE D'AUTRES PARTIES ! À CHAQUE FOIS, LE PERDANT DEVRA RETIRER UN VÊTEMENT !
TU LÂCHES JAMAIS L'AFFAIRE, HEIN ?!
....
ALLEZ... JE SUIS SÛRE QUE TU GAGNERAS LA PROCHAINE FOIS... ♡
DRING
ALLÔ... AH ! C'EST TOI !
IL N'A PLUS QU'À SE RHABILLER, MAINTE-NANT.

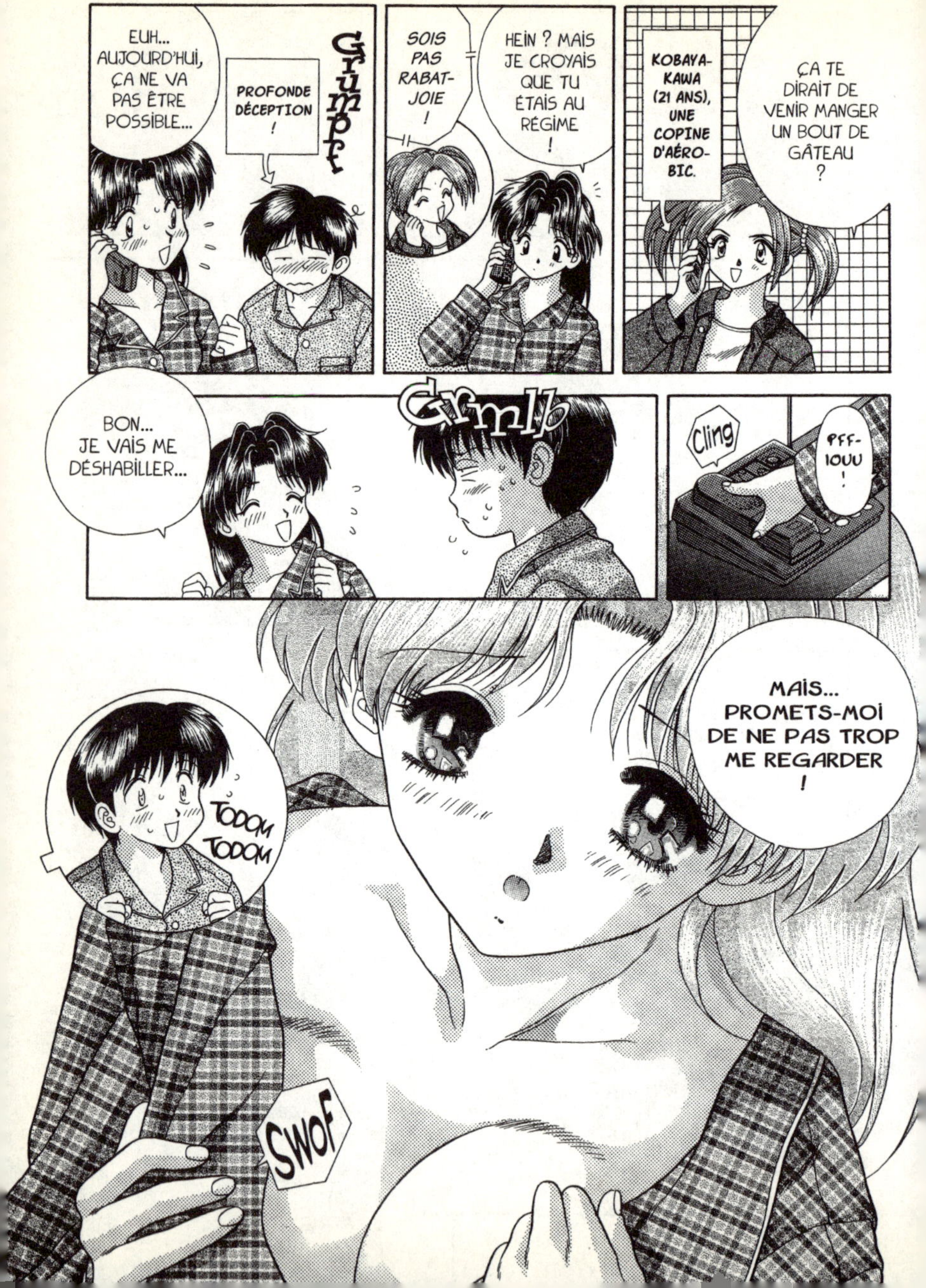
KOBAYAKAWA (21 ANS), UNE COPINE D'AÉROBIC.
ÇA TE DIRAIT DE VENIR MANGER UN BOUT DE GÂTEAU ?
HEIN ? MAIS JE CROYAIS QUE TU ÉTAIS AU RÉGIME !
SOIS PAS RABAT-JOIE !
EUH... AUJOURD'HUI, ÇA NE VA PAS ÊTRE POSSIBLE...
PROFONDE DÉCEPTION !
Grumpf
Cling
PFF-IOUU !
BON... JE VAIS ME DÉSHABILLER...
Grmlb
MAIS... PROMETS-MOI DE NE PAS TROP ME REGARDER !
TODOM TODOM
SWOF

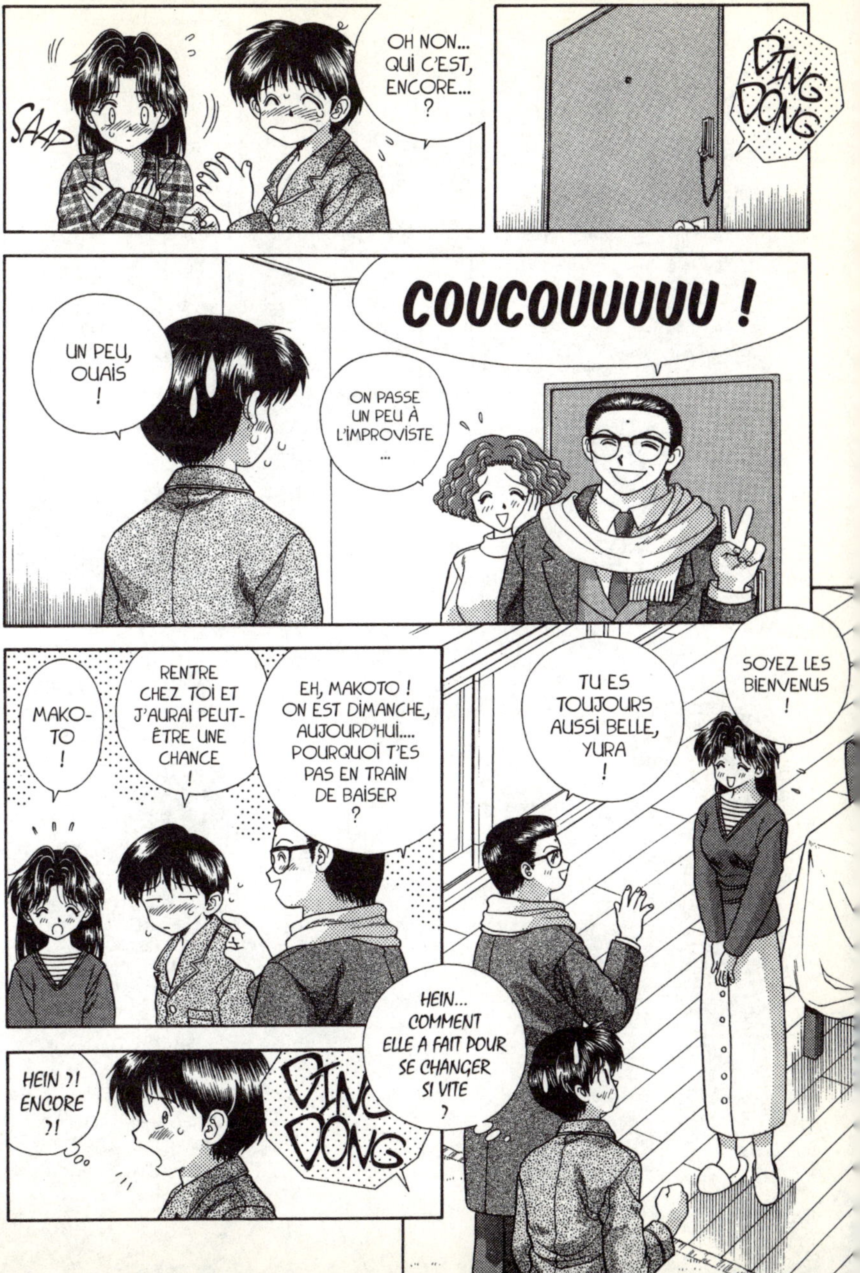
DING DONG
OH NON... QUI C'EST, ENCORE... ?
SAAP
COUCOUUUUUU !
ON PASSE UN PEU À L'IMPROVISTE ...
UN PEU, OUAIS !
SOYEZ LES BIENVENUS !
TU ES TOUJOURS AUSSI BELLE, YURA !
HEIN... COMMENT ELLE A FAIT POUR SE CHANGER SI VITE ?
EH, MAKOTO ! ON EST DIMANCHE, AUJOURD'HUI.... POURQUOI T'ES PAS EN TRAIN DE BAISER ?
RENTRE CHEZ TOI ET J'AURAI PEUT-ÊTRE UNE CHANCE !
MAKO-TO !
DING DONG
HEIN ?! ENCORE ?!

SALUT, LES AMOUREUX !
J'VIENS VOUS EMBÊTER UN PEU !
RIKA ?!
PAS QUESTION DE VOUS LAISSER UNE CHANCE DE VOUS FAIRE DES PAPOUILLES...
BEN... C'EST GAGNÉ...
SALUUUT !
HEIN ?!
ON A EU DU MAL À TROUVER !
ALORS, C'EST ICI VOTRE PETIT NID D'AMOUR...
LE "TRIO DES FLEURS"... COLLÈGUES DE BOULOT DE MAKOTO.
C'EST VRAIMENT PAS MON JOUR... ! BOUHOU !

AH AH AH AH !
FÉLICITATIONS ! C'EST VRAIMENT DÉLICIEUX !
MA SŒUR EST UNE EXCELLENTE CUISINIÈRE !
C'EST SI MIGNON, UN COUPLE DE JEUNES MARIÉS...
Grmlb
COOL ! C'EST PLEIN DE BELLES NANAS !
VOYONS, AKIRA !
JE PEUX AVOIR UN TRUC À BOIRE ?!
EUH... OUI !
ELLE FAIT LA TÊTE...
TIENS !
SPOF
C'EST RÂPÉ POUR NOTRE TÊTE-À-TÊTE EN AMOUREUX...
OOH... JE ME SUIS UN PEU EMPORTÉE...

OUAIS, MAKOTO MANQUE UN PEU D'EXPÉRIENCE !
JE M'EN DOUTAIS !
RIKA ! JE T'INTERDIS DE PARLER DE ÇA !
IL LUI FAUDRAIT D'AUTRES EXPÉRIENCES !
COUCHER TOUT LE TEMPS AVEC LA MÊME PERSONNE, BONJOUR LA MONOTONIE !
Grumpf
JE PEUX T'AIDER, SI TU VEUX !
HEIN ?
HMM
ENCORE DU THÉ ?!
SBOF
AA AH !
EH, ON POURRAIT SE FAIRE UNE PARTOUZE ! ON EST ASSEZ NOMBREUX !
AKI-RA !
DES VOLON-TAIRES ?
? ?
HUM...

AU REVOIR ! À BIENTÔT !
SALUT !
ON REVIENDRA !
HUUM
HAA HA HA !
PFIOUUUU...
LA VACHE ! ILS NOUS ONT VRAIMENT POURRI LA JOURNÉE...
PFF... JE SUIS MORT !
MOI AUSSI !

LA JOURNÉE N'EST PAS ENCORE FINIE...
IL N'EST MÊME PAS TROIS HEURES !
HEIN ?
SSWIIF
TODOM
TODOM
SSWIIP
TODOM
TODOM
SPOING
SWOF
WHAAAA

QU'EST-CE QUE T'ATTENDS POUR TE DÉSHABILLER ?! ☆ ♡
EUH... RIEN !
HI HI

ENFIN SEULS ! C'EST PAS TROP TÔT ! ♡
OUAIS !
AVEC TOUT CE MONDE QUI EST VENU NOUS VOIR...
ÇA M'A DONNÉ ENCORE PLUS ENVIE D'ÊTRE SEULE AVEC TOI.
HÉ HÉ... MOI AUSSI !
VOYONS UN PEU CE QU'IL Y A...
ON SE REGARDE UN FILM COMME ÇA ?!
OUAIS !
WHAA ! QUELLE VUE ! ♡

♬
TODOM
TODOM
TODOM
ent est qua
e iustitial dem rect
am et luptat pleniore ef
enium improb fugiendad
d cuis. Guae erat amic
nostras expetere qu
uent eum lo
EUH
TO-DOM
TO-DOM
ET VOILA ! C'EST GAGNÉ.
Sboing
IL Y A MIEUX À VOIR QUE LE FILM...
TODOM
TODOM

!
SPOF
D'HABITUDE, ON EST NU SEULEMENT QUAND ON FAIT L'AMOUR OU QUAND ON PREND UN BAIN !
ALORS, J'AI ENVIE DE SAVOURER CE MOMENT EXCEPTIONNEL, PAS TOI ? ♡
MOI AUSSI !
J'AI L'IMPRESSION D'ÊTRE PLUS PURE. ♡

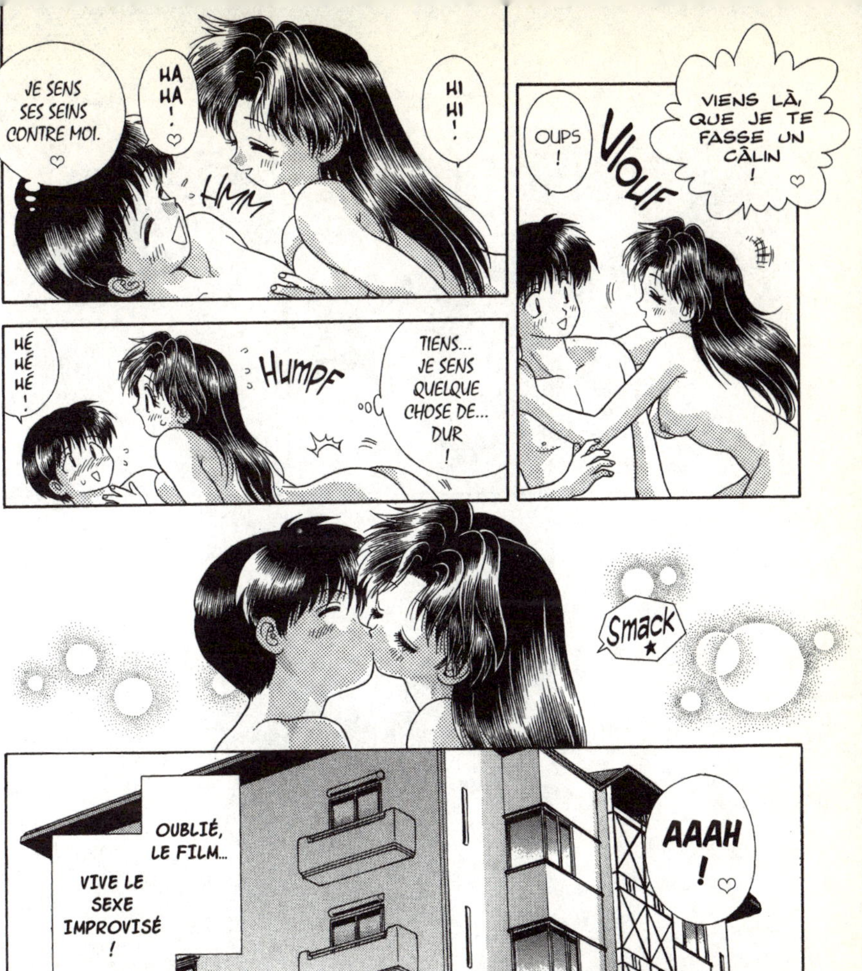

À PROPOS DE RELATIONS SEXUELLES... IL EXISTE UNE DIFFÉRENCE FONDAMENTALE ENTRE COUCHER ET FAIRE L'AMOUR... DANS LES LANGUES OCCIDENTALES, ON UTILISE PLUS SOUVENT CETTE DERNIÈRE EXPRESSION POUR PARLER DE L'ACTE SEXUEL CAR ELLE DÉSIGNE QUELQUE CHOSE DE DIFFÉRENT DANS LA RELATION DE COUPLE. IL NE S'AGIT PLUS D'UN SIMPLE RAPPORT PHYSIQUE, MAIS LE FAIT DE PARTAGER QUELQUE CHOSE D'ENCORE PLUS INTIME.

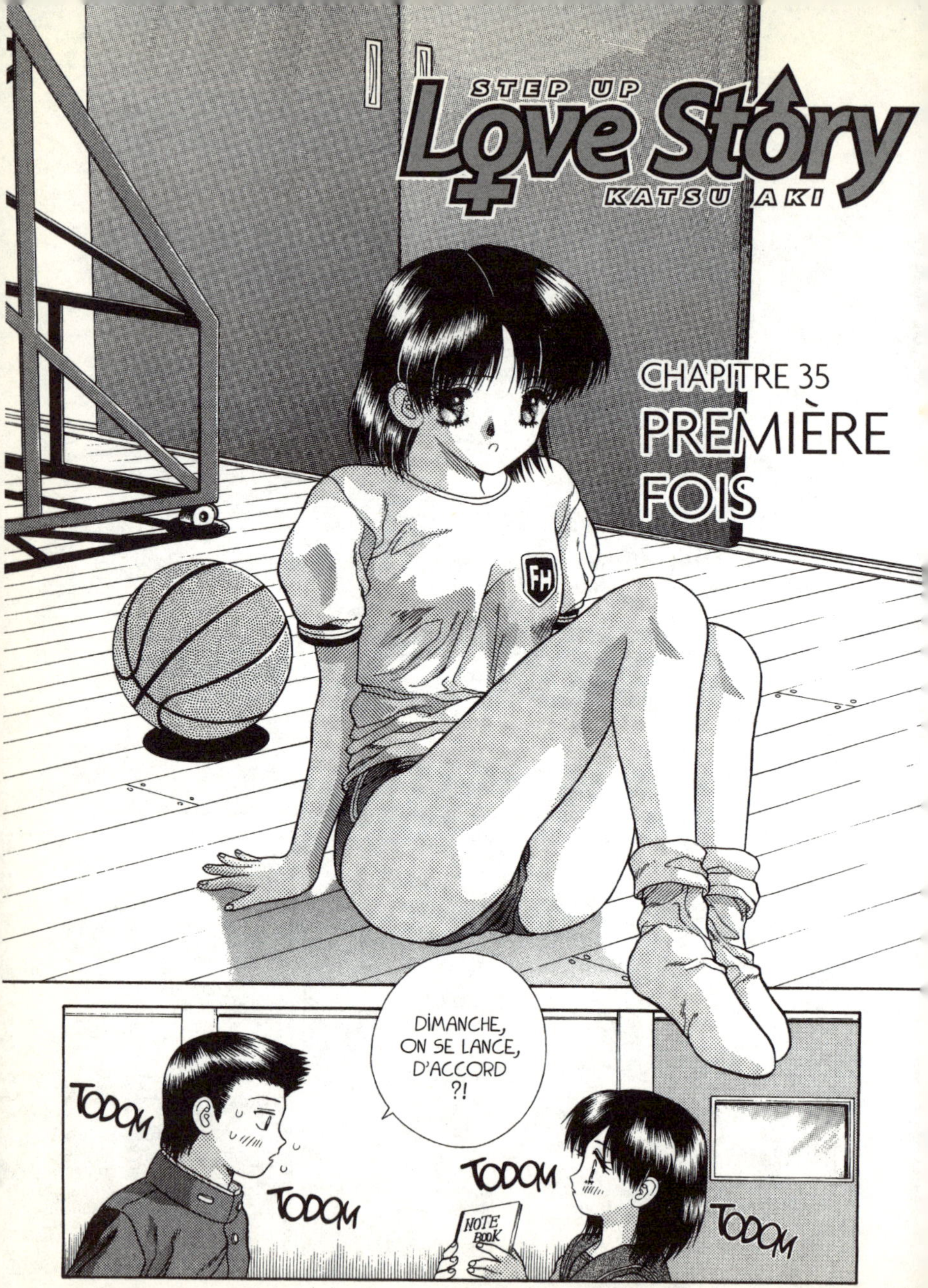
STEP UP
Love Story
KATSU AKI
CHAPITRE 35
PREMIÈRE FOIS
DIMANCHE, ON SE LANCE, D'ACCORD ?!
TODOM
TODOM
TODOM
TODOM
NOTE BOOK

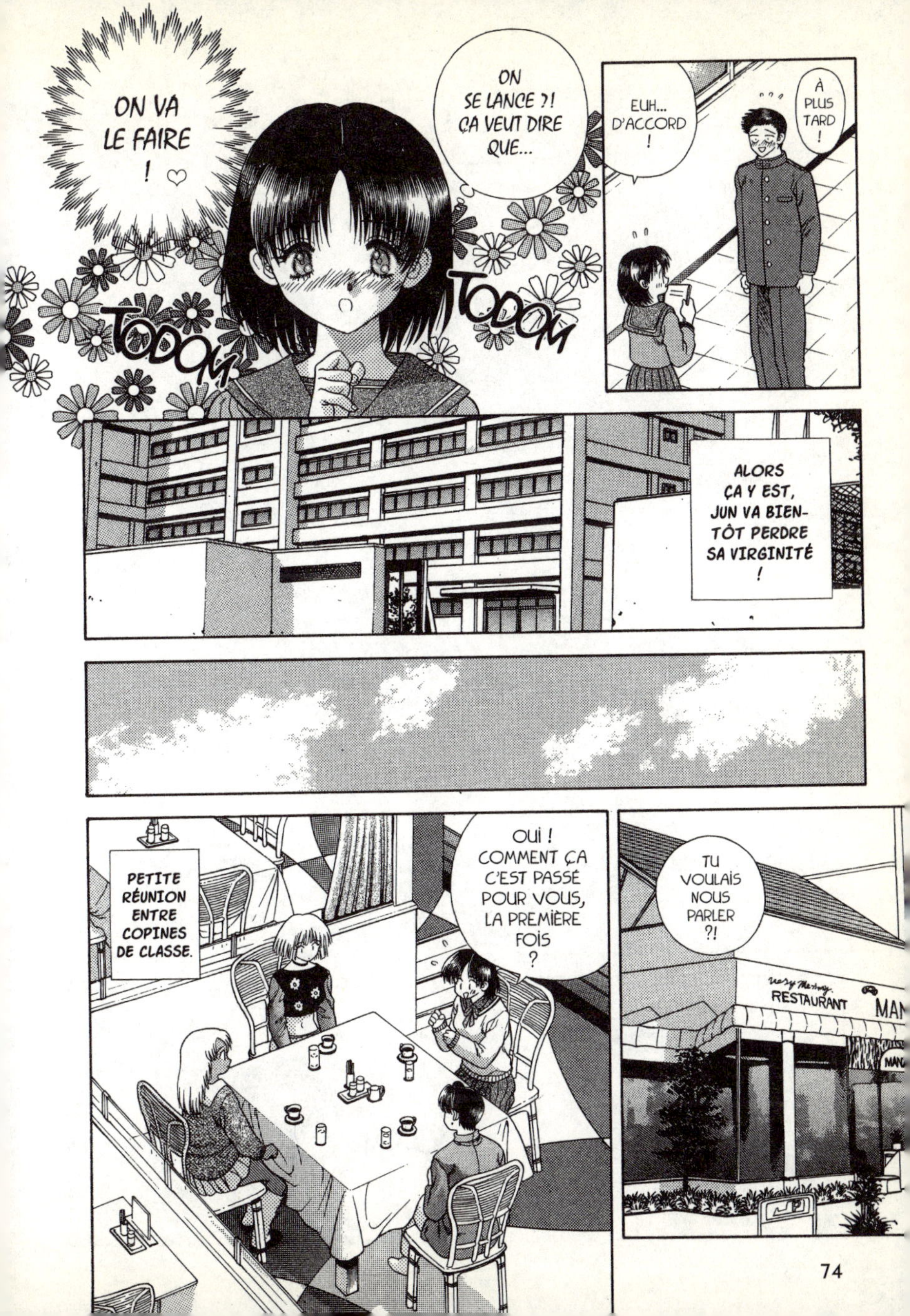
À PLUS TARD !
EUH... D'ACCORD !
ON SE LANCE ?! ÇA VEUT DIRE QUE...
ON VA LE FAIRE ! ♡
TODOM
TODOM
ALORS ÇA Y EST, JUN VA BIENTÔT PERDRE SA VIRGINITÉ !
TU VOULAIS NOUS PARLER ?!
RESTAURANT
OUI ! COMMENT ÇA C'EST PASSÉ POUR VOUS, LA PREMIÈRE FOIS ?
PETITE RÉUNION ENTRE COPINES DE CLASSE.

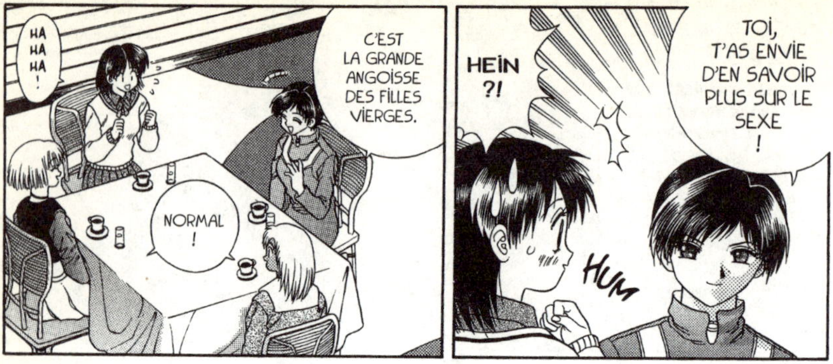

AVEZ-VOUS DÉJÀ EU DES RAPPORTS SEXUELS ?

QUELQUES CHIFFRES SUR LA SEXUALITÉ DES ÉTUDIANTES.

SUR UN ÉCHANTILLON DE 800 LYCÉENNES.

	OUI	NON	SANS RÉPONSE
EN 1RE ANNÉE :	11%	82%	7%
EN 2E ANNÉE :	13%	85%	2%
EN 3E ANNÉE :	33 %	58%	9%
EN MOYENNE :	20%	74%	6%

(SOURCE : "LES ÉTUDIANTS AUJOURD'HUI", NIPPON SHOBAKO)

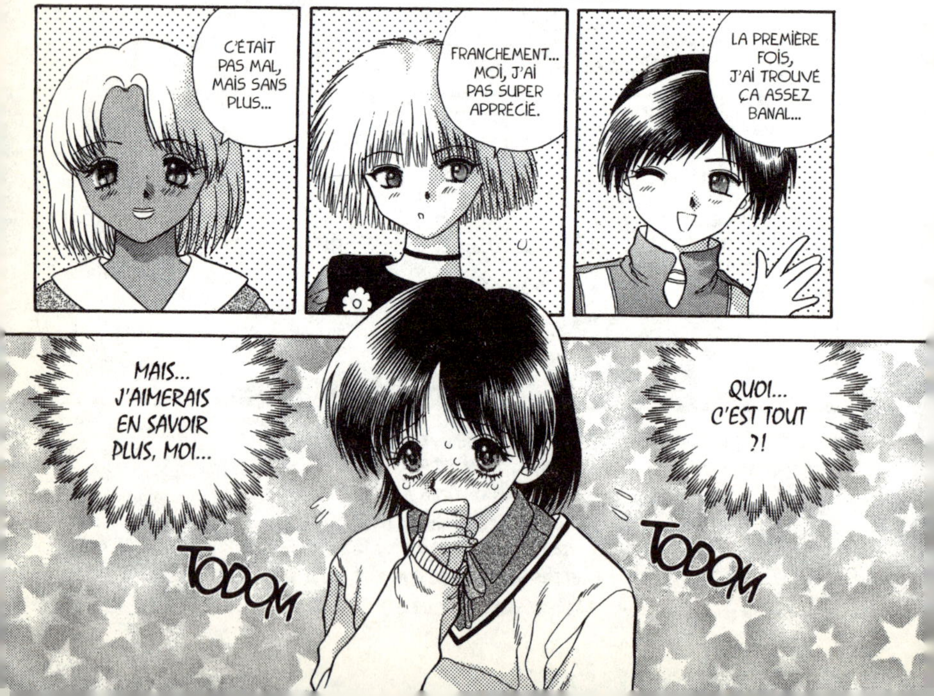

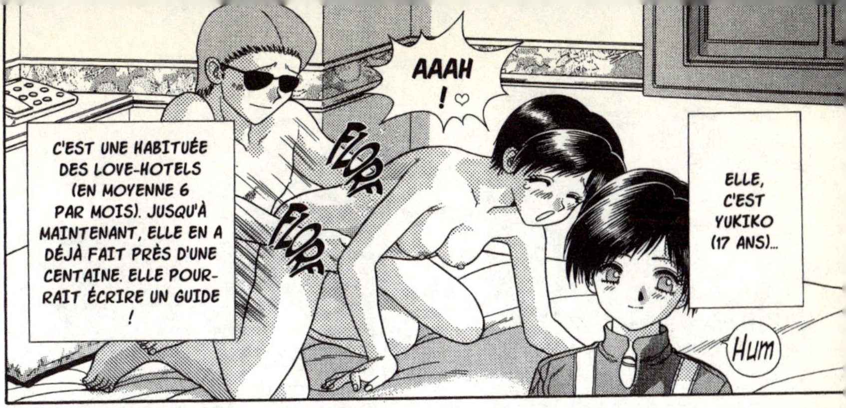

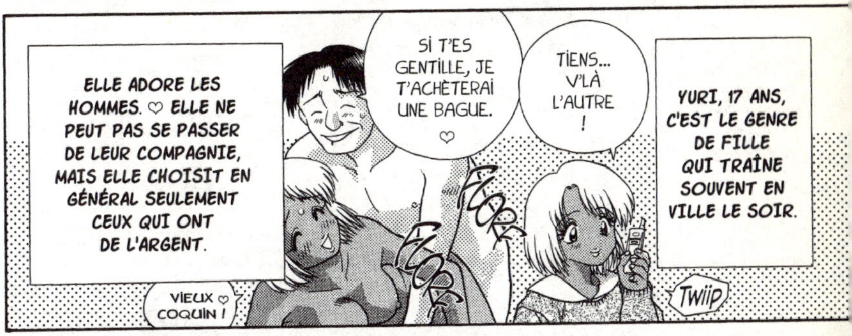

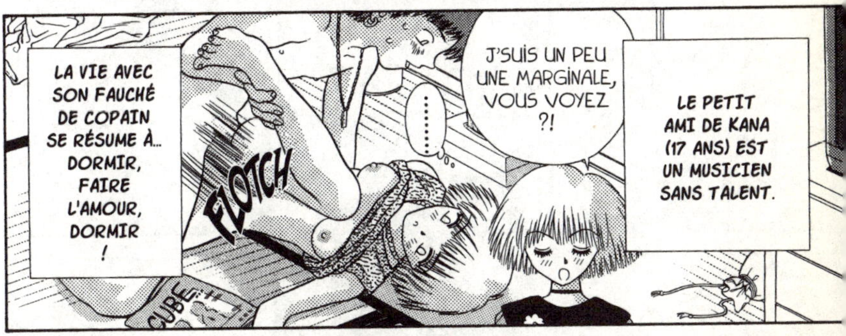

QUE FONT LES FILLES POUR MONTRER QU'ELLES ONT ENVIE DE FAIRE L'AMOUR ?

1- ELLES PORTENT DES VÊTEMENTS MOULANTS : 24%

2- ELLES SE FONT TRÈS CÂLINES : 20%

3- ELLES LANCENT DES REGARDS LANGOUREUX : 16%

4- ELLES VONT DROIT AU BUT : 12%

5- ELLES SORTENT LE SOIR : 10%

PENSEZ-Y, LA PROCHAINE FOIS QUE VOUS DRAGUEREZ UNE FILLE !

ENQUÊTE RÉALISÉE AUPRÈS DE 100 JEUNES FEMMES

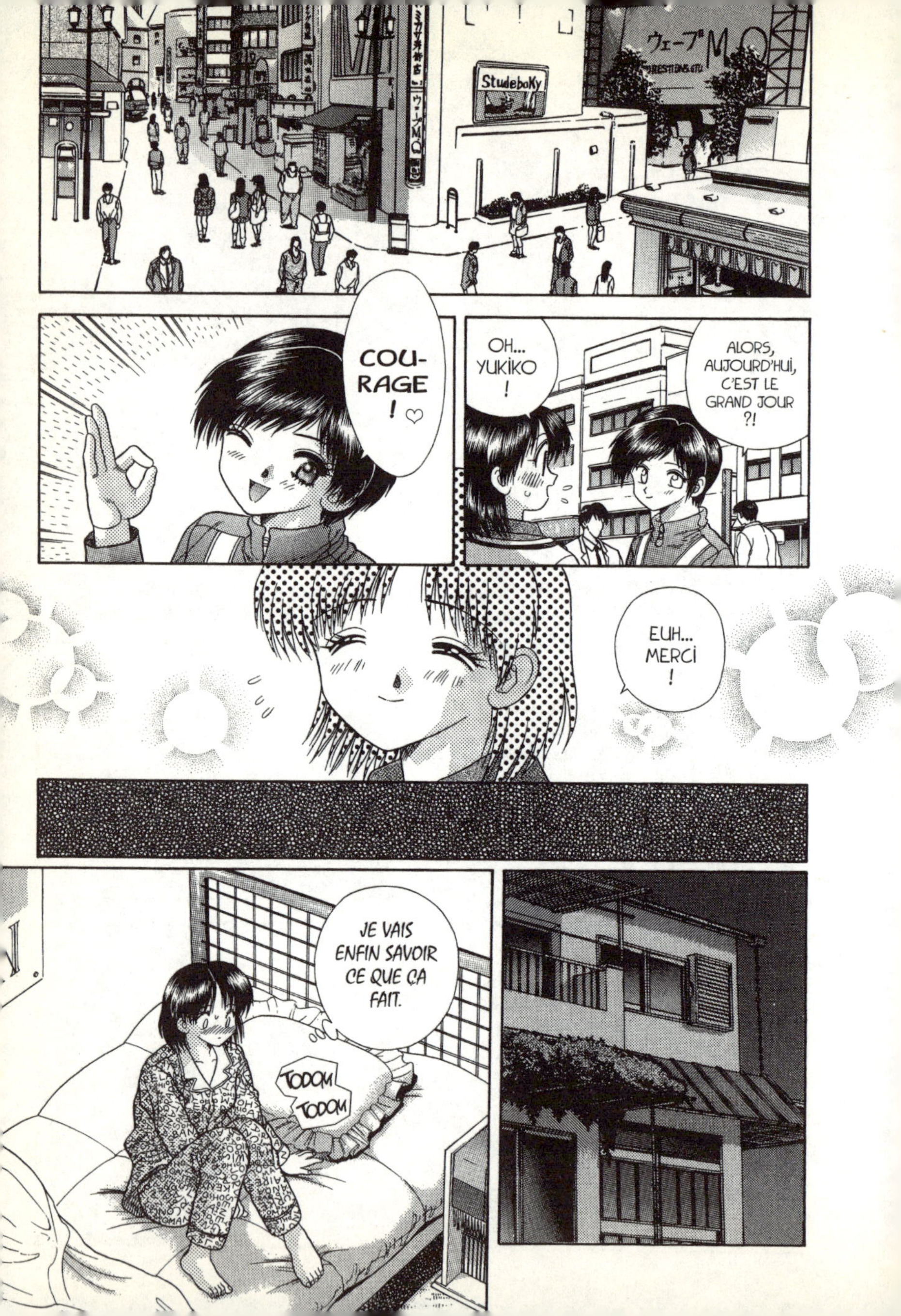
Studebaky
ALORS, AUJOURD'HUI, C'EST LE GRAND JOUR ?!
OH... YUKIKO !
COU-RAGE ! ♡
EUH... MERCI !
JE VAIS ENFIN SAVOIR CE QUE ÇA FAIT.
TODOM TODOM

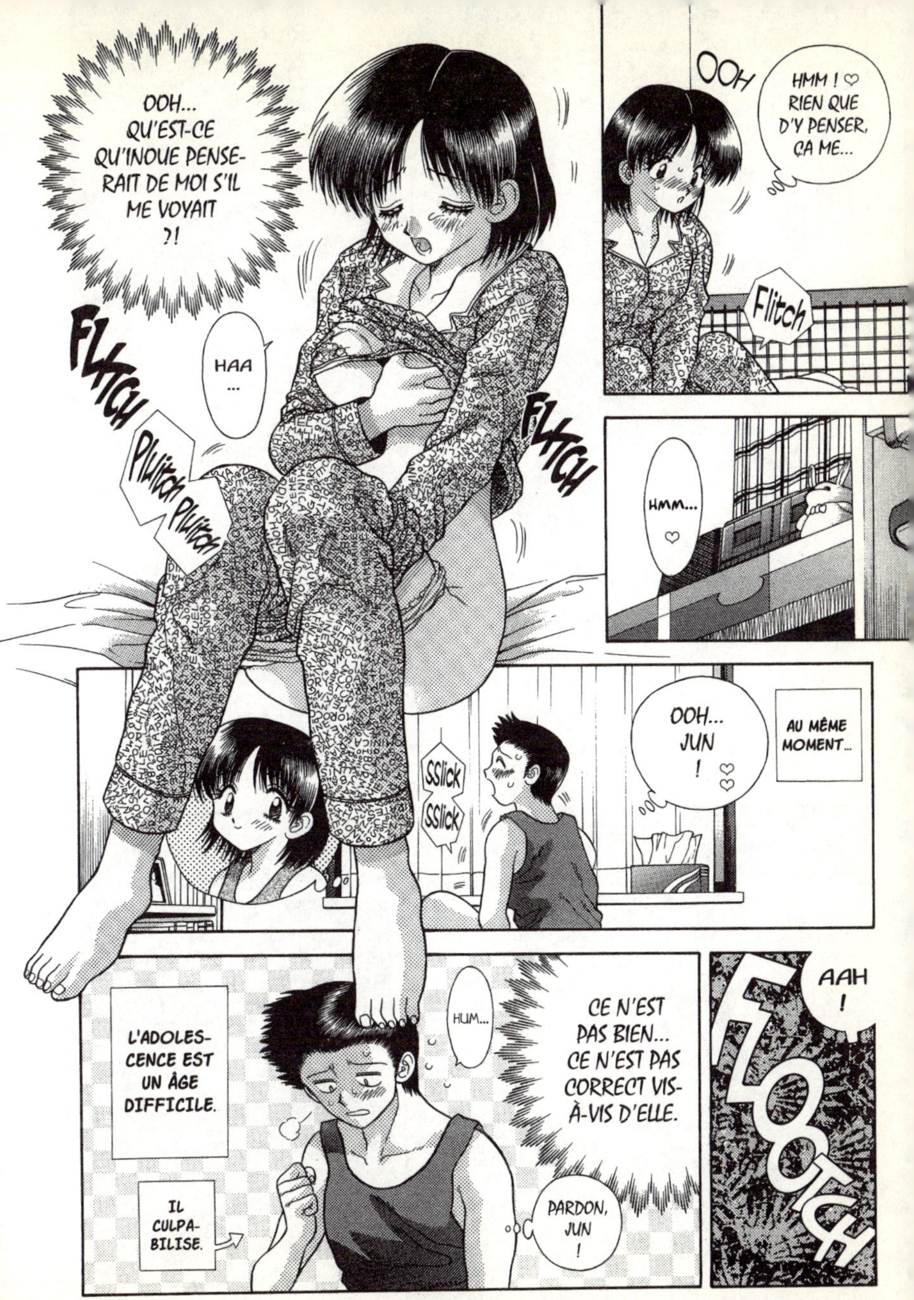
OOH... QU'EST-CE QU'INOUE PENSERAIT DE MOI S'IL ME VOYAIT ?!
HAA ...
FLKTCH
Pliutch
Pliutch
FLKTCH
OOH
HMM ! ♡ RIEN QUE D'Y PENSER, ÇA ME...
Flitch
HMM... ♡
AU MÊME MOMENT...
OOH... JUN ! ♡♡
SSlick
SSlick
L'ADOLESCENCE EST UN ÂGE DIFFICILE.
HUM...
CE N'EST PAS BIEN... CE N'EST PAS CORRECT VIS-À-VIS D'ELLE.
IL CULPABILISE.
PARDON, JUN !
AAH !
FLOTCH

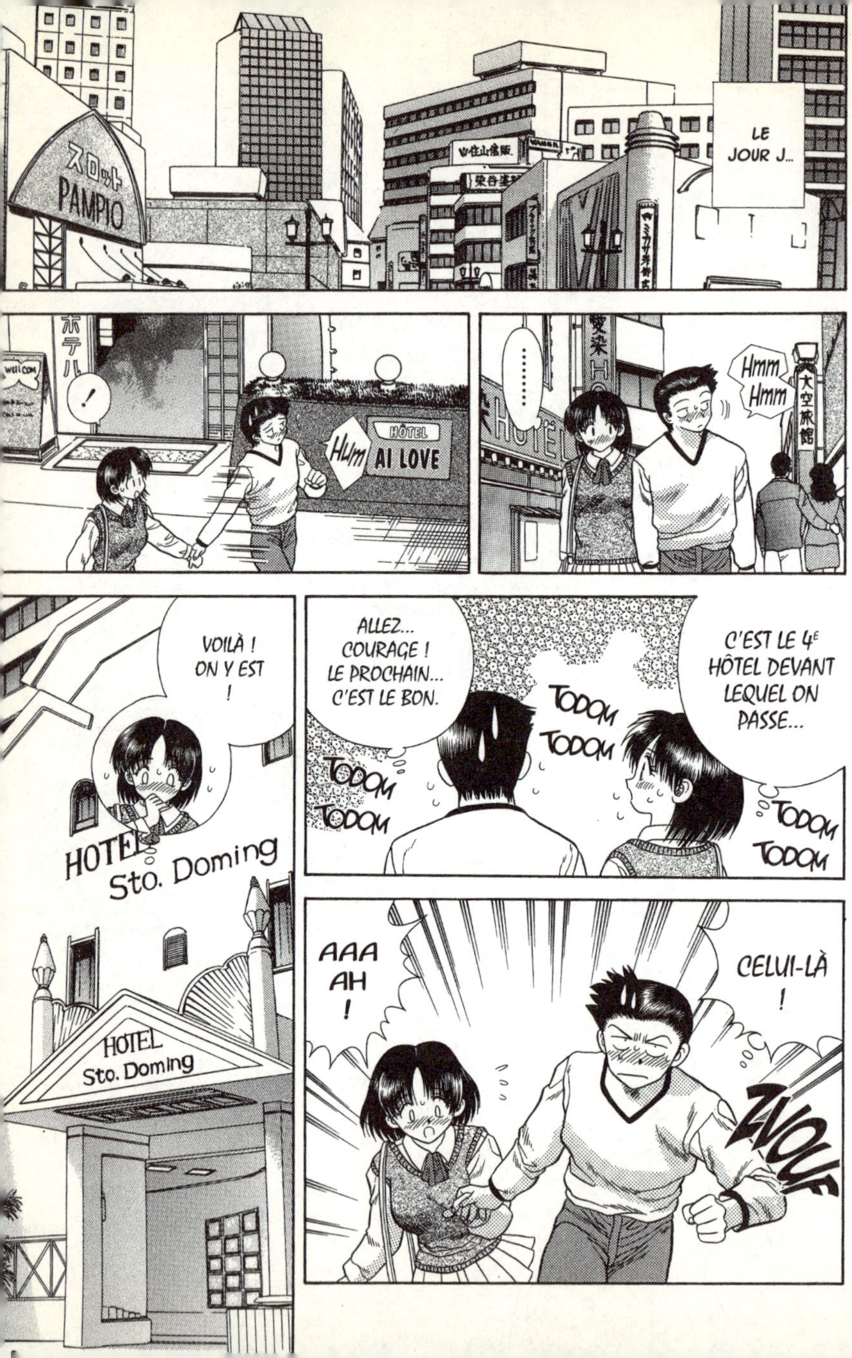

LE JOUR J...
スロット
PAMPIO
......
Hmm Hmm
!
HÔTEL AI LOVE
HUM
C'EST LE 4e HÔTEL DEVANT LEQUEL ON PASSE...
ALLEZ... COURAGE ! LE PROCHAIN... C'EST LE BON.
TODOM TODOM
TODOM TODOM
TODOM TODOM
CELUI-LÀ !
AAA AH !
ZWOUF
VOILÀ ! ON Y EST !
HOTEL Sto. Doming
HOTEL Sto. Doming

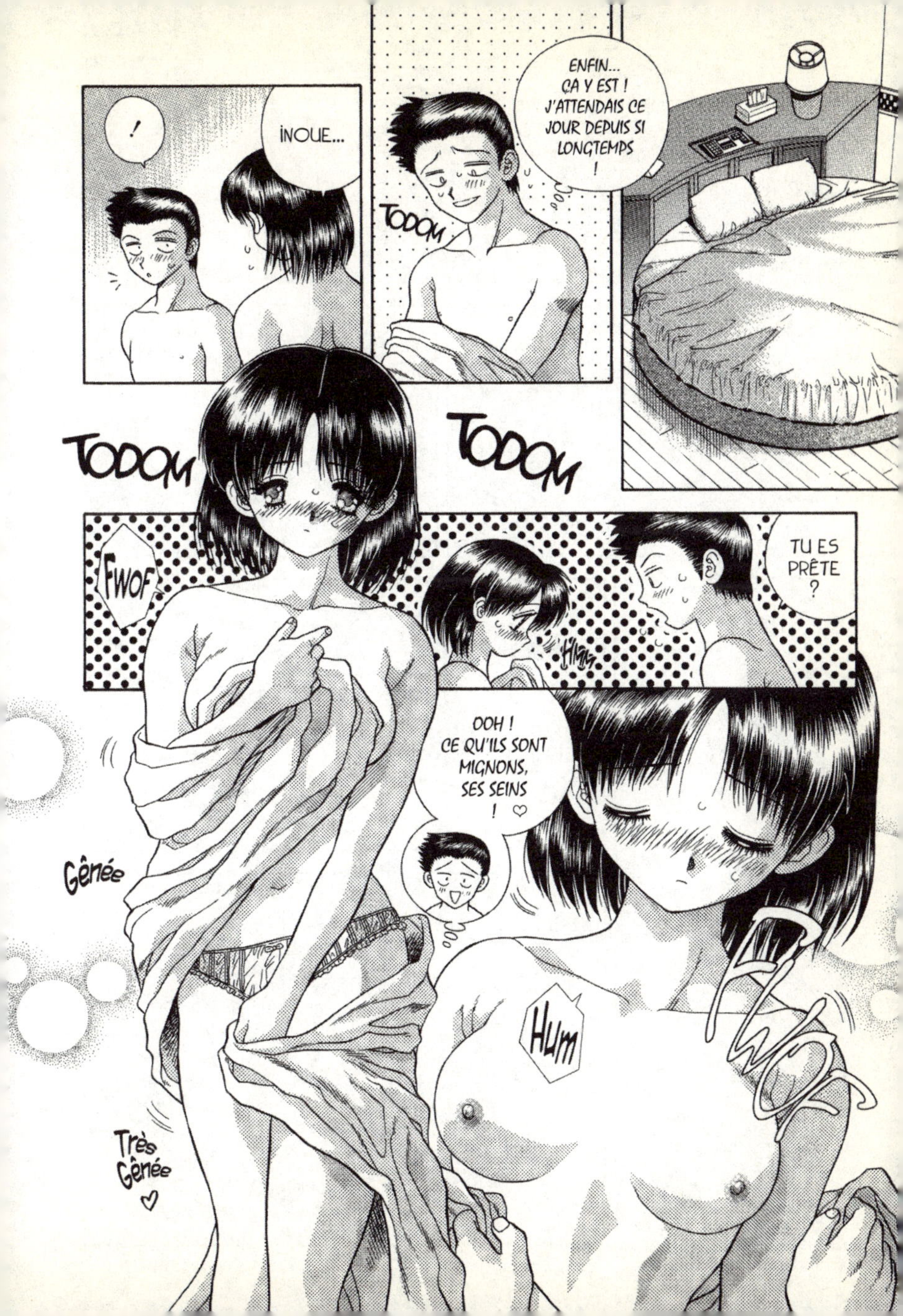
!
INOUE...
TODOM
ENFIN... ÇA Y EST ! J'ATTENDAIS CE JOUR DEPUIS SI LONGTEMPS !
TODOM
TODOM
FWOF
TU ES PRÊTE ?
HMM
OOH ! CE QU'ILS SONT MIGNONS, SES SEINS ! ♡
Gênée
Hum
Très Gênée ♡

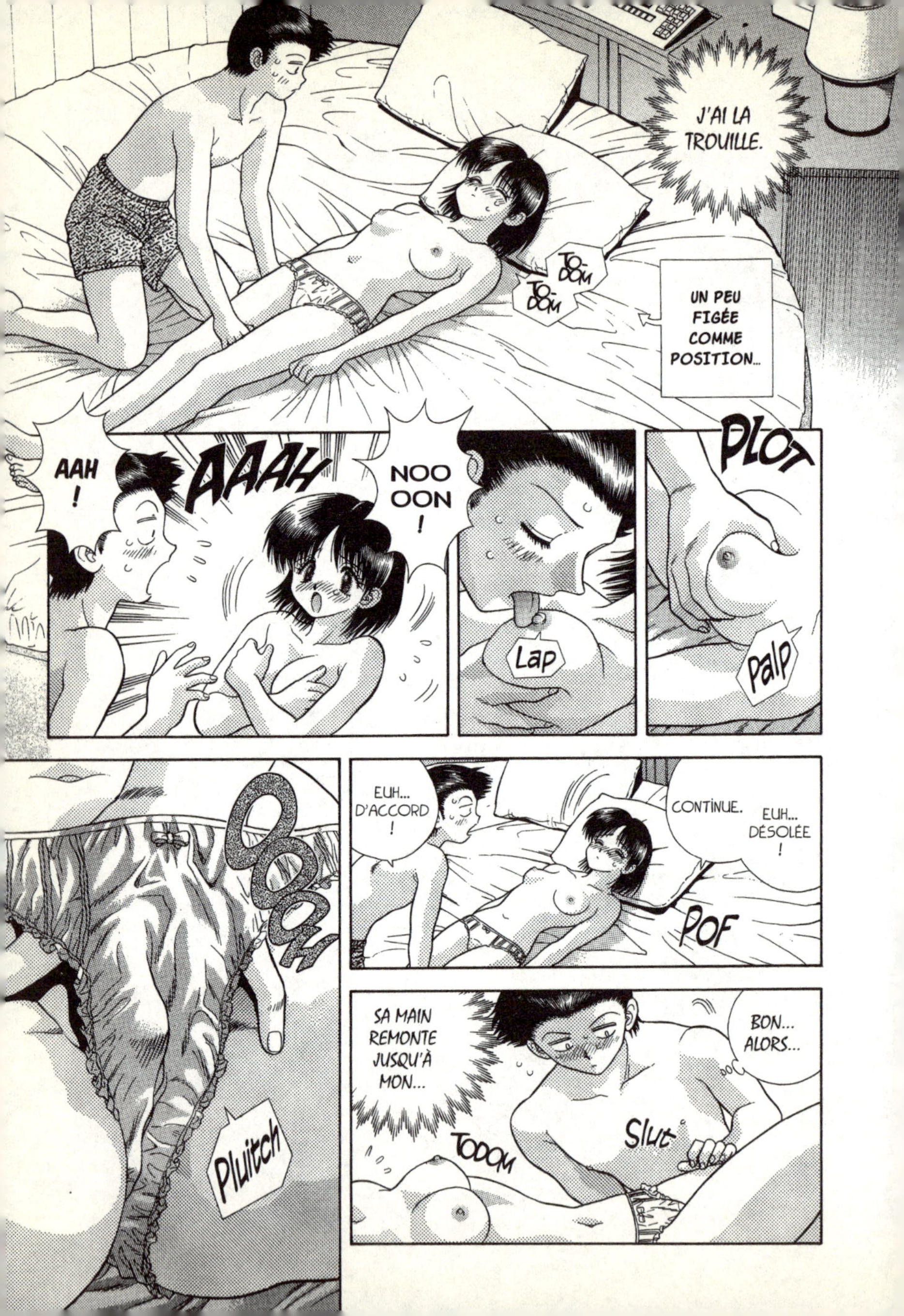

J'AI LA TROUILLE.
UN PEU FIGÉE COMME POSITION...
TO-DOM
TO-DOM
PLOT
Palp
Lap
NOOOON!
AAAH
AAH!
EUH... DÉSOLÉE!
CONTINUE.
EUH... D'ACCORD!
POF
BON... ALORS...
SA MAIN REMONTE JUSQU'À MON...
Slut
TODOM
OOOOM
Pluitch

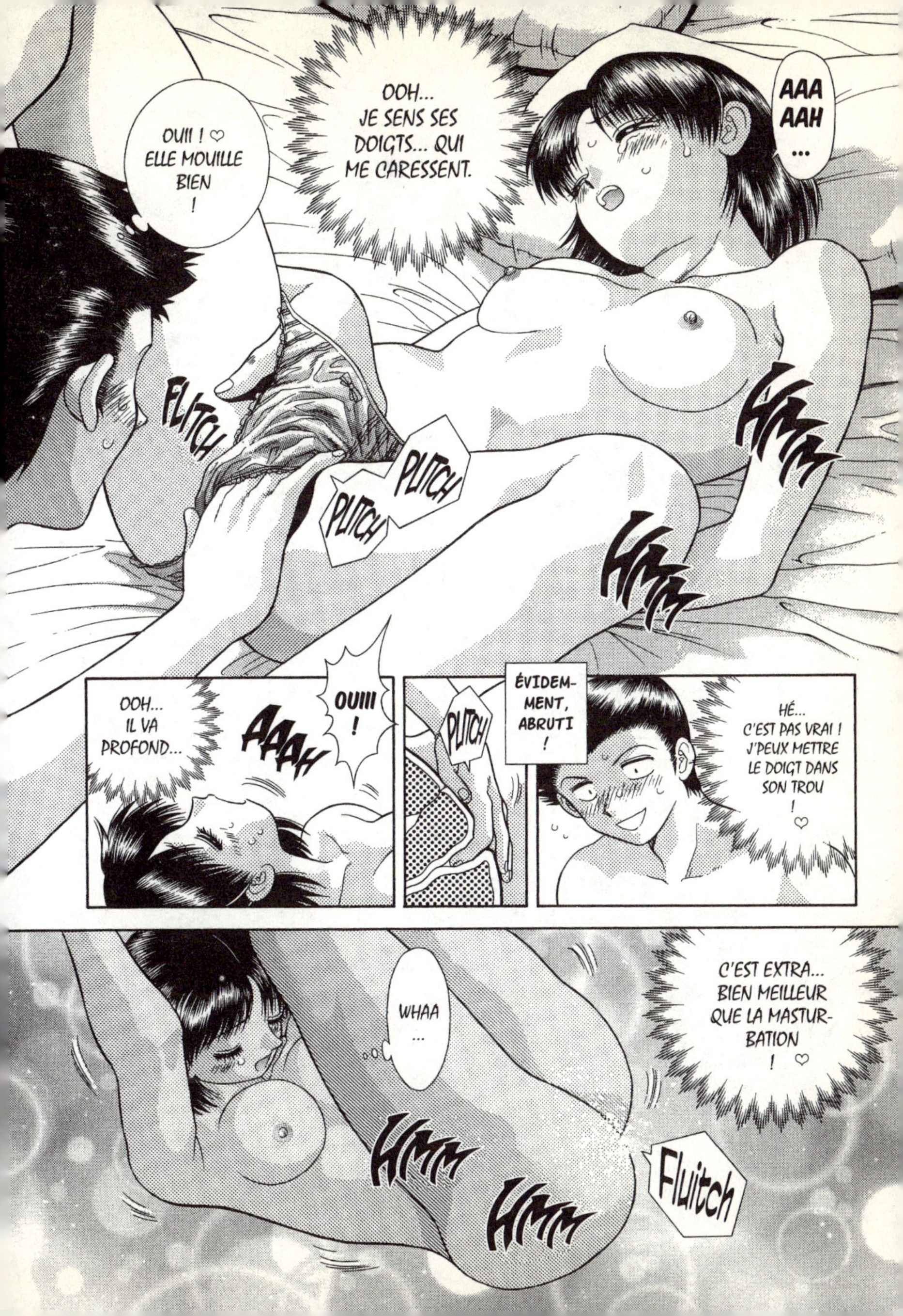
AAA AAH...
OOH... JE SENS SES DOIGTS... QUI ME CARESSENT.
OUII ! ♡ ELLE MOUILLE BIEN !
FLITCH
PLITCH
PLITCH
HMM
HMM
HÉ... C'EST PAS VRAI ! J'PEUX METTRE LE DOIGT DANS SON TROU ! ♡
ÉVIDEMMENT, ABRUTI !
PLITCH
OUIII !
AAAH
OOH... IL VA PROFOND...
C'EST EXTRA... BIEN MEILLEUR QUE LA MASTURBATION ! ♡
WHAA...
HMM
HMM
Fluitch

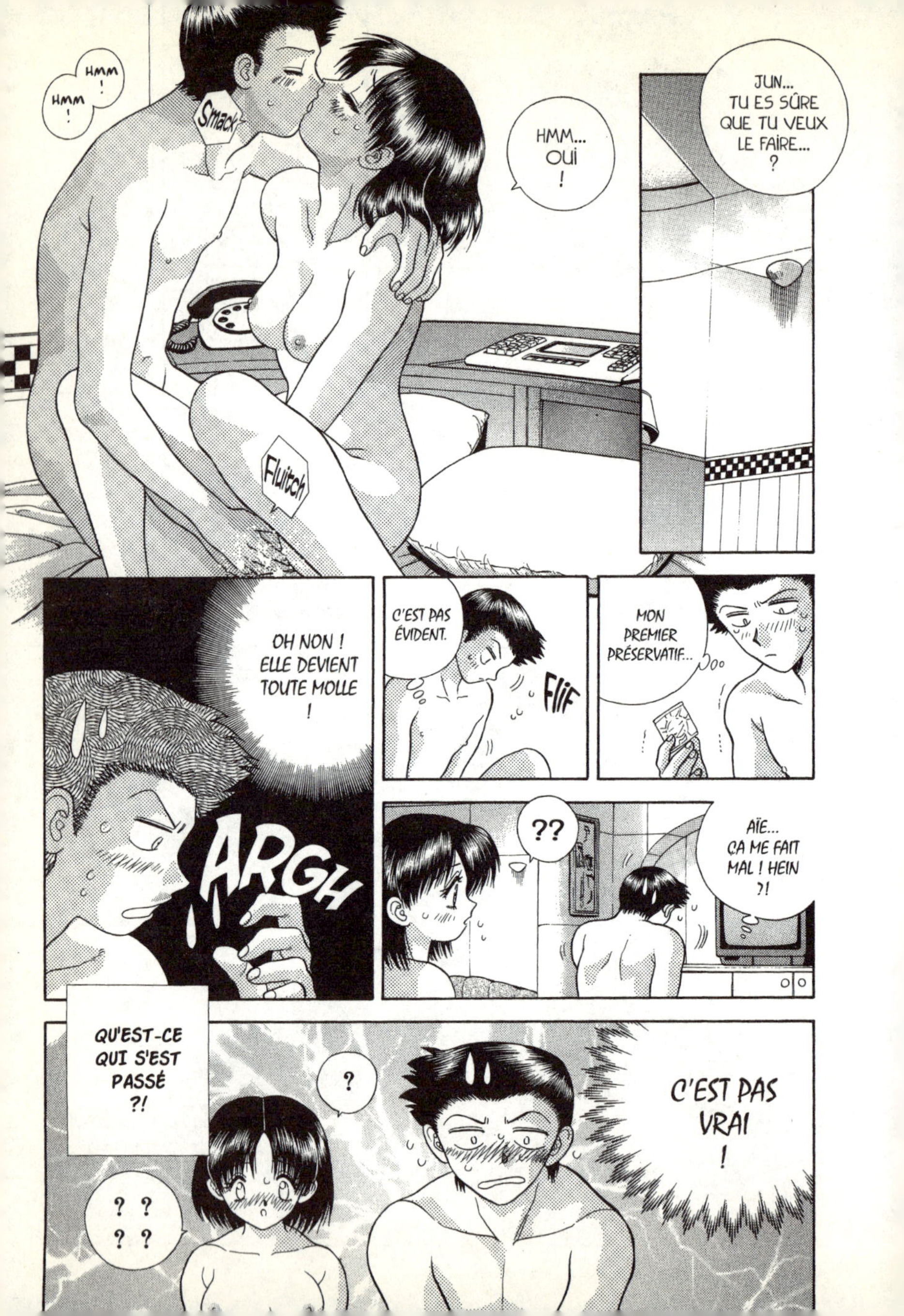
JUN... TU ES SÛRE QUE TU VEUX LE FAIRE... ?
HMM... OUI !
HMM ! HMM !
Smack
Fluitch
MON PREMIER PRÉSERVATIF...
C'EST PAS ÉVIDENT.
FLIIF
OH NON ! ELLE DEVIENT TOUTE MOLLE !
ARGH
AÏE... ÇA ME FAIT MAL ! HEIN ?!
??
C'EST PAS VRAI !
?
? ? ? ?
QU'EST-CE QUI S'EST PASSÉ ?!

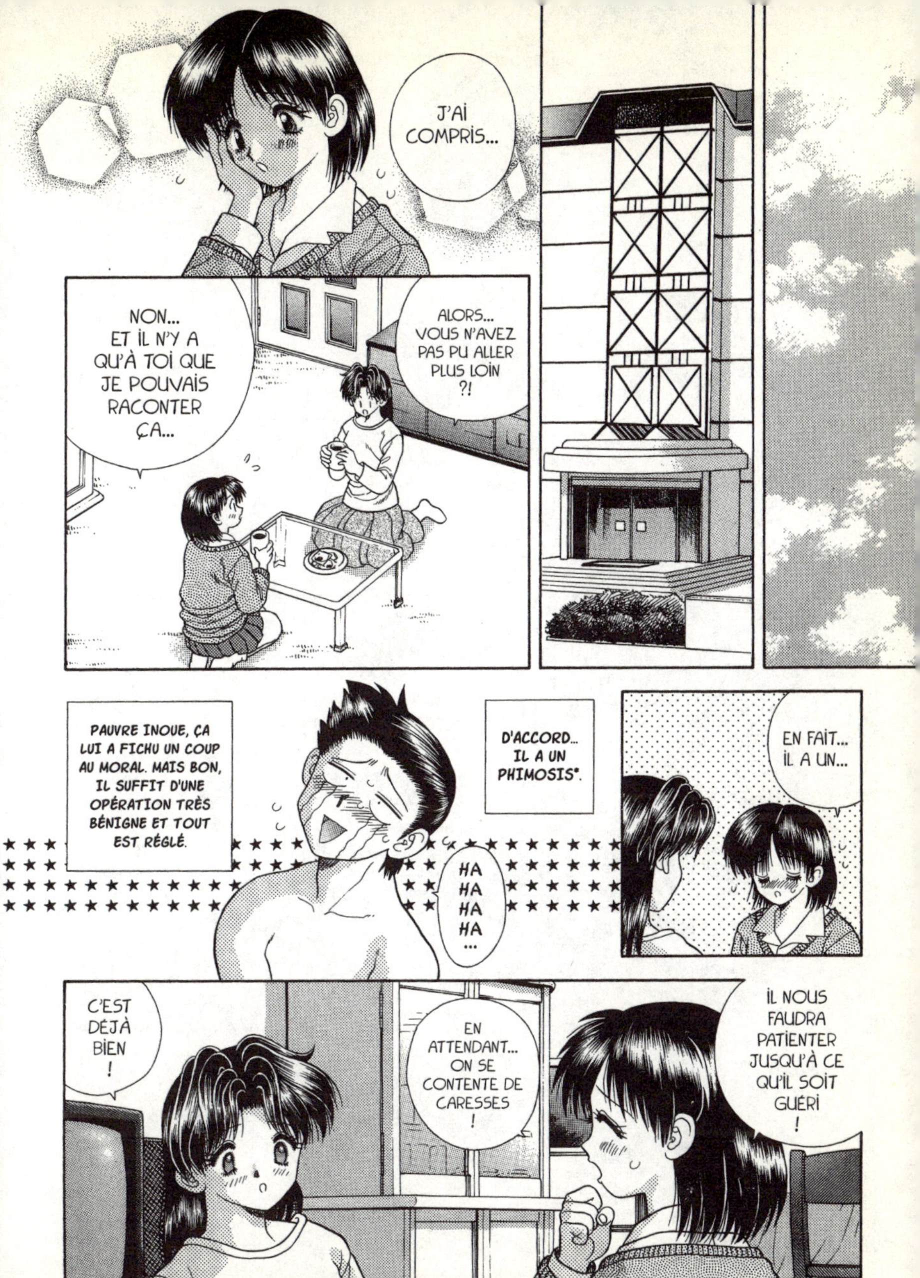

* NDT : ÉTROITESSE ANORMALE DU PRÉPUCE, REPLI MOBILE DE LA PEAU QUI RECOUVRE PLUS OU MOINS LE GLAND DE LA VERGE, EMPÊCHANT DE DÉCOUVRIR LE GLAND.

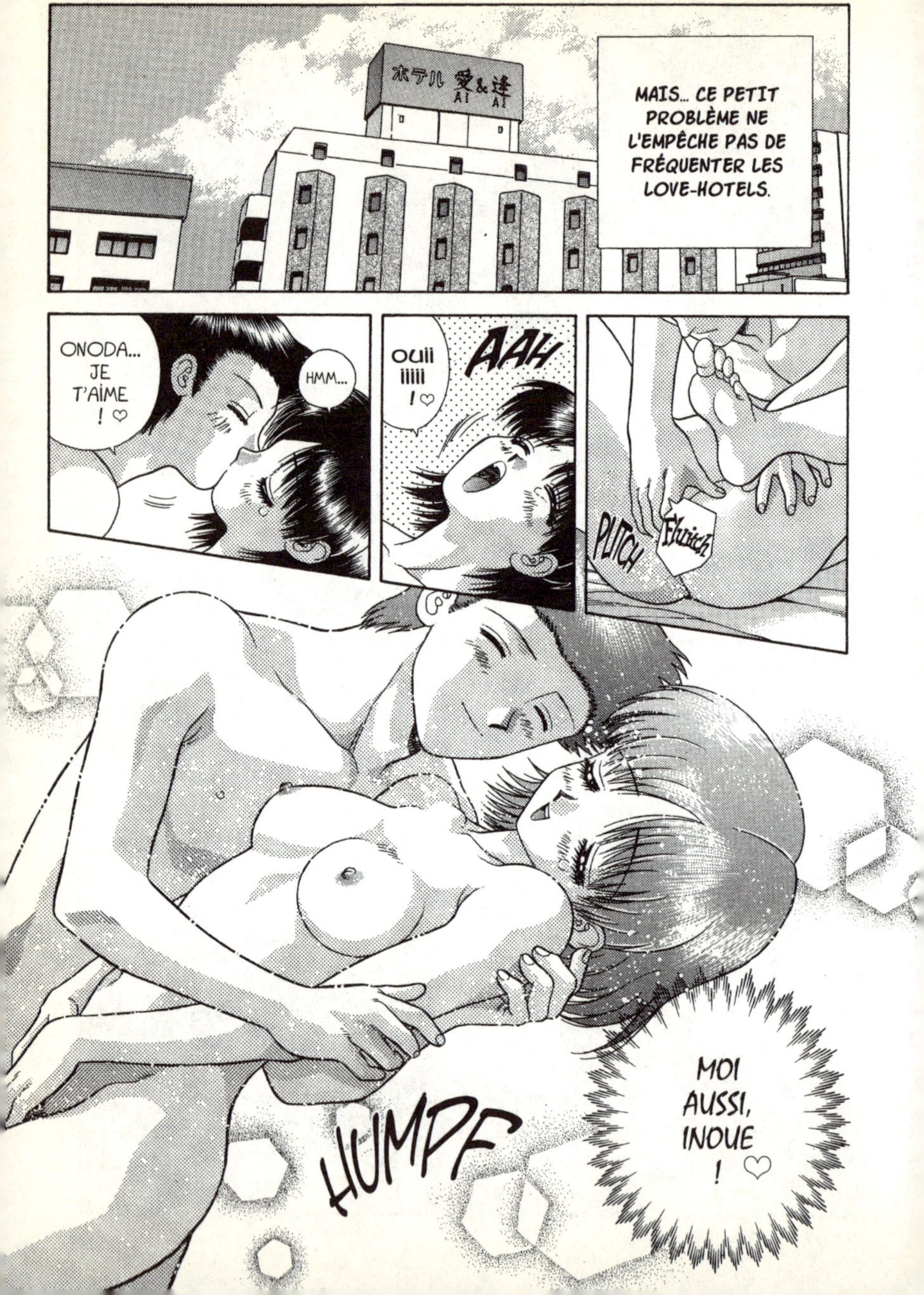
ホテル 愛&逢
AI AI
MAIS... CE PETIT PROBLÈME NE L'EMPÊCHE PAS DE FRÉQUENTER LES LOVE-HOTELS.
ONODA... JE T'AIME ! ♡
HMM...
Ouii iiiii ! ♡
AAH
PLITCH
Fluitch
MOI AUSSI, INOUE ! ♡
HUMPF

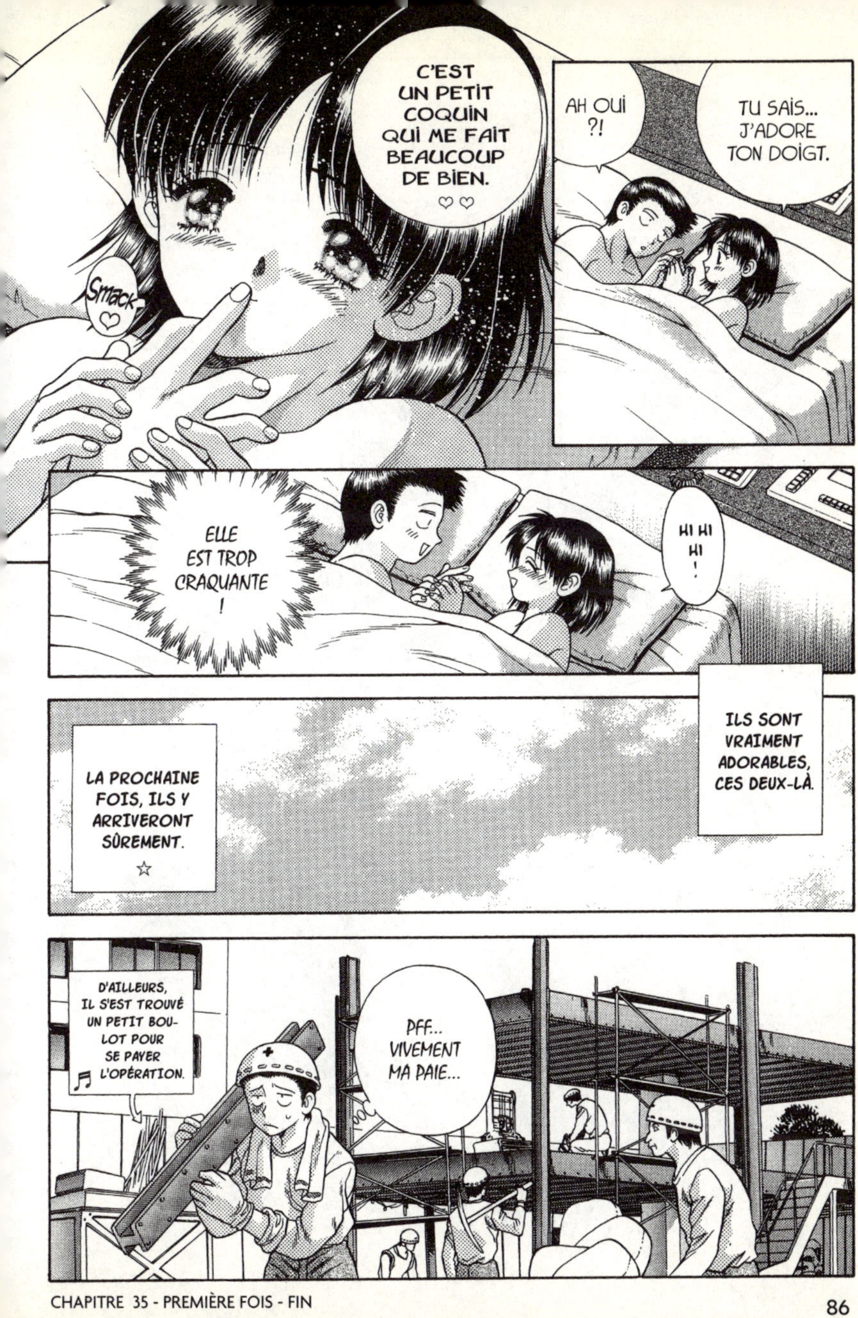
TU SAIS... J'ADORE TON DOIGT.
AH OUI ?!
C'EST UN PETIT COQUIN QUI ME FAIT BEAUCOUP DE BIEN. ♡♡
Smack ♡
HI HI HI !
ELLE EST TROP CRAQUANTE !
ILS SONT VRAIMENT ADORABLES, CES DEUX-LÀ.
LA PROCHAINE FOIS, ILS Y ARRIVERONT SÛREMENT. ☆
PFF... VIVEMENT MA PAIE...
D'AILLEURS, IL S'EST TROUVÉ UN PETIT BOULOT POUR SE PAYER L'OPÉRATION. ♬

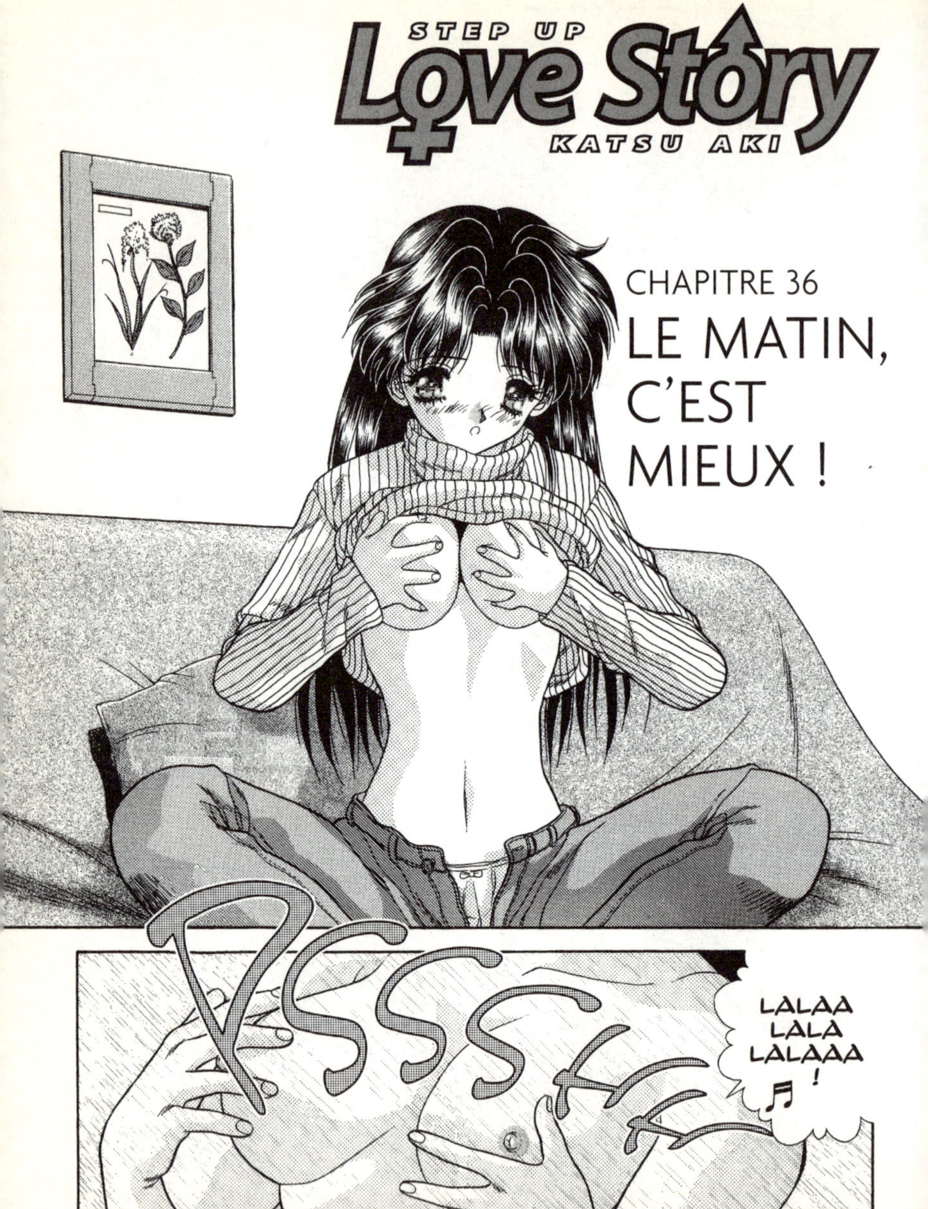
STEP UP
Love Story
KATSU AKI
CHAPITRE 36
LE MATIN, C'EST MIEUX !
LALAA LALA LALAAA ! ♫

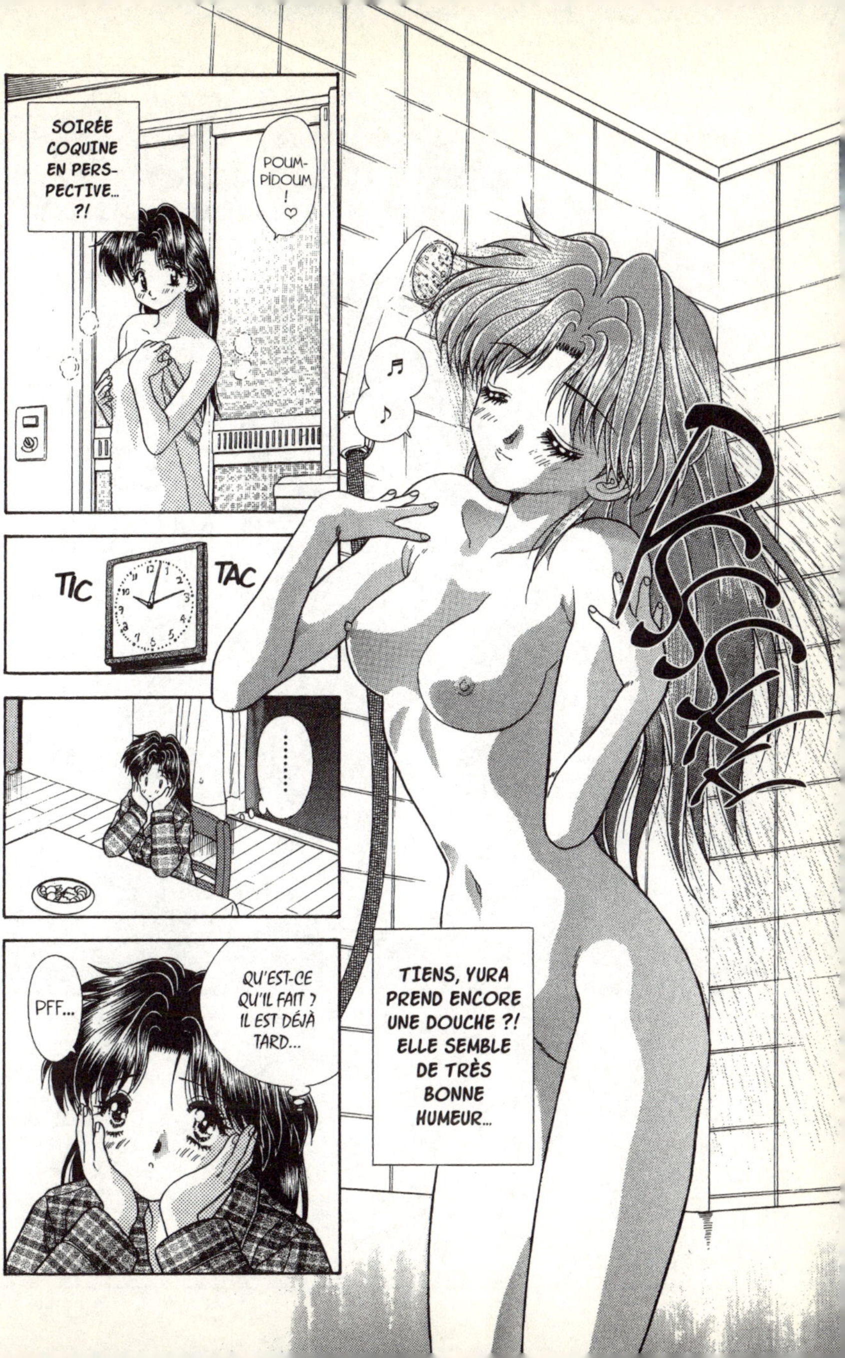

SOIRÉE COQUINE EN PERSPECTIVE... ?!
POUM-PIDOUM ! ♡
TIC
TAC
......
PFF...
QU'EST-CE QU'IL FAIT ? IL EST DÉJÀ TARD...
TIENS, YURA PREND ENCORE UNE DOUCHE ?! ELLE SEMBLE DE TRÈS BONNE HUMEUR...

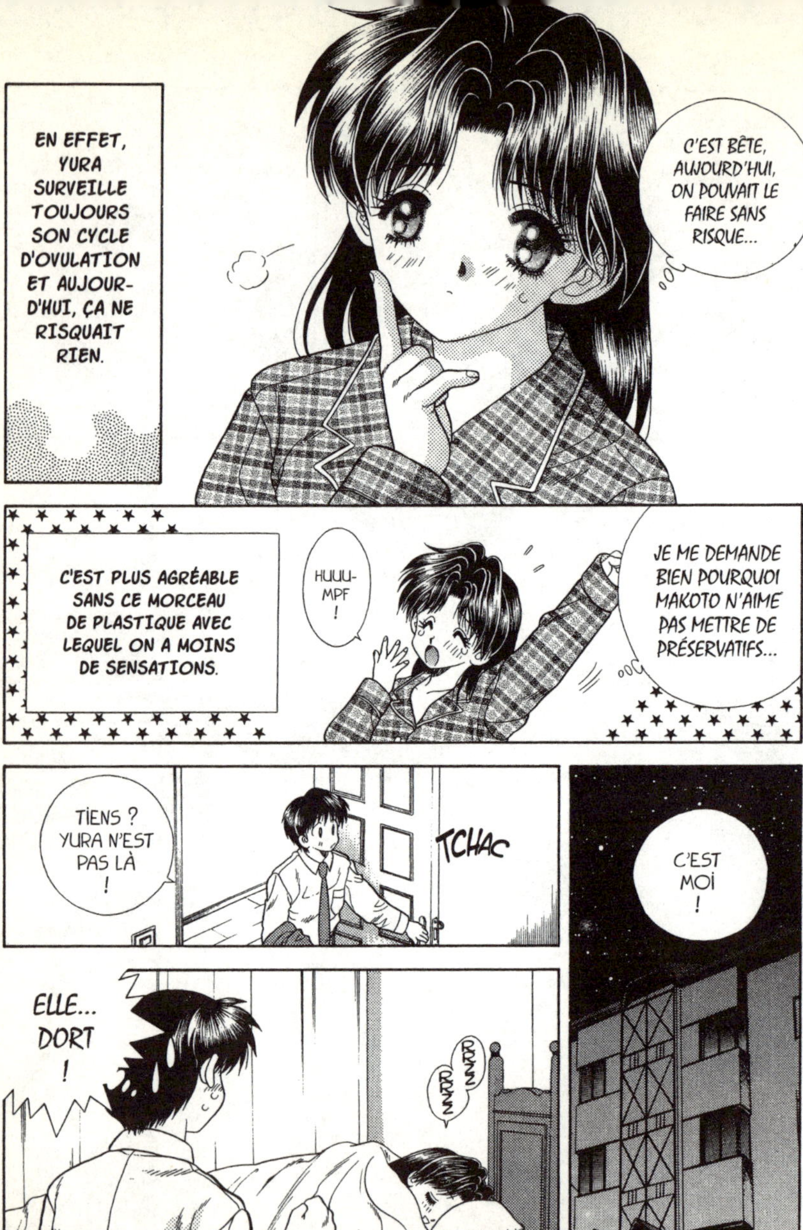
EN EFFET, YURA SURVEILLE TOUJOURS SON CYCLE D'OVULATION ET AUJOUR-D'HUI, ÇA NE RISQUAIT RIEN.
C'EST BÊTE, AUJOURD'HUI, ON POUVAIT LE FAIRE SANS RISQUE...
C'EST PLUS AGRÉABLE SANS CE MORCEAU DE PLASTIQUE AVEC LEQUEL ON A MOINS DE SENSATIONS.
HUUU-MPF !
JE ME DEMANDE BIEN POURQUOI MAKOTO N'AIME PAS METTRE DE PRÉSERVATIFS...
C'EST MOI !
TIENS ? YURA N'EST PAS LÀ !
TCHAC
ELLE... DORT !
RONN
RONN

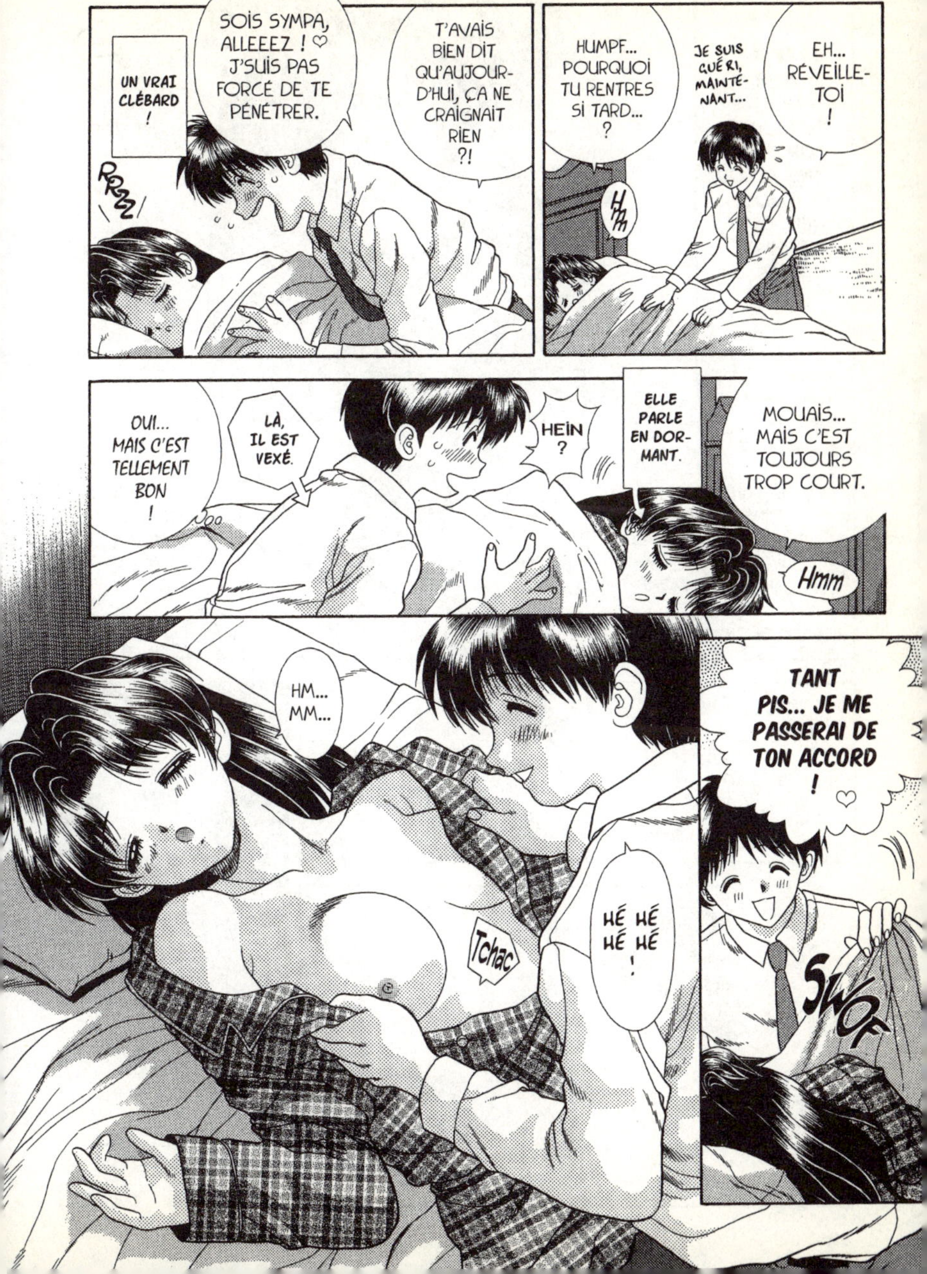
EH... RÉVEILLE-TOI !
JE SUIS GUÉRI, MAINTENANT...
HUMPF... POURQUOI TU RENTRES SI TARD... ?
Hmm
T'AVAIS BIEN DIT QU'AUJOURD'HUI, ÇA NE CRAIGNAIT RIEN ?!
SOIS SYMPA, ALLEEEZ ! ♡ J'SUIS PAS FORCÉ DE TE PÉNÉTRER.
UN VRAI CLÉBARD !
RRZZ
MOUAIS... MAIS C'EST TOUJOURS TROP COURT.
Hmm
ELLE PARLE EN DORMANT.
HEIN ?
LÀ, IL EST VEXÉ.
OUI... MAIS C'EST TELLEMENT BON !
TANT PIS... JE ME PASSERAI DE TON ACCORD ! ♡
SWOF
HÉ HÉ HÉ HÉ !
Tchac
HM... MM...

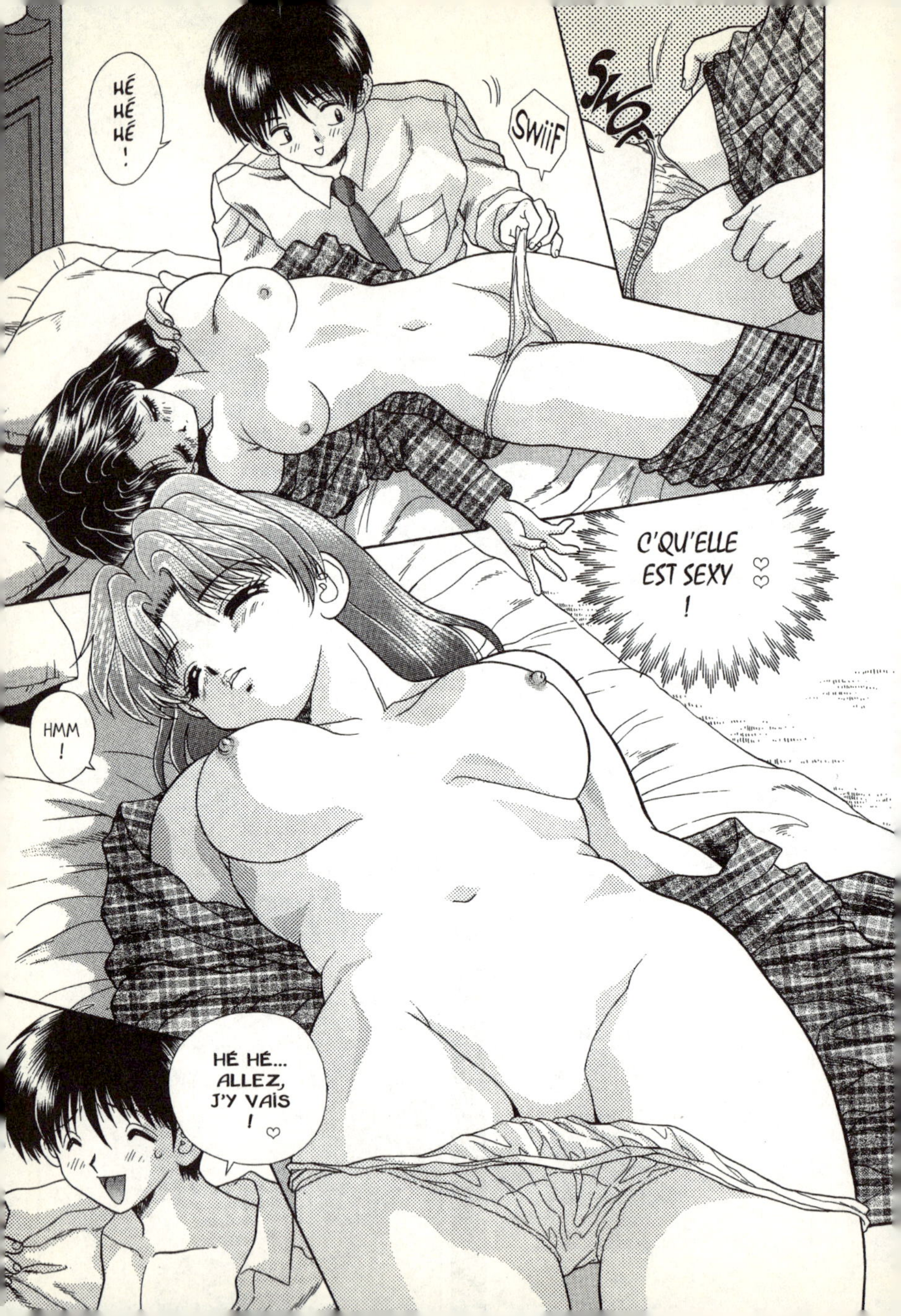
SWOP
SWiiF
HÉ HÉ HÉ !
C'QU'ELLE EST SEXY ♡♡ !
HMM !
HÉ HÉ... ALLEZ, J'Y VAIS ! ♡

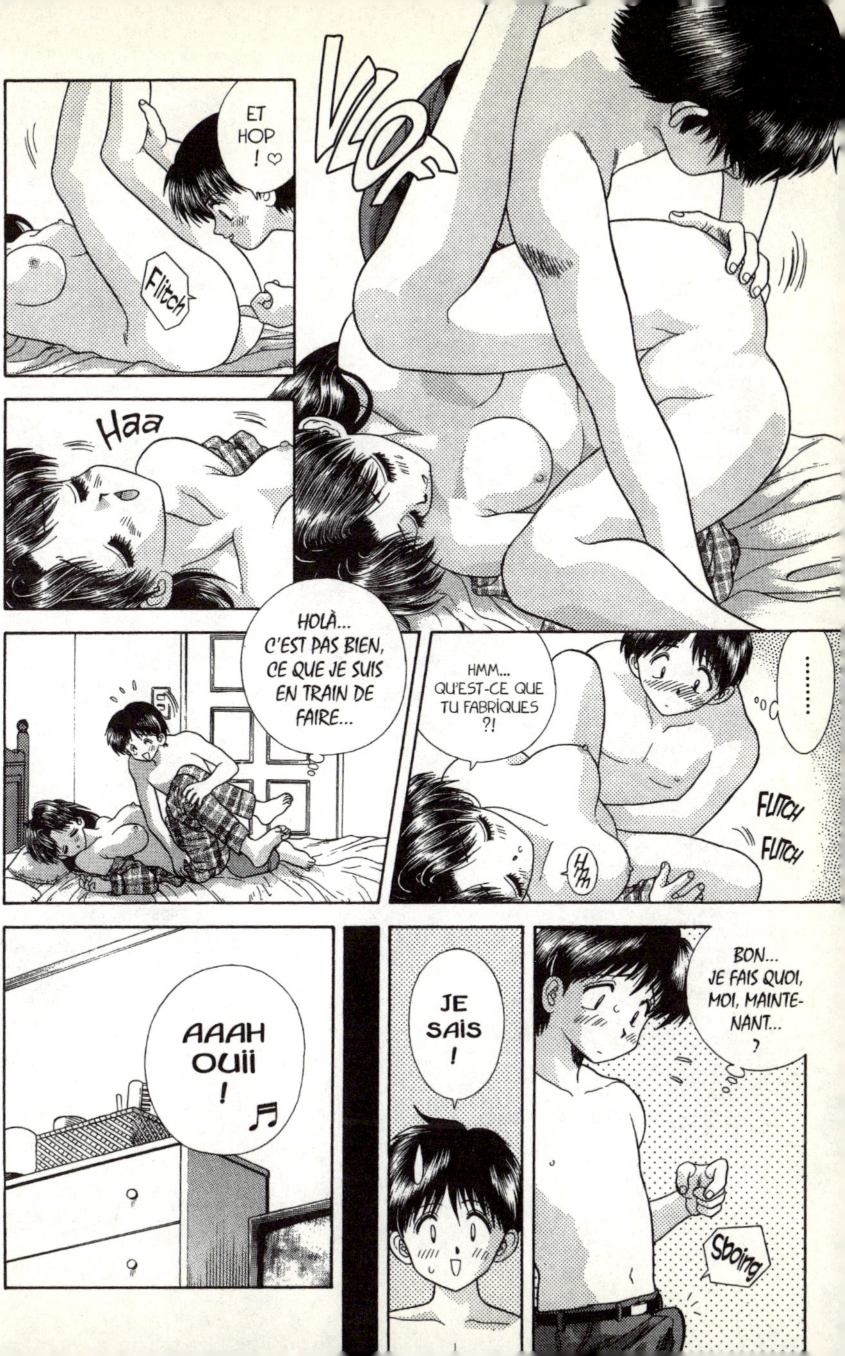
ET HOP ! ♡
Flitch
VLOF
Haa
HMM... QU'EST-CE QUE TU FABRIQUES ?!
......
FLITCH
FLITCH
Hmm
HOLÀ... C'EST PAS BIEN, CE QUE JE SUIS EN TRAIN DE FAIRE...
BON... JE FAIS QUOI, MOI, MAINTENANT... ?
Sboing
JE SAIS !
AAAH OUII ! ♫

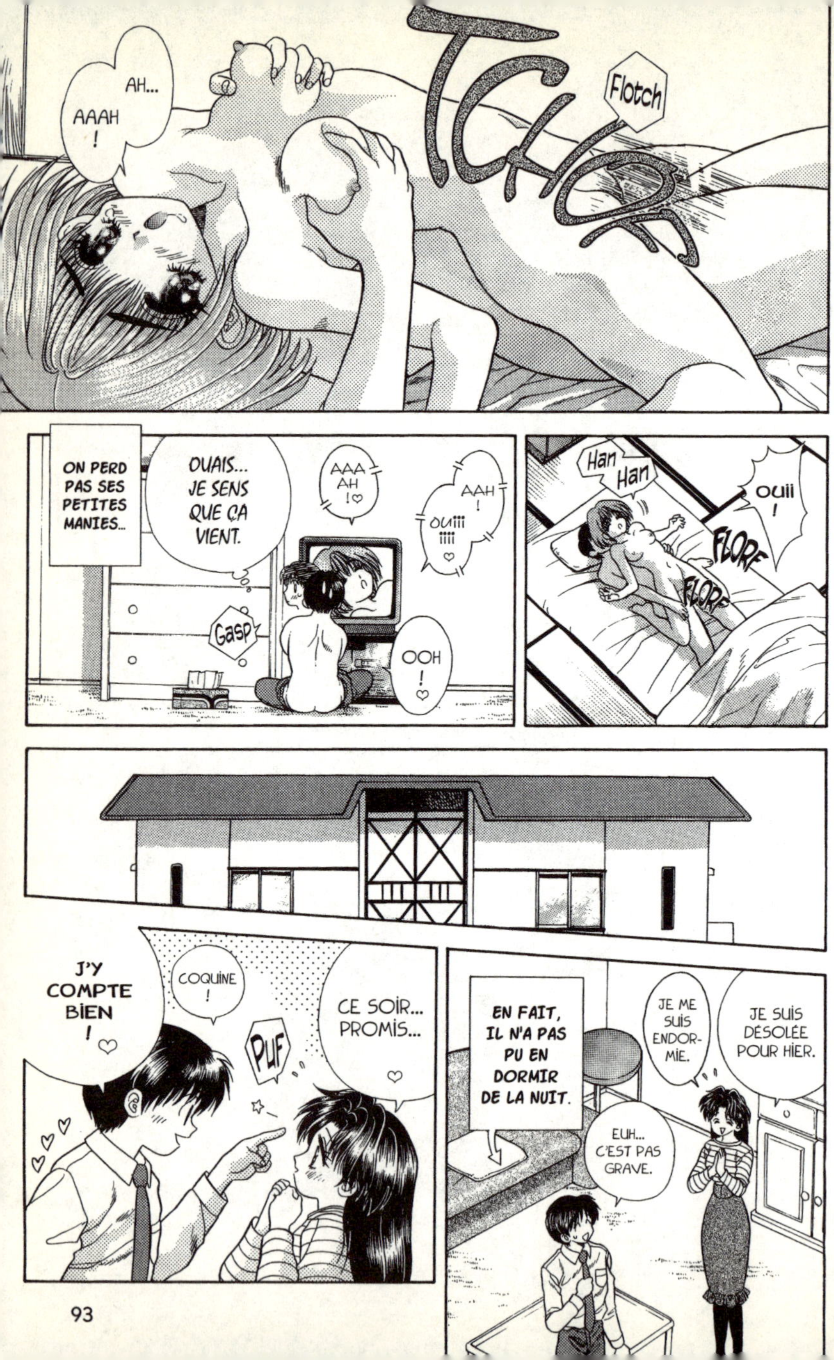
Flotch
TCHOP
AH... AAAH !
OUii !
Han Han
FLORF FLORF
OOH ! ♡
AAH ! OUiiiiiii ♡
AAAAH ! ♡
OUAIS... JE SENS QUE ÇA VIENT.
Gasp
ON PERD PAS SES PETITES MANIES...
JE SUIS DÉSOLÉE POUR HIER.
JE ME SUIS ENDORMIE.
EN FAIT, IL N'A PAS PU EN DORMIR DE LA NUIT.
EUH... C'EST PAS GRAVE.
CE SOIR... PROMIS... ♡
PUF
COQUINE !
J'Y COMPTE BIEN ! ♡

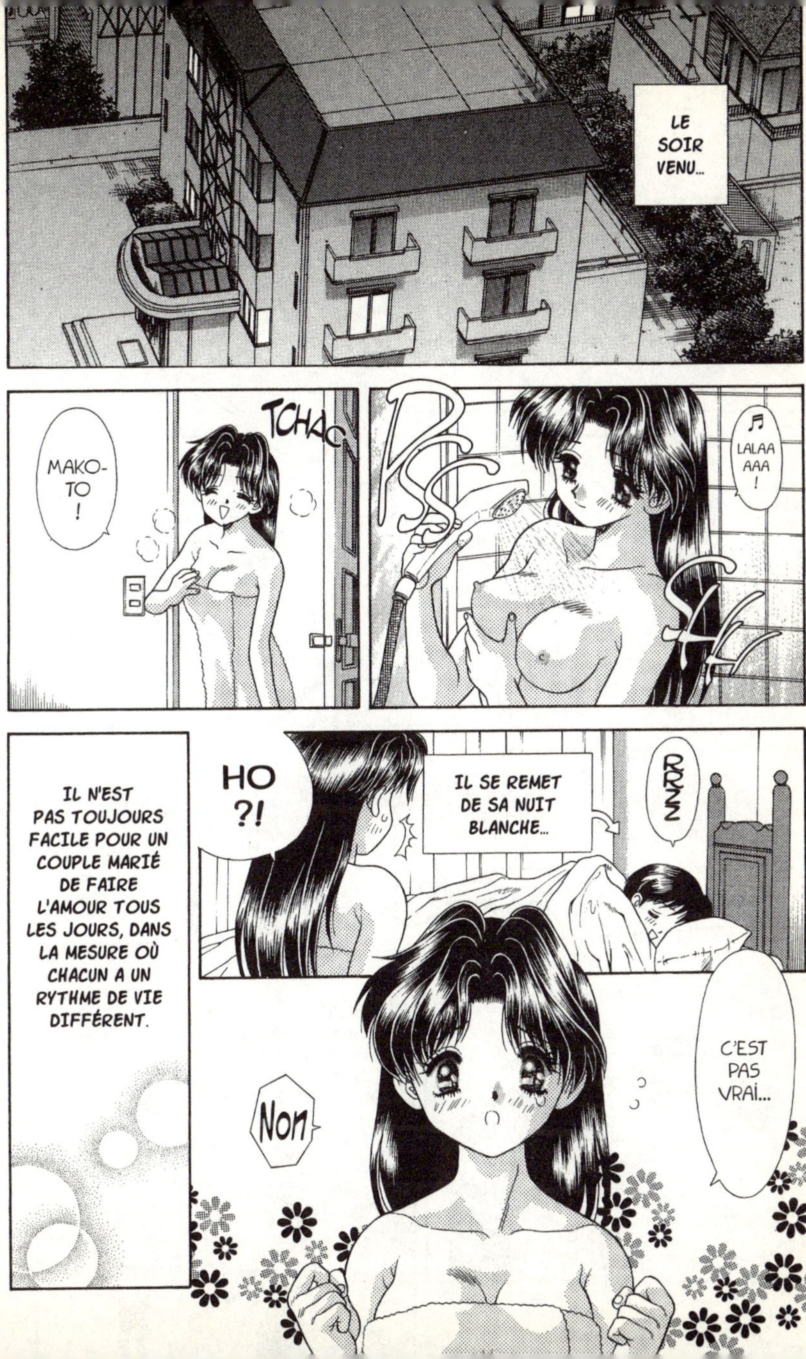
LE SOIR VENU...
PSS
SHH
♪ LALAAAAA !
TCHAC
MAKO-TO !
RRZZ
IL SE REMET DE SA NUIT BLANCHE...
HO ?!
IL N'EST PAS TOUJOURS FACILE POUR UN COUPLE MARIÉ DE FAIRE L'AMOUR TOUS LES JOURS, DANS LA MESURE OÙ CHACUN A UN RYTHME DE VIE DIFFÉRENT.
C'EST PAS VRAI...
Non

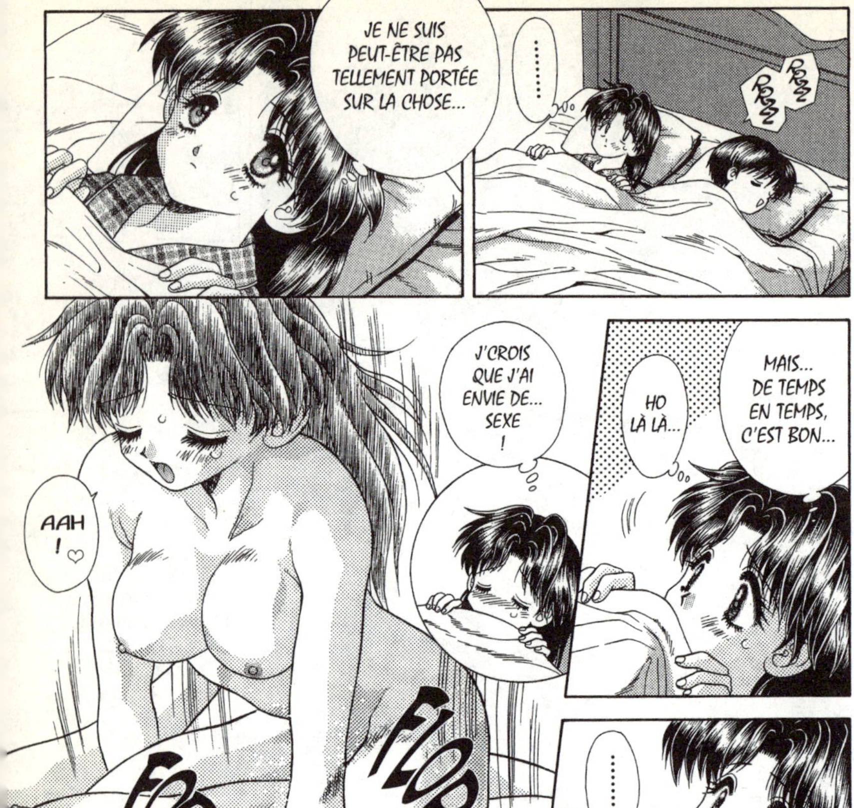
JE NE SUIS PEUT-ÊTRE PAS TELLEMENT PORTÉE SUR LA CHOSE...
......
RONZZ
RONZZ
AAH ! ♡
FOF
FLORF
J'CROIS QUE J'AI ENVIE DE... SEXE !
HO LÀ LÀ...
MAIS... DE TEMPS EN TEMPS, C'EST BON...
......

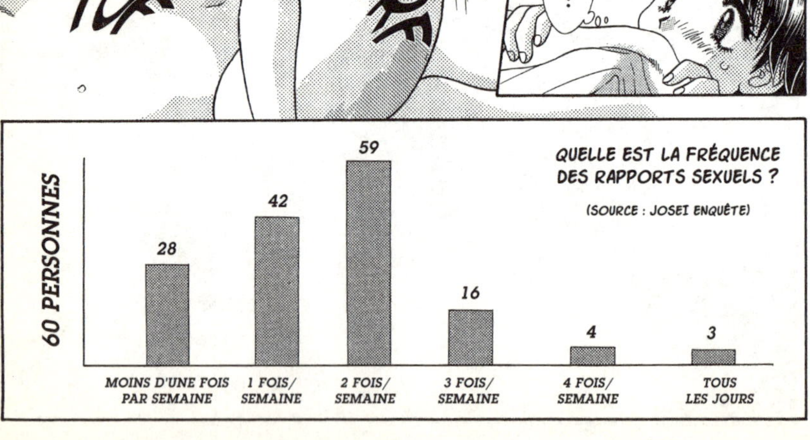
QUELLE EST LA FRÉQUENCE DES RAPPORTS SEXUELS ?
(SOURCE : JOSEI ENQUÊTE)
60 PERSONNES
28
42
59
16
4
3
MOINS D'UNE FOIS PAR SEMAINE
1 FOIS/ SEMAINE
2 FOIS/ SEMAINE
3 FOIS/ SEMAINE
4 FOIS/ SEMAINE
TOUS LES JOURS

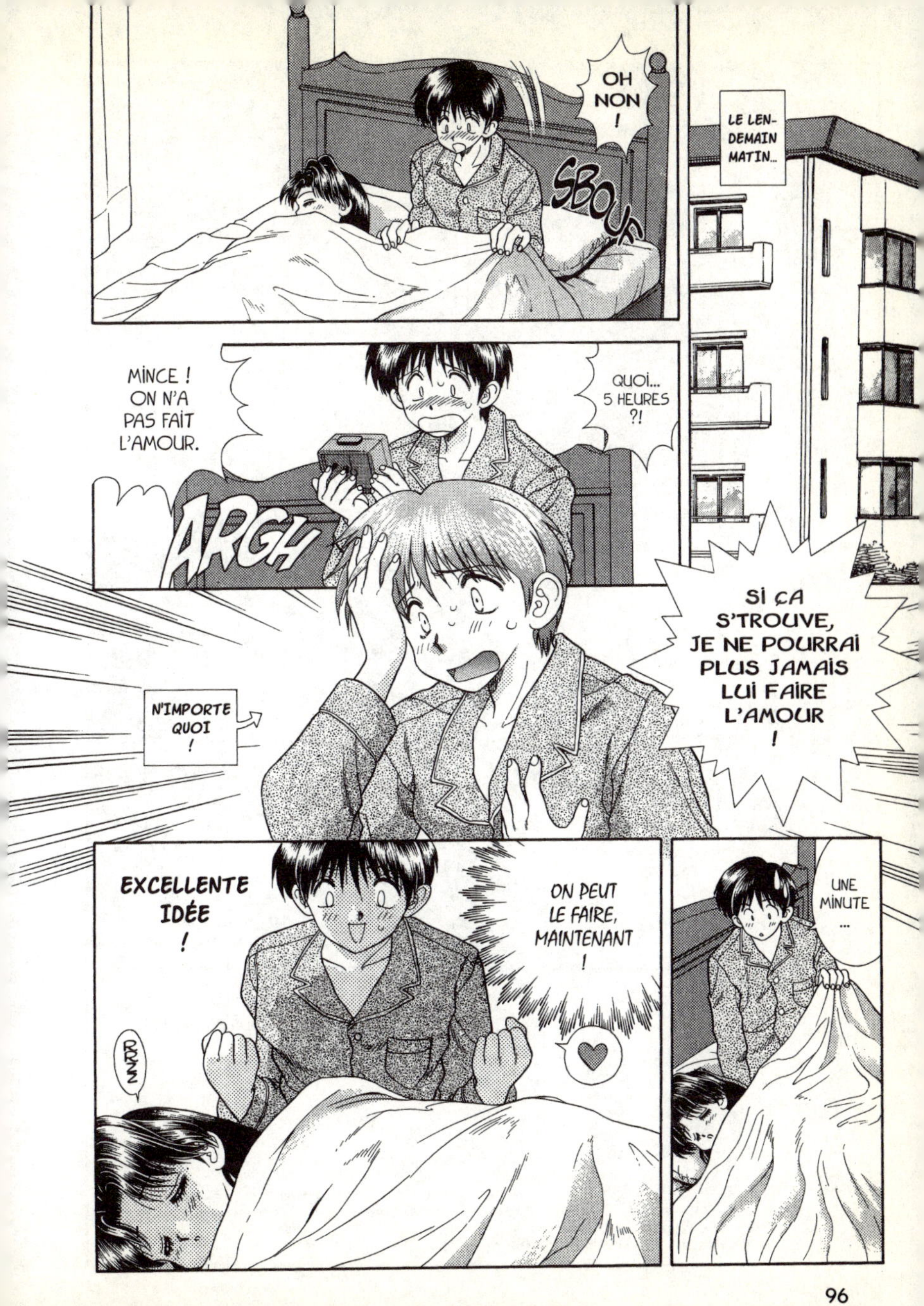

LE LENDEMAIN MATIN...
OH NON !
SBOUF
QUOI... 5 HEURES ?!
MINCE ! ON N'A PAS FAIT L'AMOUR.
ARGH
SI ÇA S'TROUVE, JE NE POURRAI PLUS JAMAIS LUI FAIRE L'AMOUR !
N'IMPORTE QUOI !
EXCELLENTE IDÉE !
ON PEUT LE FAIRE, MAINTENANT !
UNE MINUTE ...

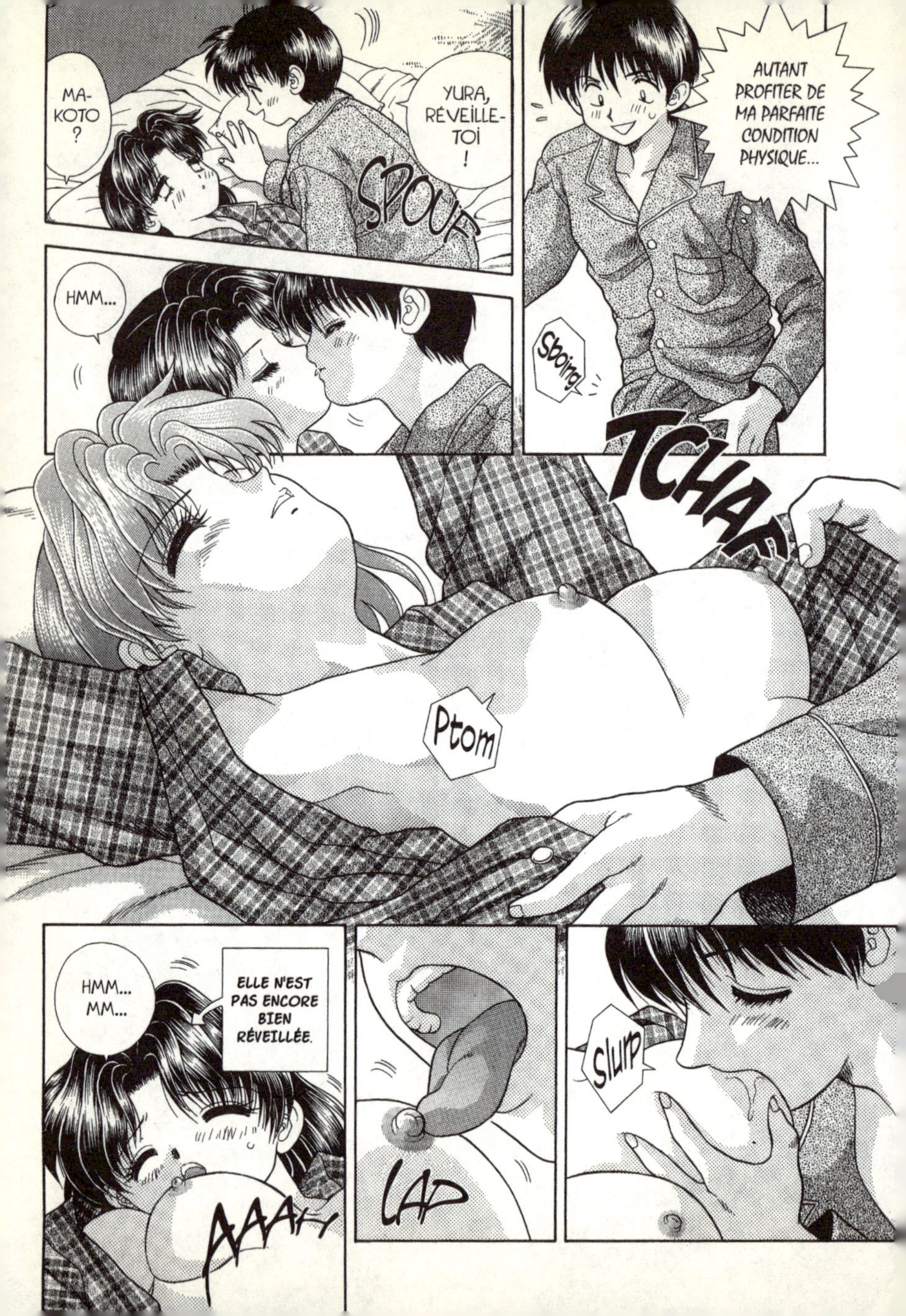

YURA, RÉVEILLE-TOI !
SPOUF
MA-KOTO ?
HMM...
AUTANT PROFITER DE MA PARFAITE CONDITION PHYSIQUE...
Sboing
TCHAF
Ptom
HMM... MM...
ELLE N'EST PAS ENCORE BIEN RÉVEILLÉE.
AAAH
LAP
slurp

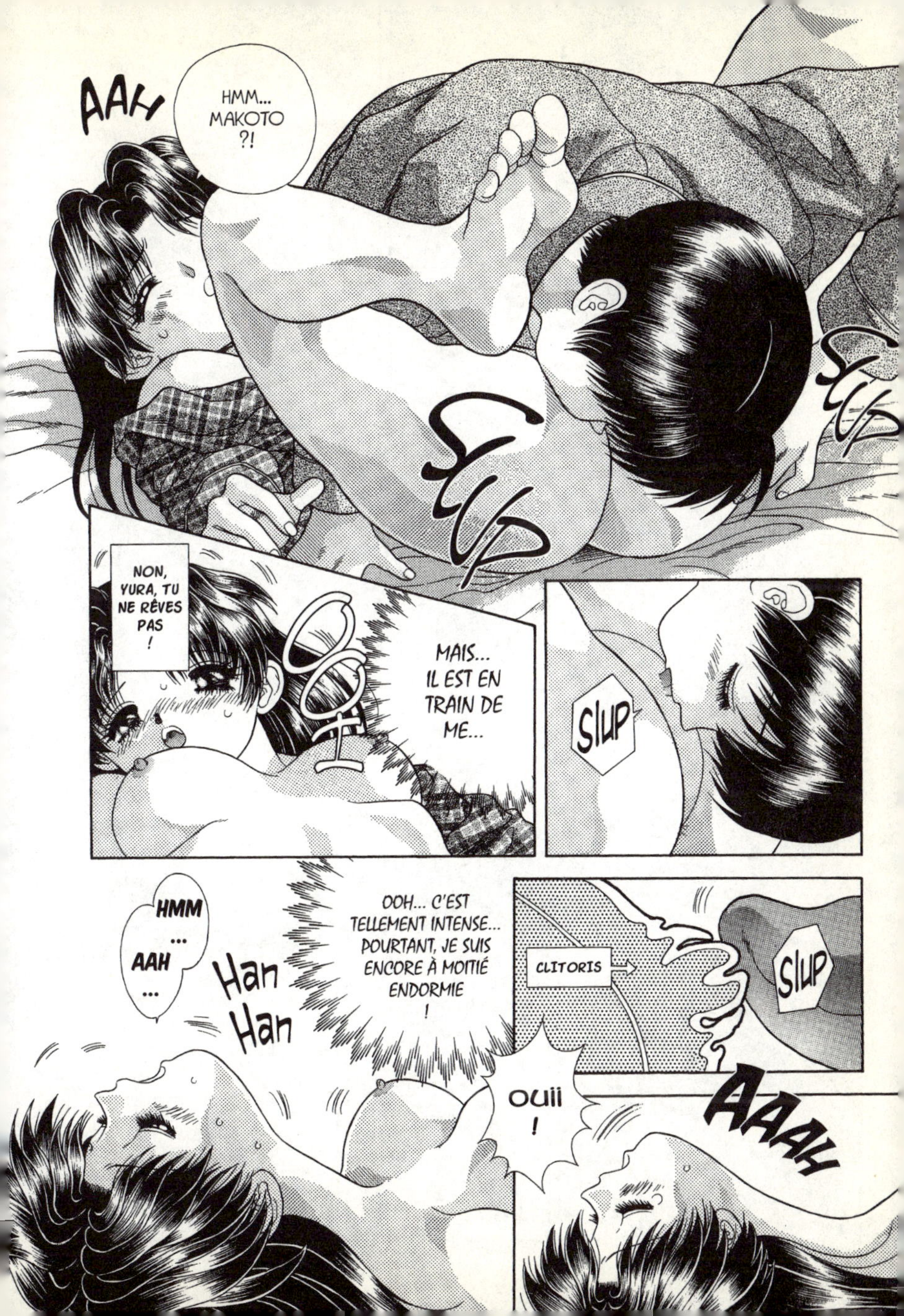
AAH
HMM... MAKOTO ?!
SLUP
SLUP
NON, YURA, TU NE RÊVES PAS !
OOH
MAIS... IL EST EN TRAIN DE ME...
SLUP
HMM ... AAH ...
Han Han
OOH... C'EST TELLEMENT INTENSE... POURTANT, JE SUIS ENCORE À MOITIÉ ENDORMIE !
CLITORIS
SLUP
OUII !
AAAH

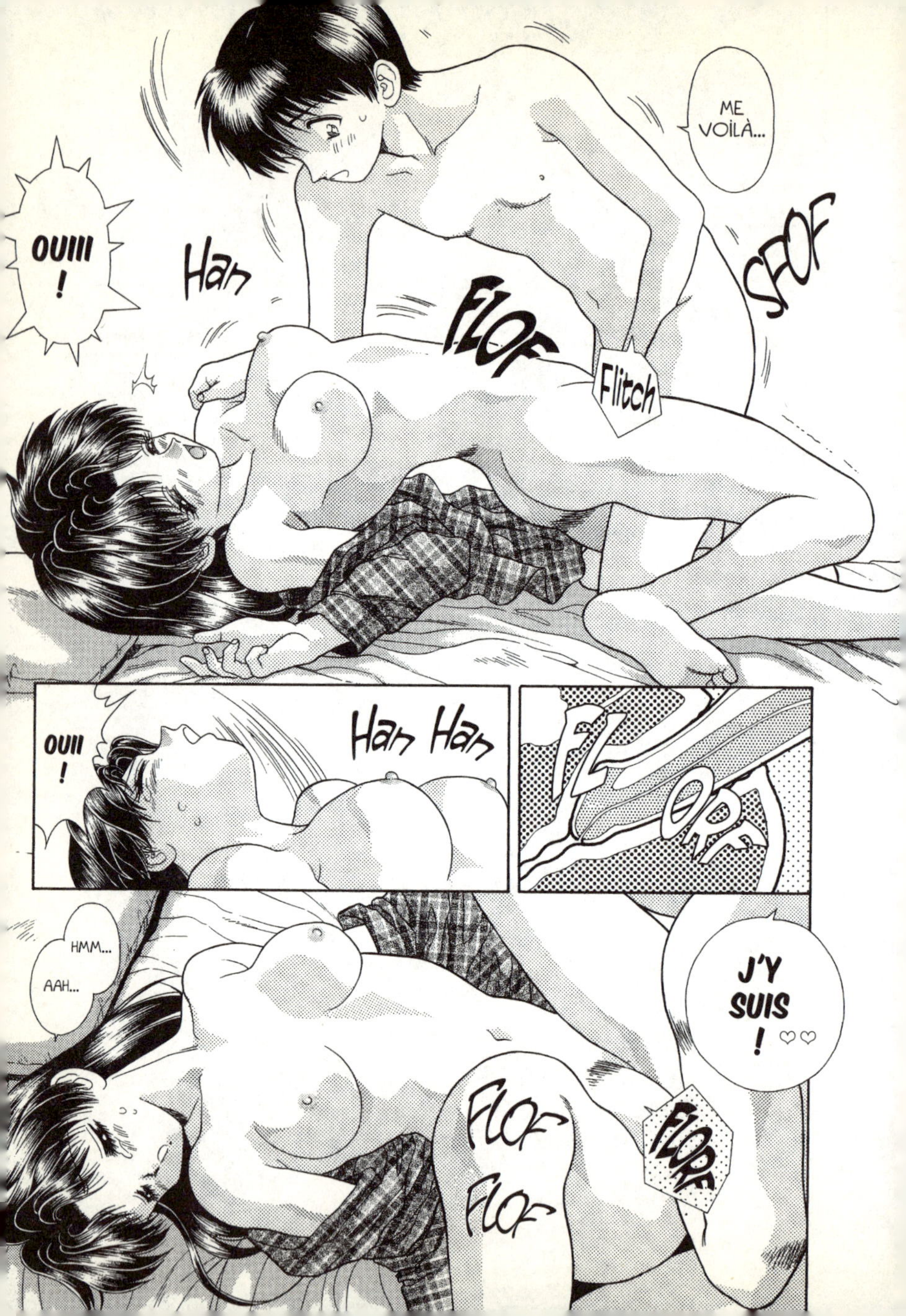
ME VOILÀ...
SFOF
FLOF
Flitch
Han
OUIII !
FLORF
Han Han
OUII !
J'Y SUIS ! ♡♡
FLORF
FLOF
FLOF
HMM...
AAH...

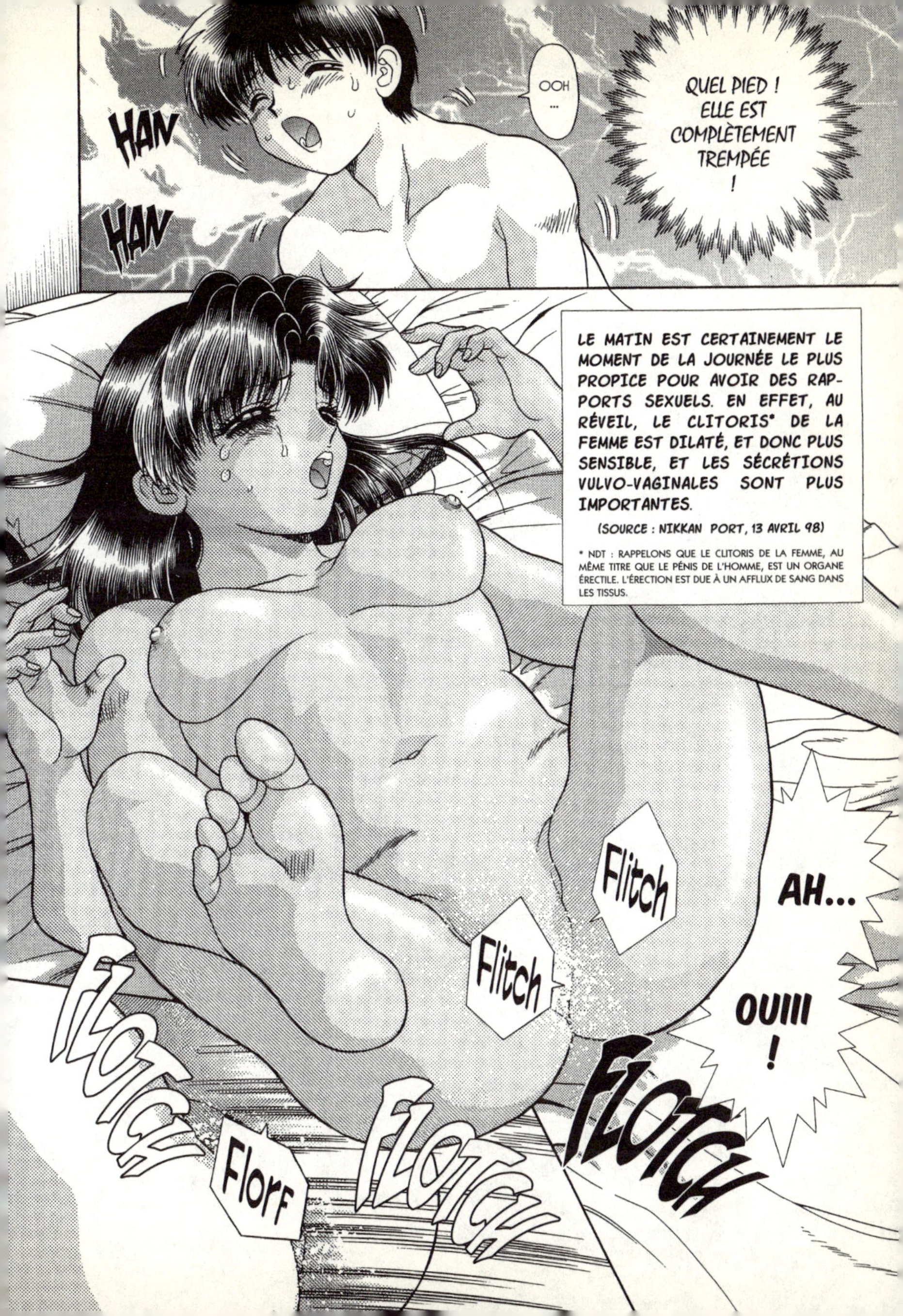
QUEL PIED ! ELLE EST COMPLÈTEMENT TREMPÉE !
OOH ...
HAN
HAN
LE MATIN EST CERTAINEMENT LE MOMENT DE LA JOURNÉE LE PLUS PROPICE POUR AVOIR DES RAPPORTS SEXUELS. EN EFFET, AU RÉVEIL, LE CLITORIS* DE LA FEMME EST DILATÉ, ET DONC PLUS SENSIBLE, ET LES SÉCRÉTIONS VULVO-VAGINALES SONT PLUS IMPORTANTES.
(SOURCE : NIKKAN PORT, 13 AVRIL 98)
* NDT : RAPPELONS QUE LE CLITORIS DE LA FEMME, AU MÊME TITRE QUE LE PÉNIS DE L'HOMME, EST UN ORGANE ÉRECTILE. L'ÉRECTION EST DUE À UN AFFLUX DE SANG DANS LES TISSUS.
AH...
OUIII !
Flitch
Flitch
FLOTCH
FLOTCH
Florf
FLOTCH

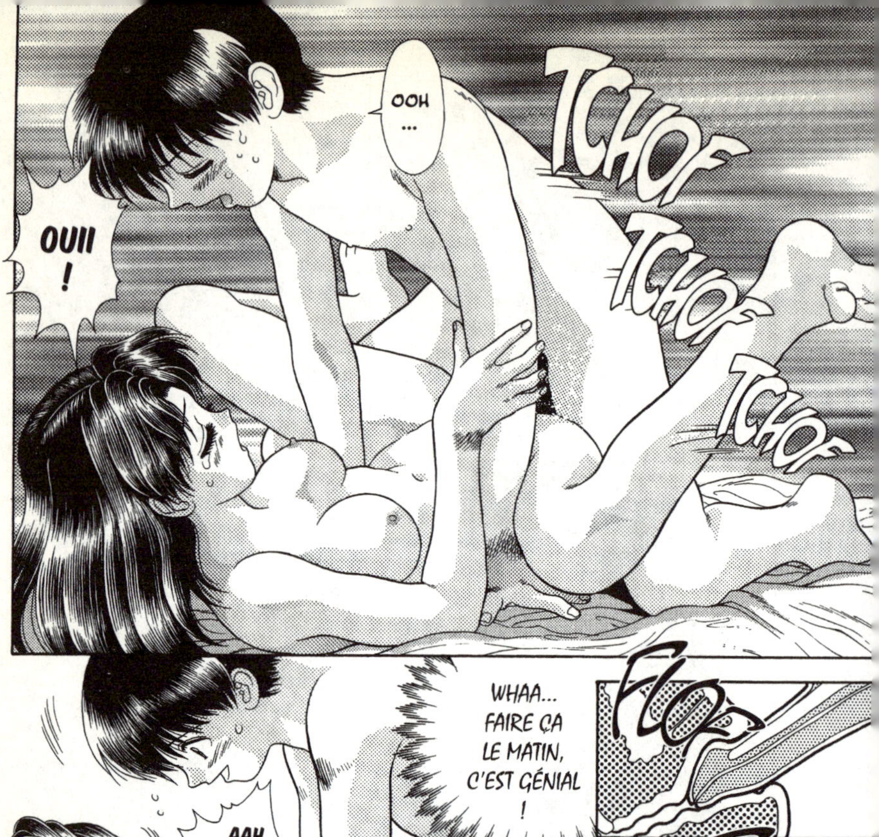
TCHOF TCHOF TCHOF
OOH ...
OUII !
FLOF FLOF
WHAA... FAIRE ÇA LE MATIN, C'EST GÉNIAL !
AAH ... OUIII !
TCHOF TCHOF
L'ACTIVITÉ HORMONALE MASCULINE, QUI STIMULE L'ENVIE SEXUELLE, EST PLUS IMPORTANTE LE MATIN (JUSQUE VERS MIDI). ALORS QUE POUR LES FEMMES, L'ACTIVITÉ OVARIENNE EST PLUS IMPORTANTE DANS L'APRÈS-MIDI.
(SOURCE : QUESTIONS DES JEUNES GARÇONS)

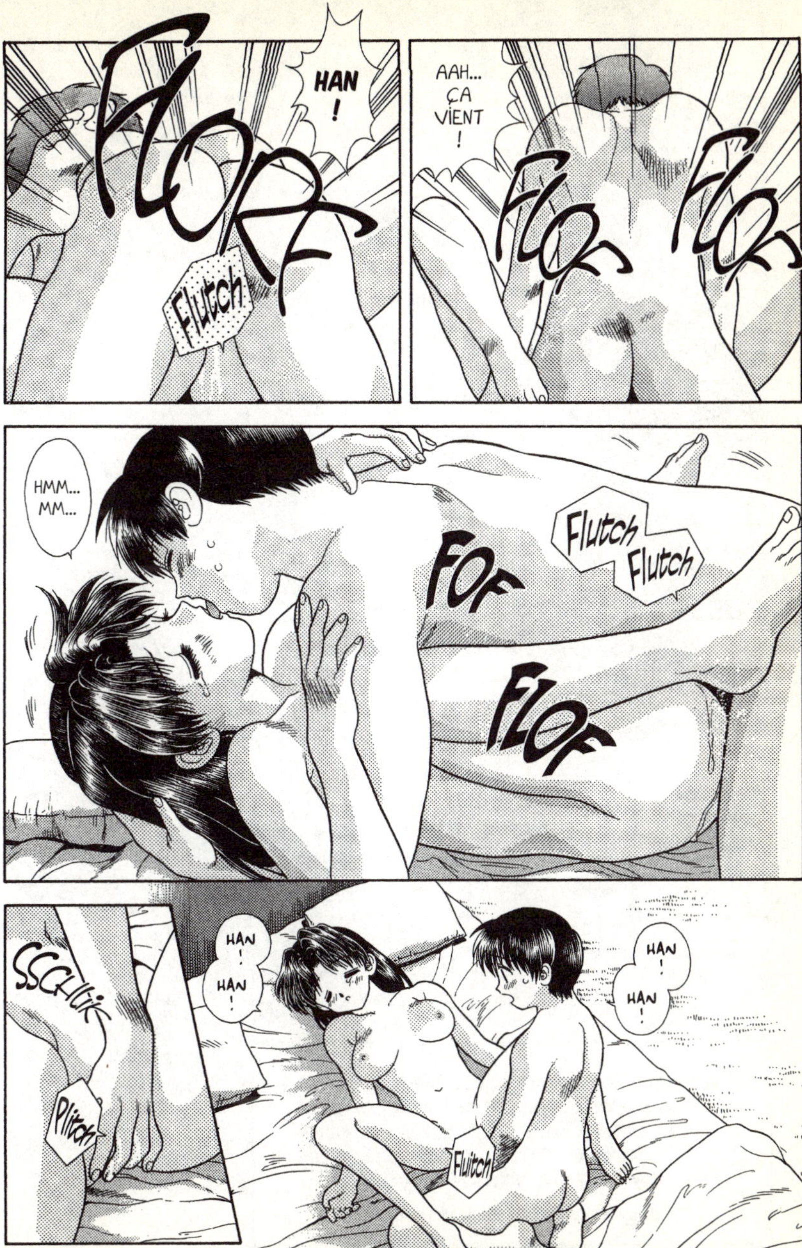
FLORF
HAN !
Flutch
AAH... ÇA VIENT !
FLOF
FLOF
HMM... MM...
FOF
Flutch Flutch
FLOF
SSCHLIK
Plitch
HAN ! HAN !
Fluitch
HAN ! HAN !

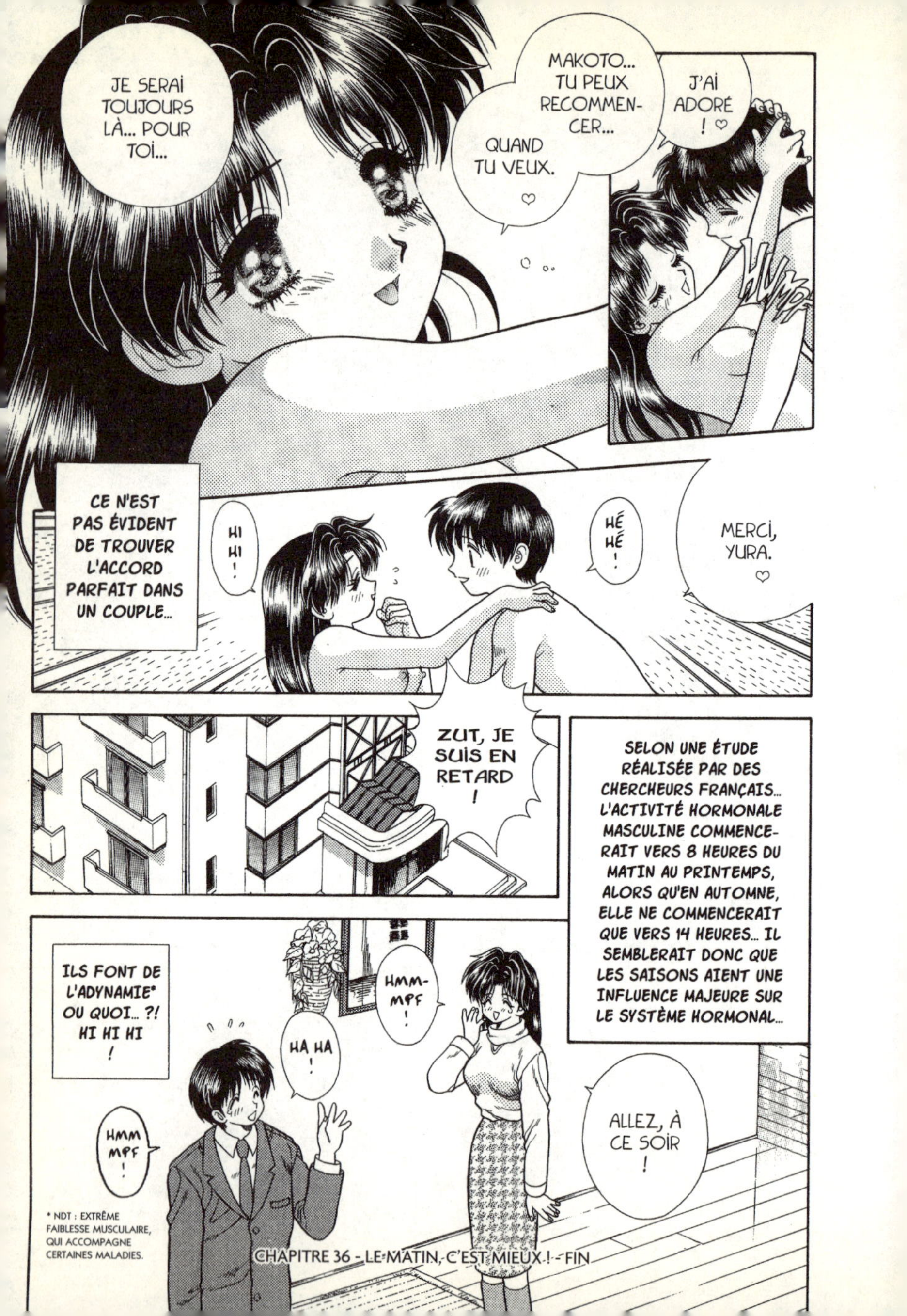
J'AI ADORÉ ! ♡
HUMPF
MAKOTO... TU PEUX RECOMMENCER...
QUAND TU VEUX. ♡
JE SERAI TOUJOURS LÀ... POUR TOI...
MERCI, YURA. ♡
HÉ HÉ !
HI HI !
CE N'EST PAS ÉVIDENT DE TROUVER L'ACCORD PARFAIT DANS UN COUPLE...
SELON UNE ÉTUDE RÉALISÉE PAR DES CHERCHEURS FRANÇAIS... L'ACTIVITÉ HORMONALE MASCULINE COMMENCERAIT VERS 8 HEURES DU MATIN AU PRINTEMPS, ALORS QU'EN AUTOMNE, ELLE NE COMMENCERAIT QUE VERS 14 HEURES... IL SEMBLERAIT DONC QUE LES SAISONS AIENT UNE INFLUENCE MAJEURE SUR LE SYSTÈME HORMONAL...
ZUT, JE SUIS EN RETARD !
ALLEZ, À CE SOIR !
HMM-MPF !
HA HA !
HMM MPF !
ILS FONT DE L'ADYNAMIE* OU QUOI... ?! HI HI HI !
* NDT : EXTRÊME FAIBLESSE MUSCULAIRE, QUI ACCOMPAGNE CERTAINES MALADIES.
CHAPITRE 36 - LE MATIN, C'EST MIEUX ! - FIN

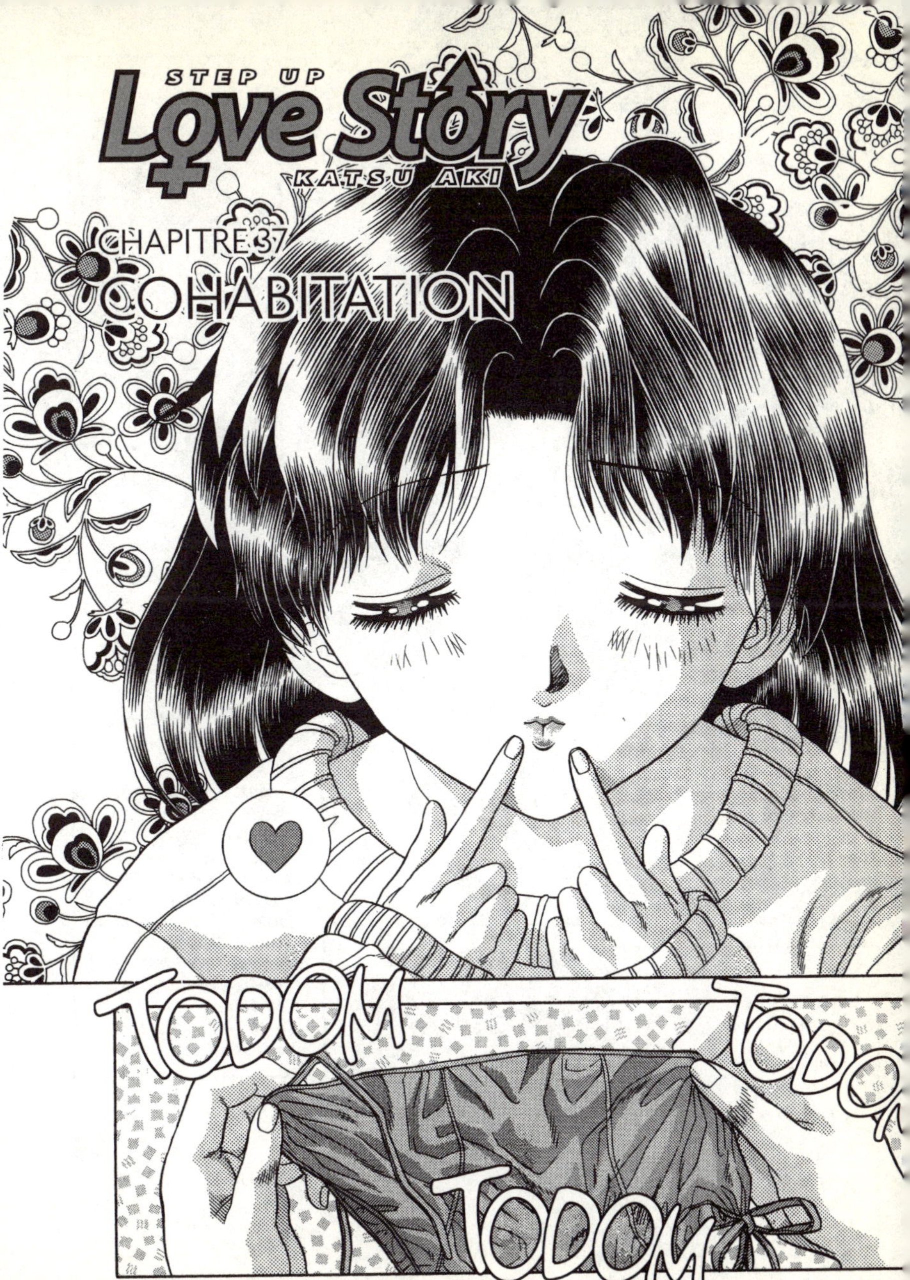
STEP UP
Love Story
KATSU AKI
CHAPITRE 37
COHABITATION
TODOM
TODOM
TODOM

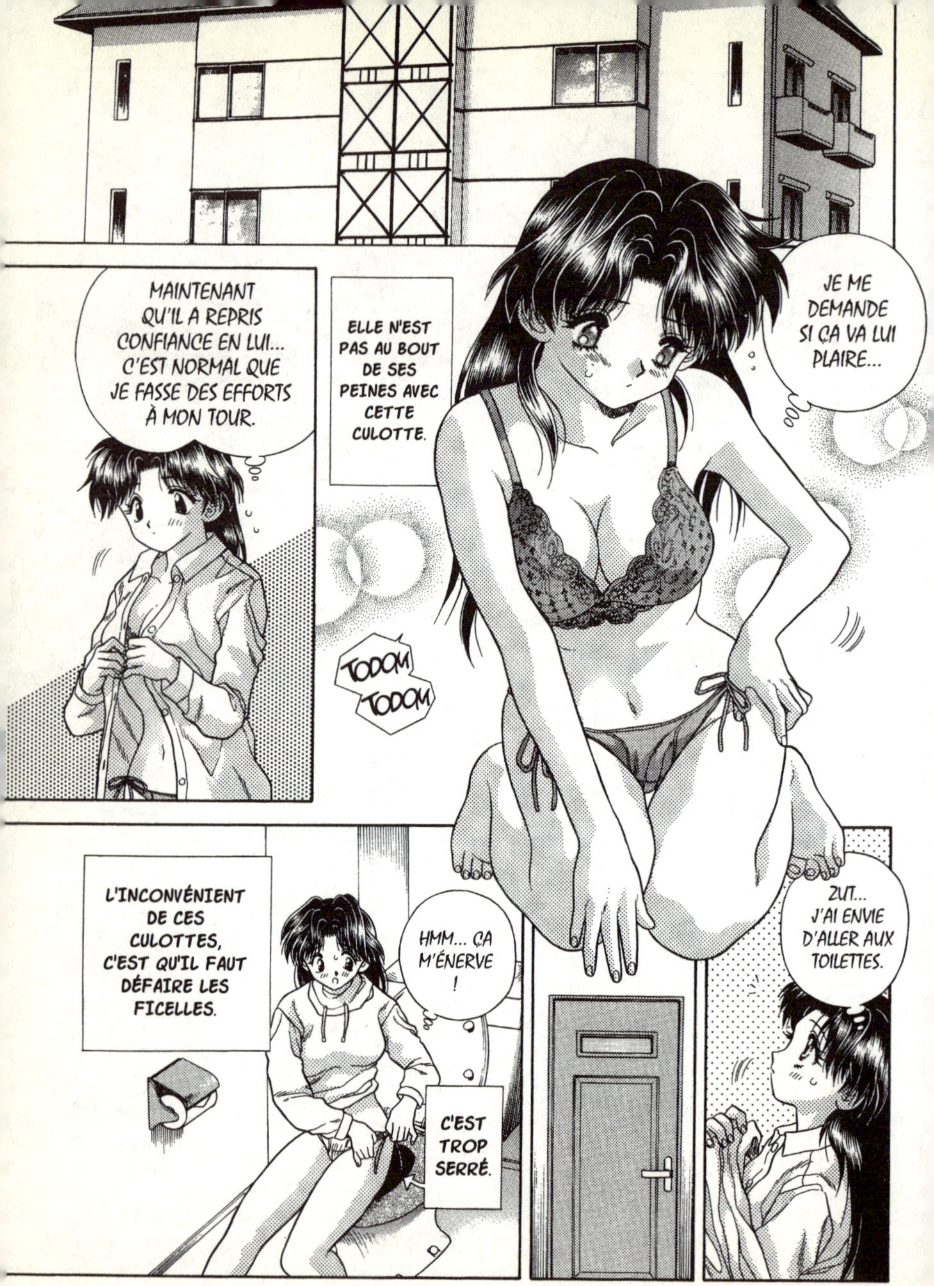

MAINTENANT QU'IL A REPRIS CONFIANCE EN LUI... C'EST NORMAL QUE JE FASSE DES EFFORTS À MON TOUR.
ELLE N'EST PAS AU BOUT DE SES PEINES AVEC CETTE CULOTTE.
JE ME DEMANDE SI ÇA VA LUI PLAIRE...
TODOM TODOM
L'INCONVÉNIENT DE CES CULOTTES, C'EST QU'IL FAUT DÉFAIRE LES FICELLES.
HMM... ÇA M'ÉNERVE !
C'EST TROP SERRÉ.
ZUT... J'AI ENVIE D'ALLER AUX TOILETTES.

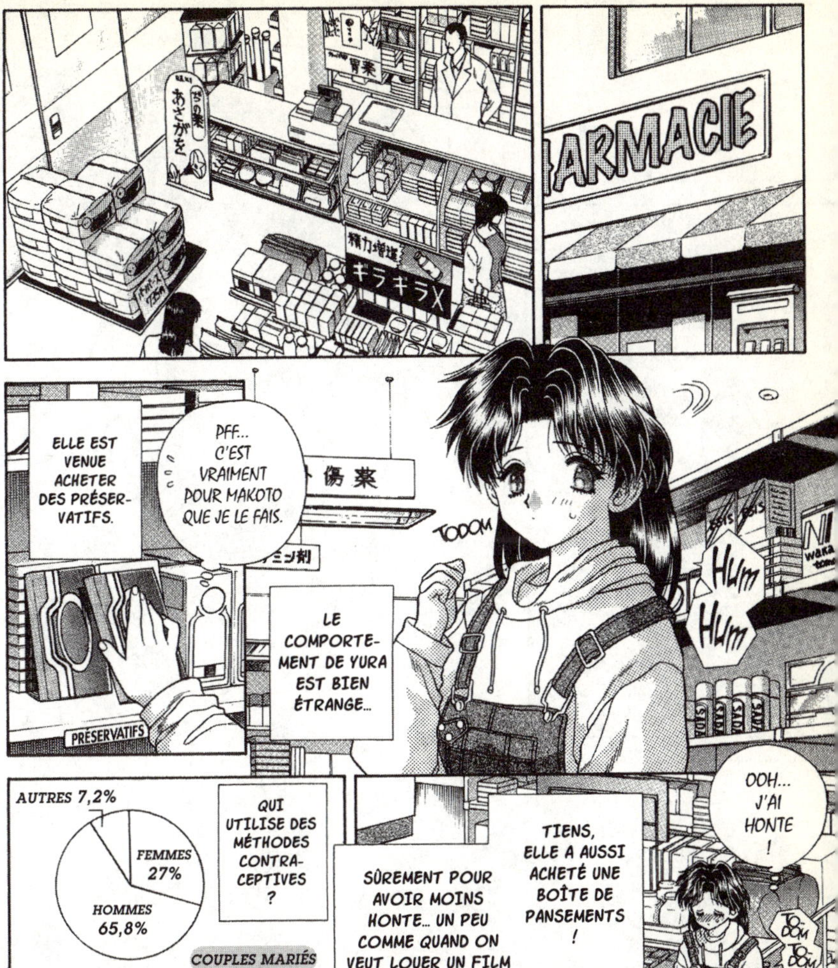
ARMACIE
ギラギラX
TODOM
Hum
Hum
LE COMPORTEMENT DE YURA EST BIEN ÉTRANGE...
PFF... C'EST VRAIMENT POUR MAKOTO QUE JE LE FAIS.
ELLE EST VENUE ACHETER DES PRÉSERVATIFS.
PRÉSERVATIFS
OOH... J'AI HONTE !
TO-DOM TO-DOM
TIENS, ELLE A AUSSI ACHETÉ UNE BOÎTE DE PANSEMENTS !
SÛREMENT POUR AVOIR MOINS HONTE... UN PEU COMME QUAND ON VEUT LOUER UN FILM PORNO, ET QUE L'ON PREND UNE AUTRE CASSETTE.
QUI UTILISE DES MÉTHODES CONTRACEPTIVES ?
AUTRES 7,2%
FEMMES 27%
HOMMES 65,8%
COUPLES MARIÉS
AUTRES 10,5%
FEMMES 15,5%
HOMMES 74%
COUPLES NON MARIÉS
IL ARRIVE QUE LES FEMMES PENSENT À EN UTILISER MÊME SI ELLES SONT MARIÉES.

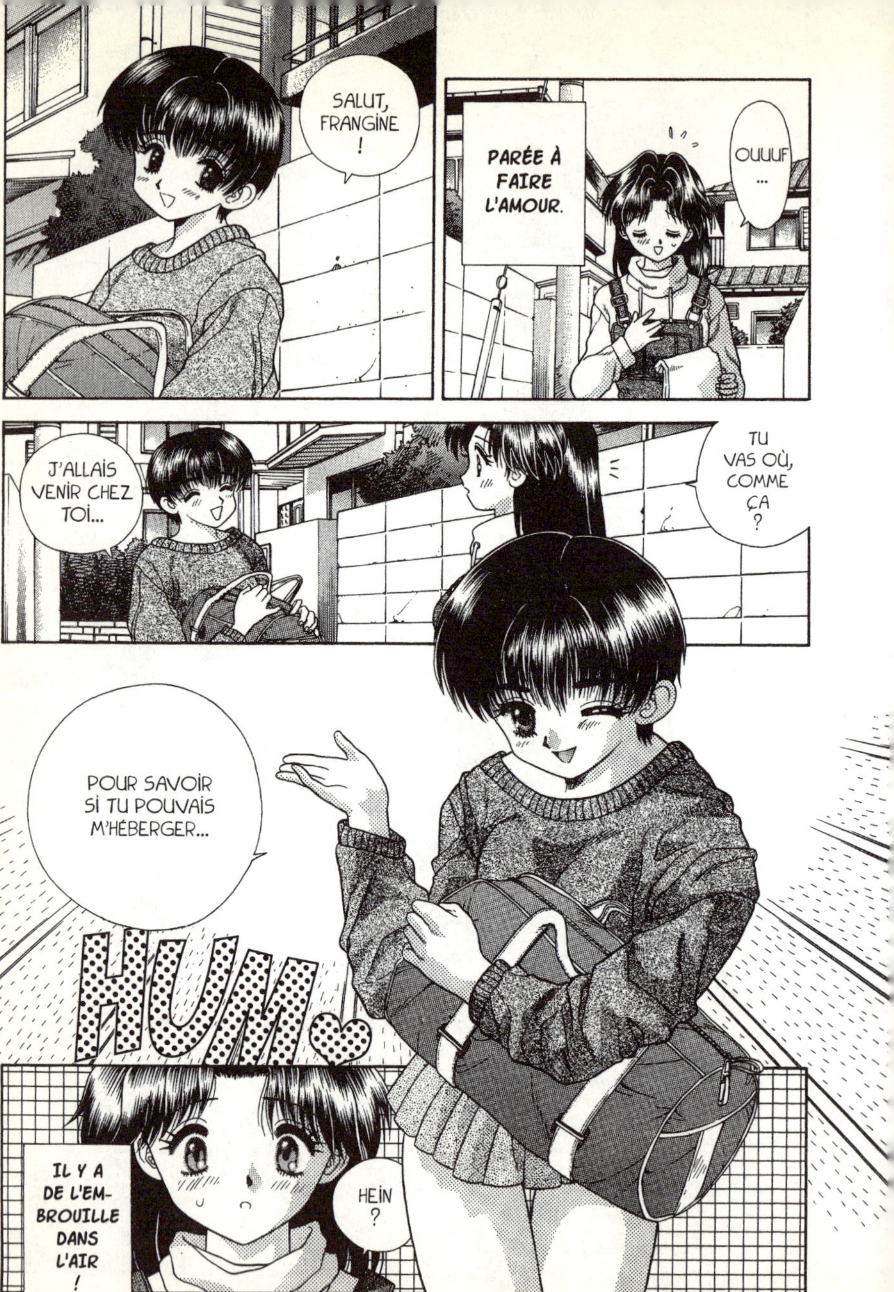
PARÉE À FAIRE L'AMOUR.
OUUUF ...
SALUT, FRANGINE !
TU VAS OÙ, COMME ÇA ?
J'ALLAIS VENIR CHEZ TOI...
POUR SAVOIR SI TU POUVAIS M'HÉBERGER...
HUM.
HEIN ?
IL Y A DE L'EM-BROUILLE DANS L'AIR !

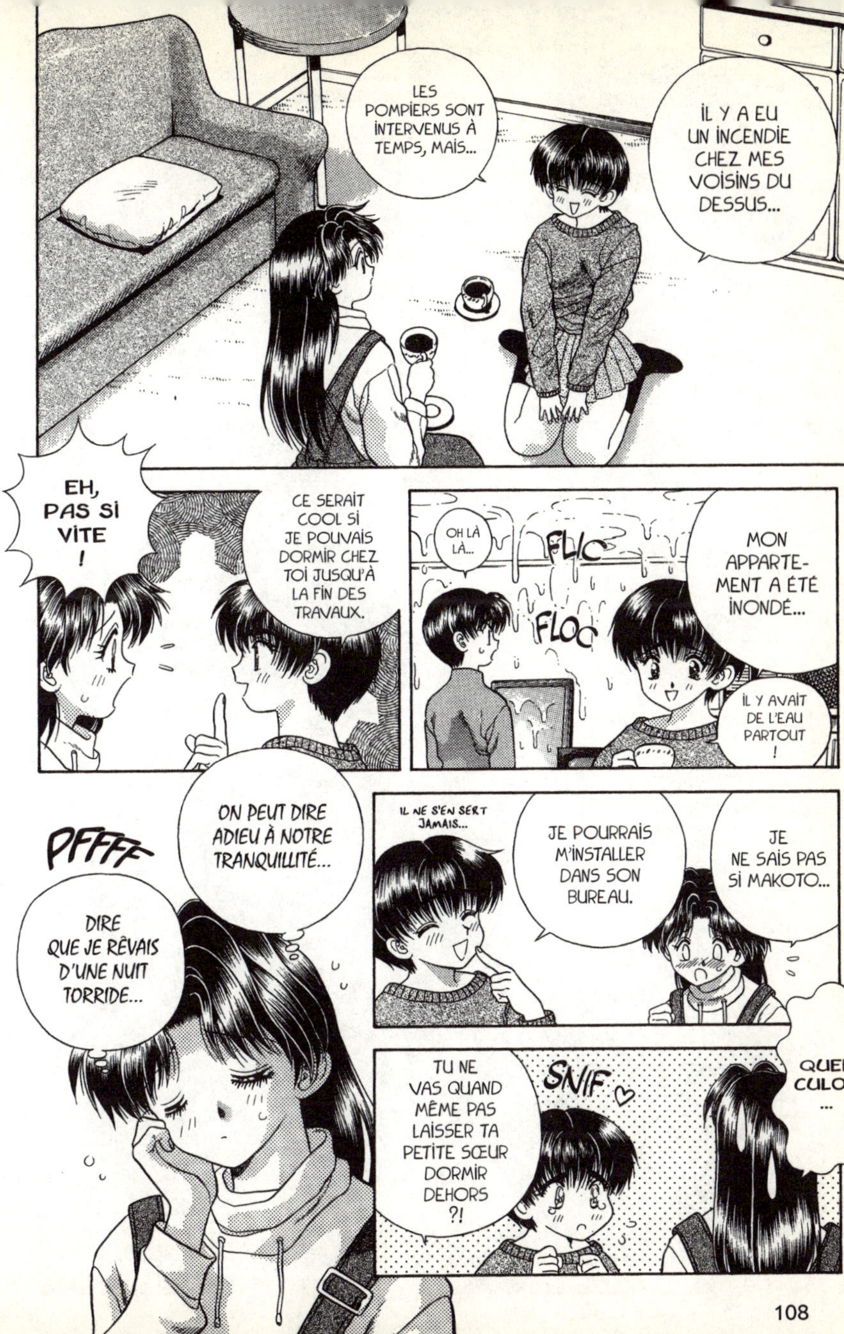
IL Y A EU UN INCENDIE CHEZ MES VOISINS DU DESSUS...
LES POMPIERS SONT INTERVENUS À TEMPS, MAIS...
MON APPARTE-MENT A ÉTÉ INONDÉ...
IL Y AVAIT DE L'EAU PARTOUT !
FLIC
FLOC
OH LÀ LÀ...
CE SERAIT COOL SI JE POUVAIS DORMIR CHEZ TOI JUSQU'À LA FIN DES TRAVAUX.
EH, PAS SI VITE !
JE NE SAIS PAS SI MAKOTO...
JE POURRAIS M'INSTALLER DANS SON BUREAU.
IL NE S'EN SERT JAMAIS...
QUEL CULOT ...
SNIF
TU NE VAS QUAND MÊME PAS LAISSER TA PETITE SŒUR DORMIR DEHORS ?!
ON PEUT DIRE ADIEU À NOTRE TRANQUILLITÉ...
PFFFF
DIRE QUE JE RÊVAIS D'UNE NUIT TORRIDE...

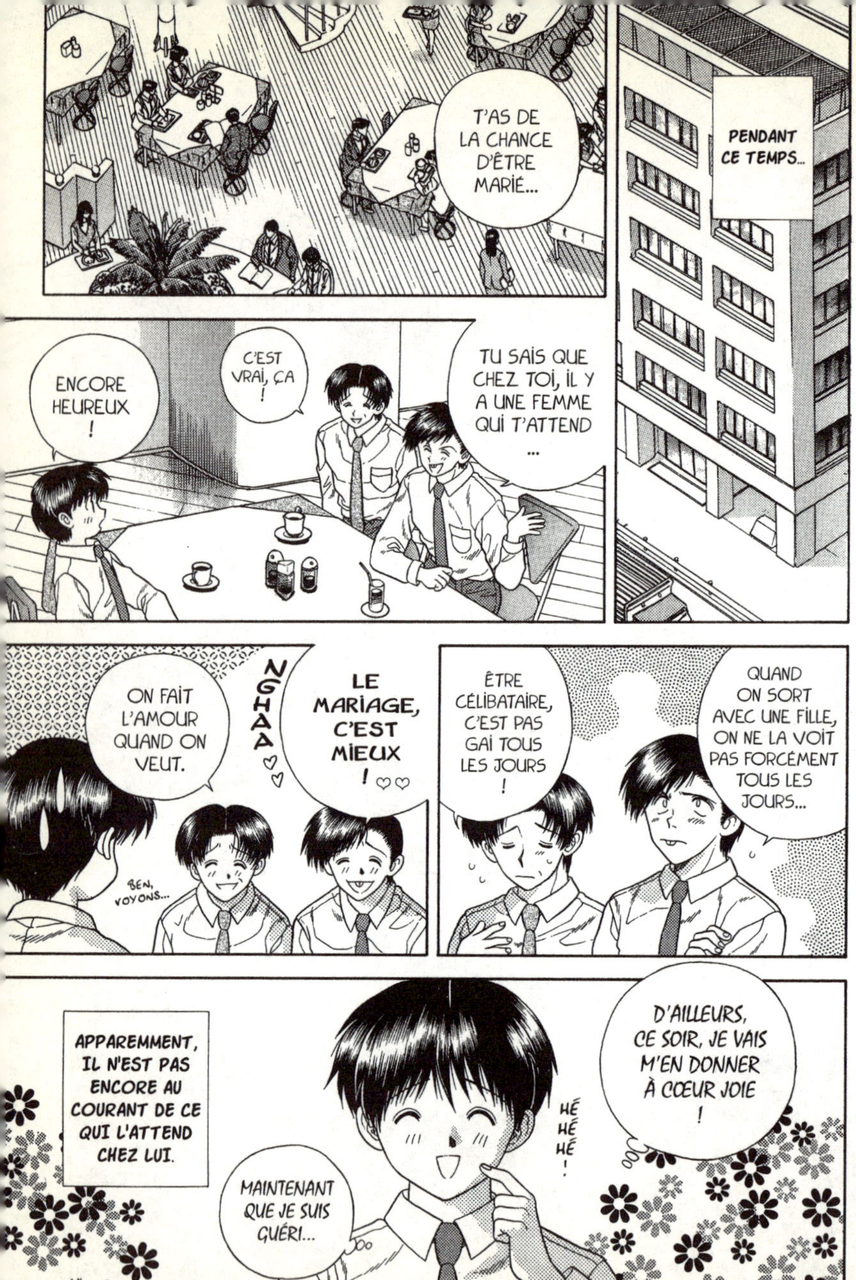
PENDANT CE TEMPS...
T'AS DE LA CHANCE D'ÊTRE MARIÉ...
TU SAIS QUE CHEZ TOI, IL Y A UNE FEMME QUI T'ATTEND ...
C'EST VRAI, ÇA !
ENCORE HEUREUX !
QUAND ON SORT AVEC UNE FILLE, ON NE LA VOIT PAS FORCÉMENT TOUS LES JOURS...
ÊTRE CÉLIBATAIRE, C'EST PAS GAI TOUS LES JOURS !
LE MARIAGE, C'EST MIEUX !
NGHAA
ON FAIT L'AMOUR QUAND ON VEUT.
BEN, VOYONS...
D'AILLEURS, CE SOIR, JE VAIS M'EN DONNER À CŒUR JOIE !
HÉ HÉ HÉ !
MAINTENANT QUE JE SUIS GUÉRI...
APPAREMMENT, IL N'EST PAS ENCORE AU COURANT DE CE QUI L'ATTEND CHEZ LUI.

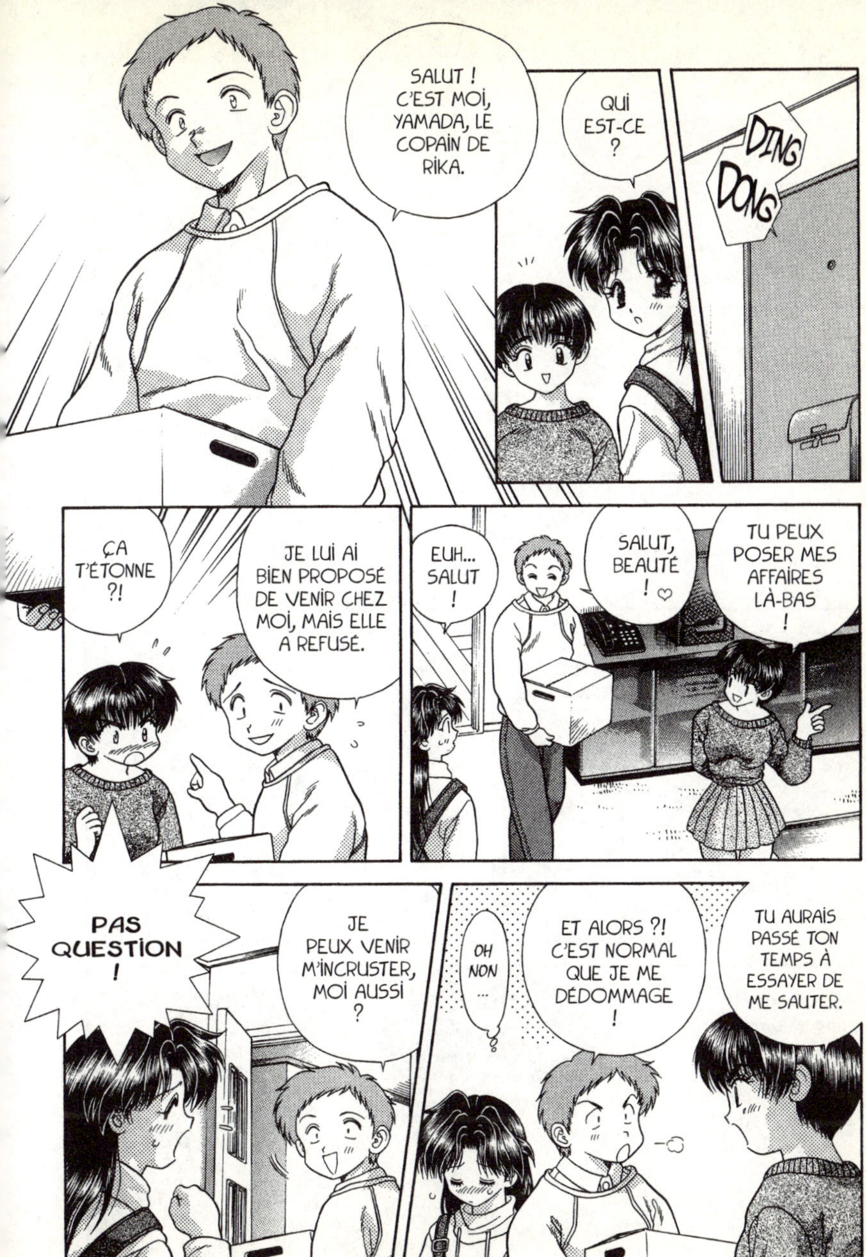
DING DONG
QUI EST-CE ?
SALUT ! C'EST MOI, YAMADA, LE COPAIN DE RIKA.
TU PEUX POSER MES AFFAIRES LÀ-BAS !
SALUT, BEAUTÉ ! ♡
EUH... SALUT !
JE LUI AI BIEN PROPOSÉ DE VENIR CHEZ MOI, MAIS ELLE A REFUSÉ.
ÇA T'ÉTONNE ?!
TU AURAIS PASSÉ TON TEMPS À ESSAYER DE ME SAUTER.
ET ALORS ?! C'EST NORMAL QUE JE ME DÉDOMMAGE !
OH NON ...
JE PEUX VENIR M'INCRUSTER, MOI AUSSI ?
PAS QUESTION !

N'ENTRE PAS, MAL ÉLEVÉ !
Tchac
C'EST QUOI, CETTE PIÈCE ?
T'ES VRAIMENT SANS GÊNE, TOI !
TANT PIS !
WHAA, LA CHAMBRE À COUCHER ! ♡
YA-MA-DA...
FROTT FROTT
T'IMAGINES QUE TON CANON DE SOEUR FAIT L'AMOUR ICI... ♡♡
VOUF
RIKAA AAA...
EH... DU CALME !
ÇA COMMENCE À M'EXCITER, CETTE HISTOIRE... !

NON !
PTOM
SVOF
EH !
FWOF
Plitch
T'ES VRAIMENT QU'UN OBSÉDÉ !
RIEN QU'UN P'TIT COUP, VITE FAIT !
AAH
NON ! A... ARRÊTE !
Plitch
Plitch
FLOP
Flutch

A... ARRÊTE ! MA SŒUR POURRAIT ENTRER !
ME VOILÀ !
OO OH !
FLOF
Plitch
FLOF
Plotch Plotch
OUIII !
FLOF
FLOF
CE MATELAS EST GÉNIAL !
ÇA REBONDIT !
FLOF FLOF FLOF
OOH... SALAUD !

AAA AAA AH !
ÇA VIENT !
HAN HAN
TCHOF
J'Y VAIS À FOND !
TCHOF
TCHOF
FLOFF
Tchac ★
OUIIIIII !
Han Han
AAH... J'VAIS JOUIR !
Flutch
FLORC FLORC
MERDE !
HAA AAA !

HEIN ?! MAIS ILS FONT ÇA SUR MON LIT...
TODOM TODOM
JE NE SAVAIS PAS QUE...
VOUF
HUM... EUH... PARDON... DÉSOLÉE !
Vlam
FLORF
HUNG !
ALLEEEZ !
HAN HAN
EH... ARRÊTEZ ÇA TOUT DE SUITE !
TIENS, REVOILÀ TA SŒUR !
FOF FOF
SORTEZ DE MA CHAMBRE !
TOUT DE SUITE !
QUEL NAZE, CE YAMADA...
MAINTENANT, JE SUIS INTERDIT DE SÉJOUR CHEZ EUX.
HA HA...
C'ÉTAIT COOL, MAIS...

DÉSOLÉE, GRANDE SŒUR !
SWOK
Sliip
TU SAIS, C'EST PAS UN FUTÉ...
RIKA !
JE NE T'AI PAS ENCORE DONNÉ MON ACCORD POUR QUE TU RESTES CHEZ NOUS !
ET TU FAIS QUOI DE L'AMOUR ENTRE FRANGINES, HEIN ?
DÉSOLÉE, MAIS TU N'ES QU'UNE SOURCE D'ENNUIS !
Ding Dong
HEIN ?
COUCOU, C'EST MOI !
HEIN ? RIKA ?!
SALUT ! ♡
OH NOOON...

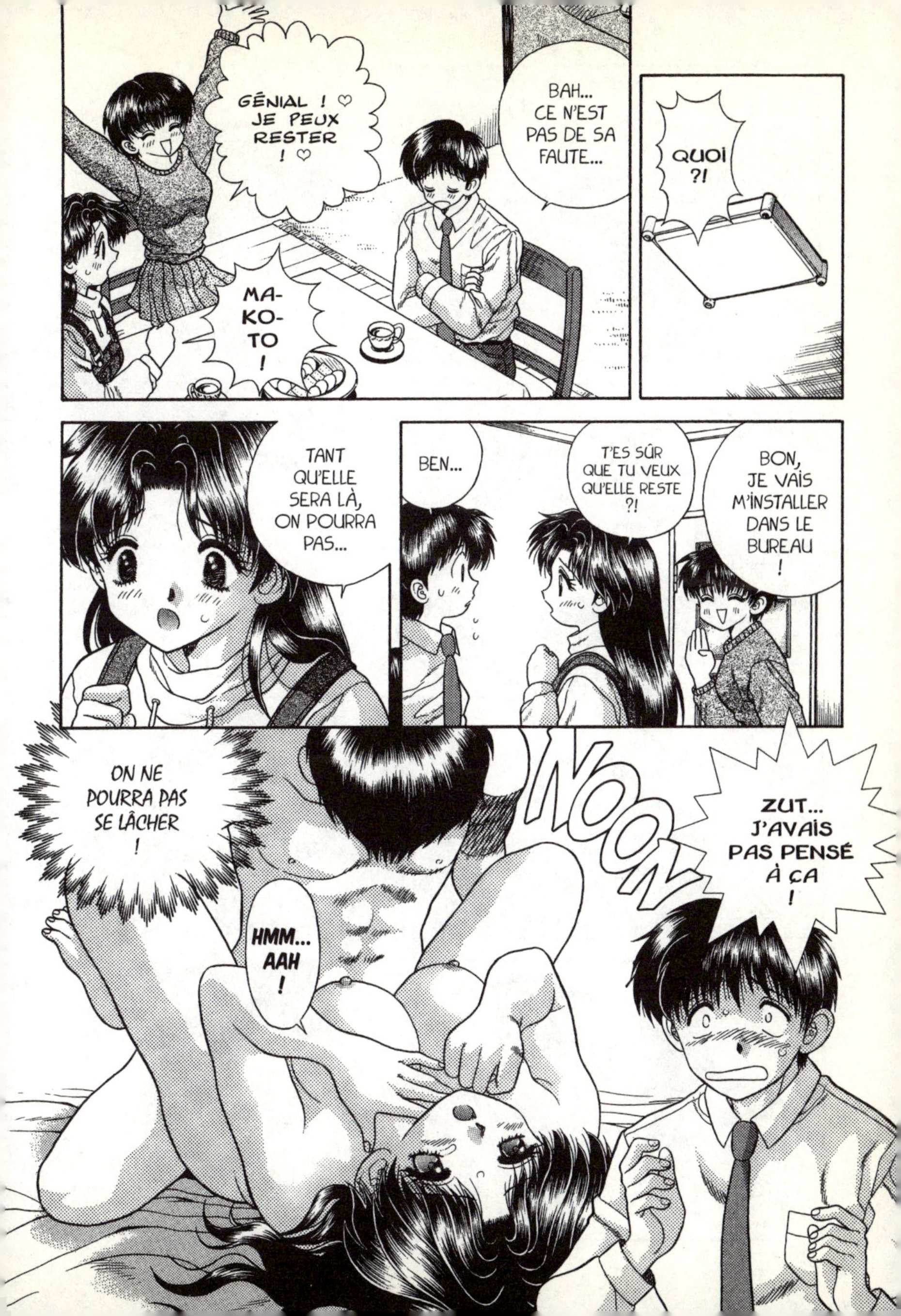
QUOI ?!
BAH... CE N'EST PAS DE SA FAUTE...
GÉNIAL ! ♡ JE PEUX RESTER ! ♡
MA-KO-TO !
BON, JE VAIS M'INSTALLER DANS LE BUREAU !
T'ES SÛR QUE TU VEUX QU'ELLE RESTE ?!
BEN...
TANT QU'ELLE SERA LÀ, ON POURRA PAS...
ZUT... J'AVAIS PAS PENSÉ À ÇA !
NOOON
ON NE POURRA PAS SE LÂCHER !
HMM... AAH !

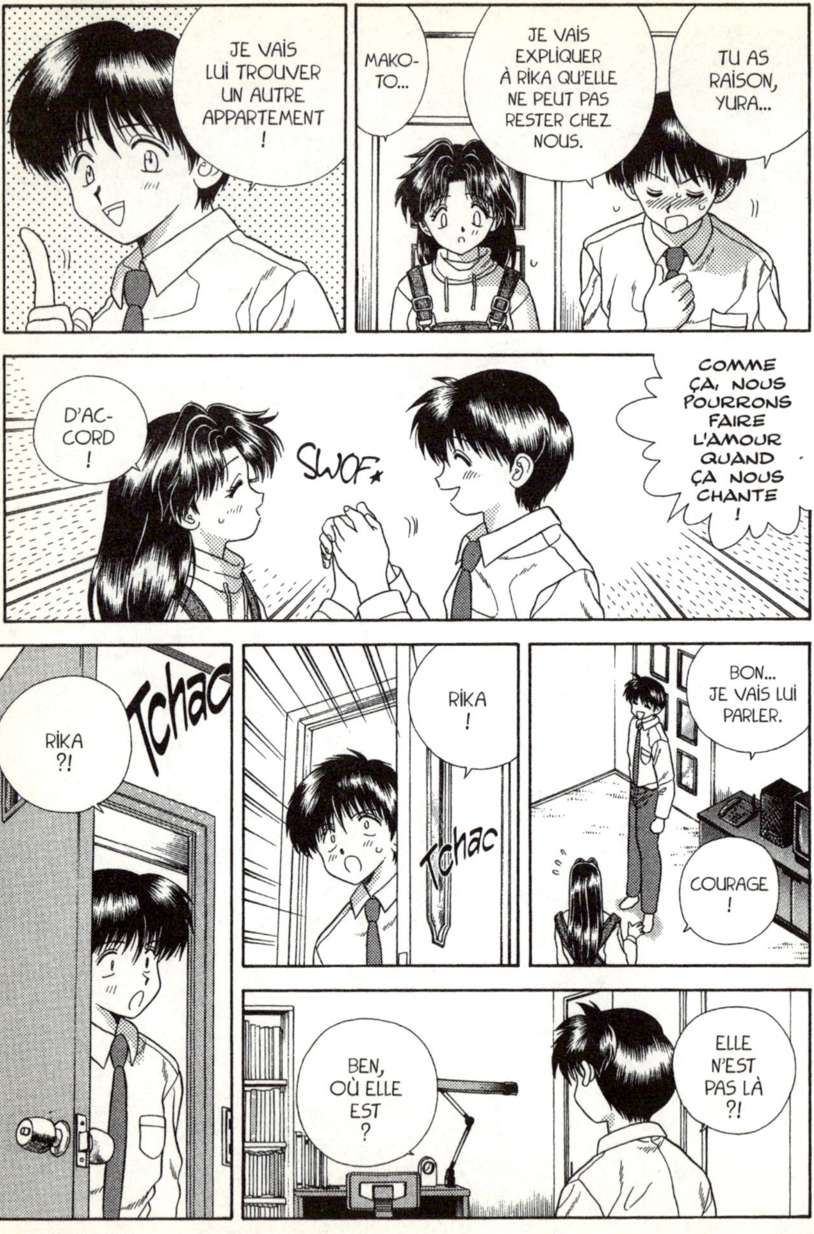
TU AS RAISON, YURA...
JE VAIS EXPLIQUER À RIKA QU'ELLE NE PEUT PAS RESTER CHEZ NOUS.
MAKO-TO...
JE VAIS LUI TROUVER UN AUTRE APPARTEMENT !
COMME ÇA, NOUS POURRONS FAIRE L'AMOUR QUAND ÇA NOUS CHANTE !
SWOF
D'AC-CORD !
BON... JE VAIS LUI PARLER.
COURAGE !
RIKA !
Tchac
RIKA ?!
Tchac
ELLE N'EST PAS LÀ ?!
BEN, OÙ ELLE EST ?

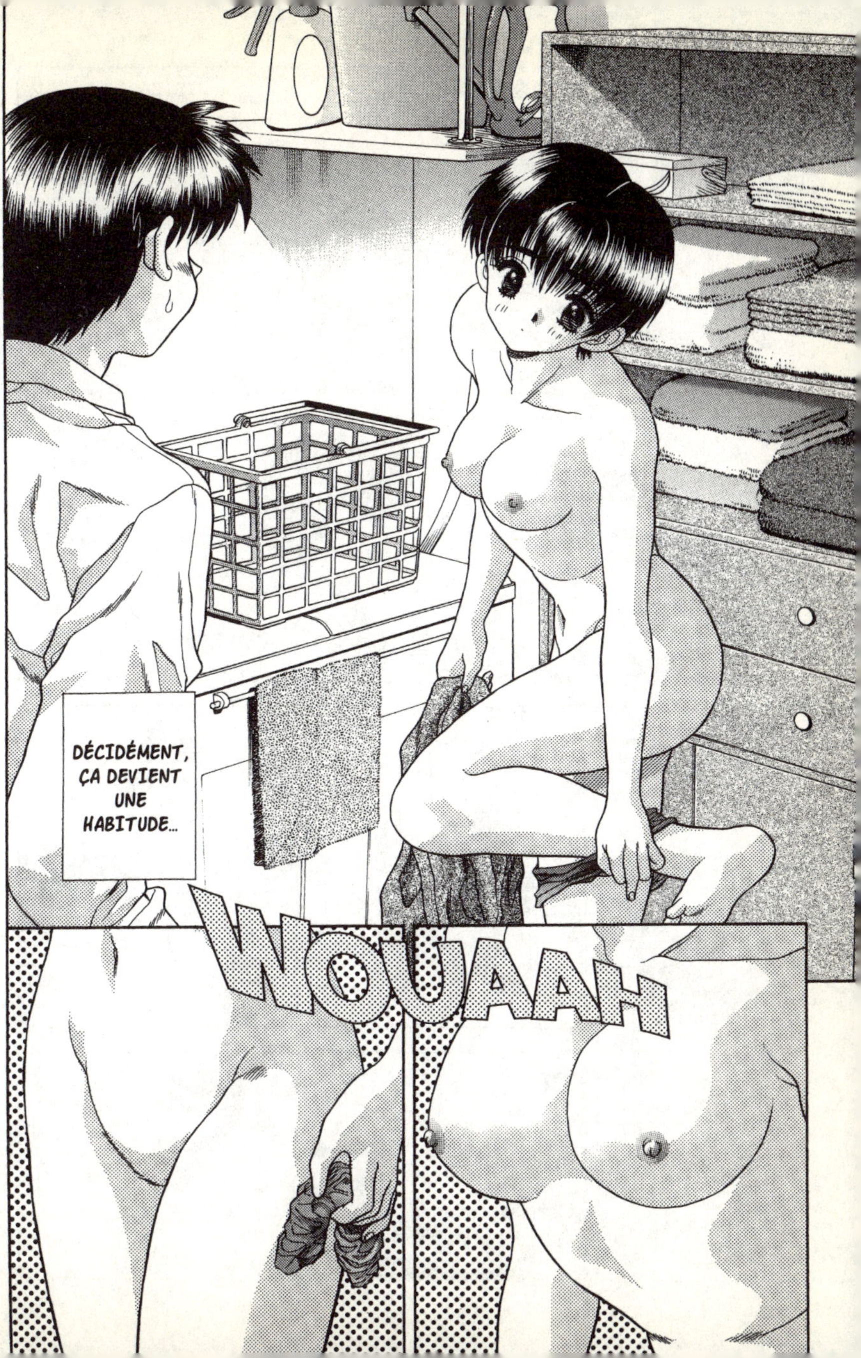
DÉCIDÉMENT, ÇA DEVIENT UNE HABITUDE...
WOUAAH

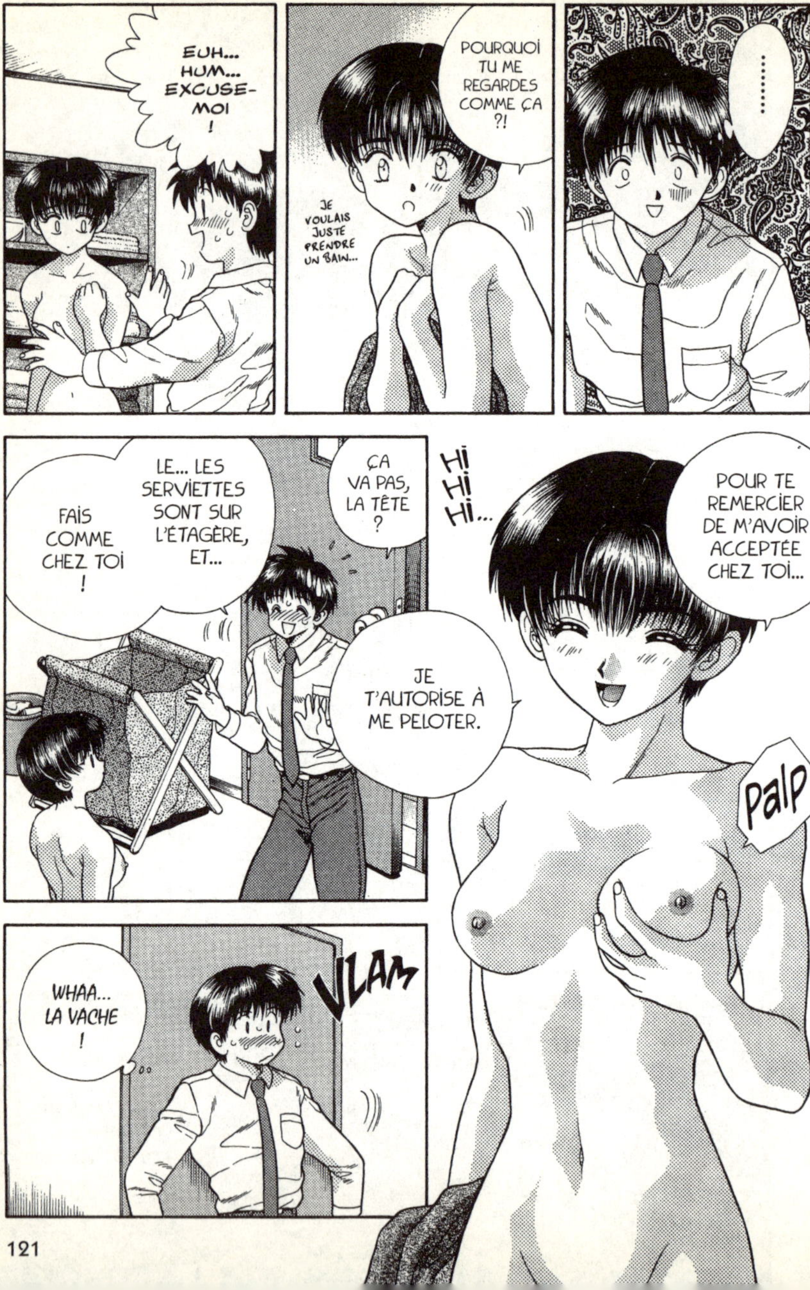
EUH... HUM... EXCUSE-MOI !
POURQUOI TU ME REGARDES COMME ÇA ?!
JE VOULAIS JUSTE PRENDRE UN BAIN...
......
LE... LES SERVIETTES SONT SUR L'ÉTAGÈRE, ET...
FAIS COMME CHEZ TOI !
ÇA VA PAS, LA TÊTE ?
HI HI HI...
POUR TE REMERCIER DE M'AVOIR ACCEPTÉE CHEZ TOI...
JE T'AUTORISE À ME PELOTER.
Palp
VLAM
WHAA... LA VACHE !

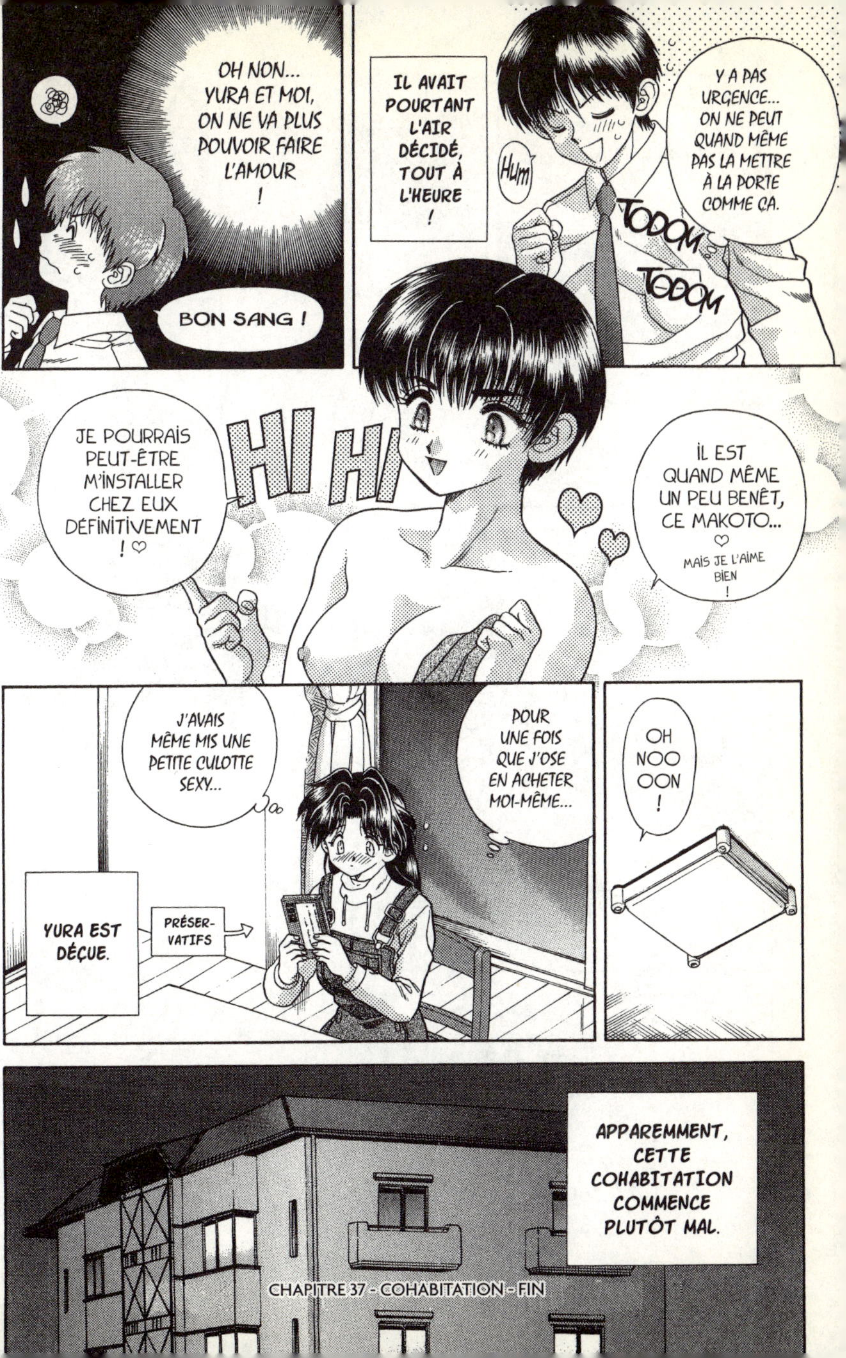
OH NON... YURA ET MOI, ON NE VA PLUS POUVOIR FAIRE L'AMOUR !
BON SANG !
IL AVAIT POURTANT L'AIR DÉCIDÉ, TOUT À L'HEURE !
HUM
Y A PAS URGENCE... ON NE PEUT QUAND MÊME PAS LA METTRE À LA PORTE COMME ÇA.
TODOM
TODOM
JE POURRAIS PEUT-ÊTRE M'INSTALLER CHEZ EUX DÉFINITIVEMENT ! ♡
HI HI
IL EST QUAND MÊME UN PEU BENÊT, CE MAKOTO... ♡ MAIS JE L'AIME BIEN !
J'AVAIS MÊME MIS UNE PETITE CULOTTE SEXY...
POUR UNE FOIS QUE J'OSE EN ACHETER MOI-MÊME...
YURA EST DÉÇUE.
PRÉSER-VATIFS
OH NOOOON !
APPAREMMENT, CETTE COHABITATION COMMENCE PLUTÔT MAL.
CHAPITRE 37 - COHABITATION - FIN

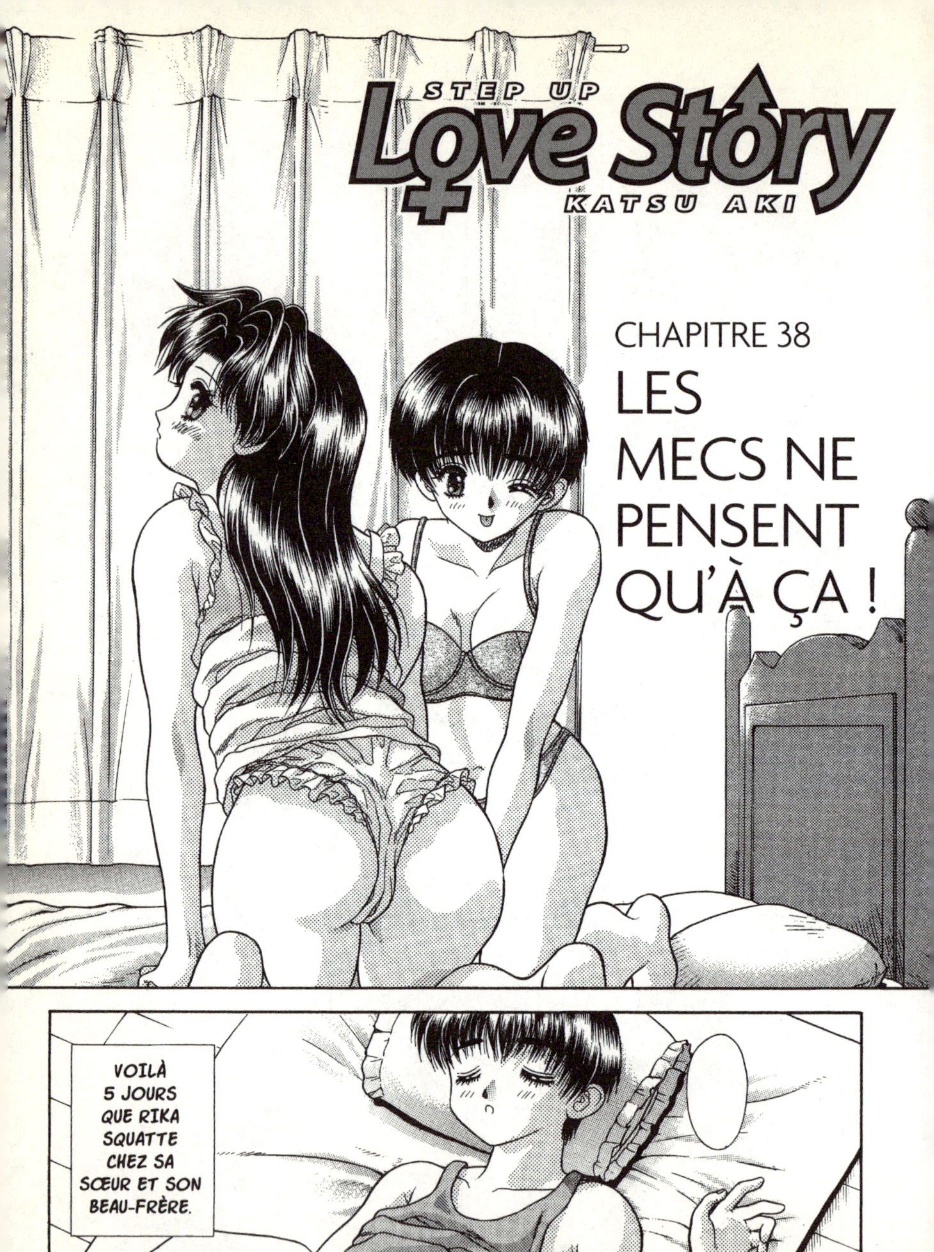
STEP UP
Love Story
KATSU AKI
CHAPITRE 38
LES MECS NE PENSENT QU'À ÇA !
VOILÀ 5 JOURS QUE RIKA SQUATTE CHEZ SA SŒUR ET SON BEAU-FRÈRE.

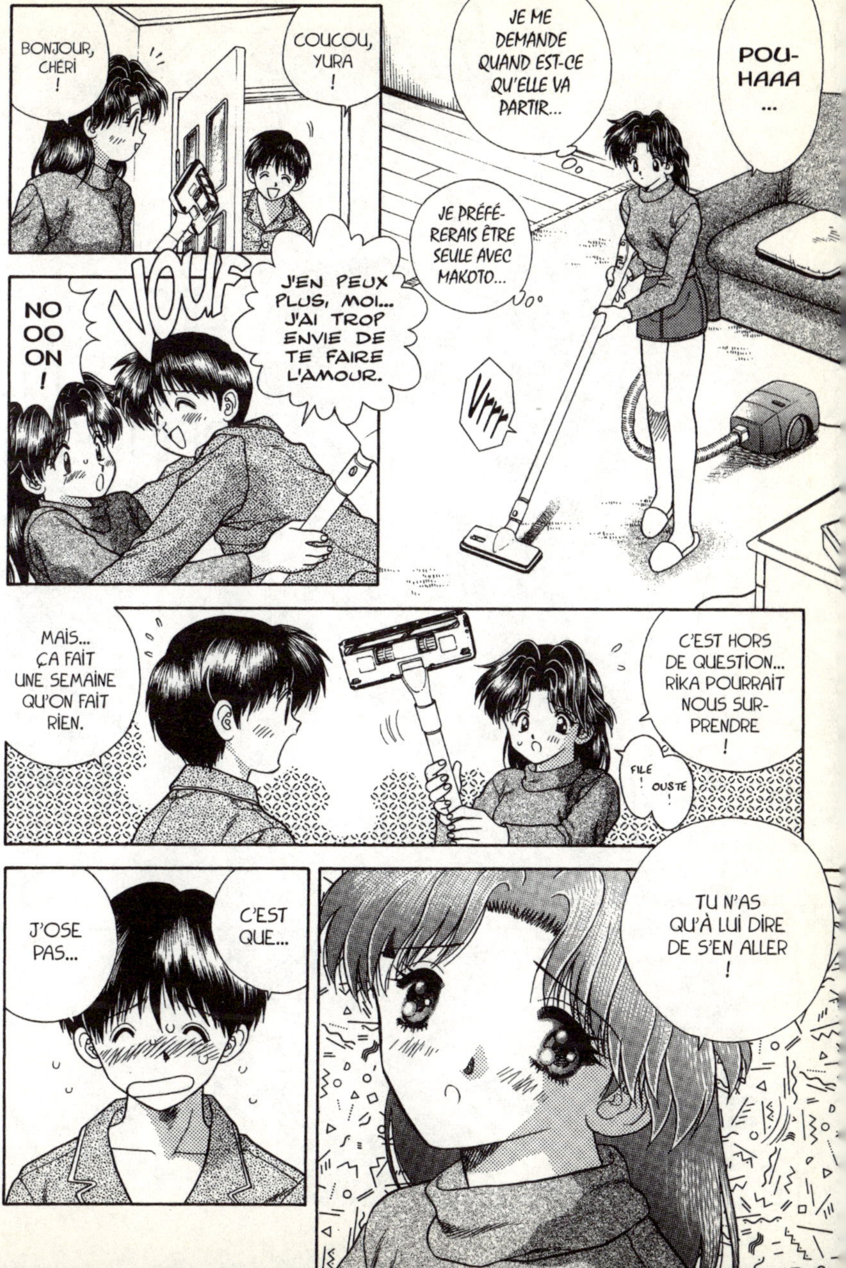
POU-HAAA...
JE ME DEMANDE QUAND EST-CE QU'ELLE VA PARTIR...
JE PRÉFÉRERAIS ÊTRE SEULE AVEC MAKOTO...
Vrrr
COUCOU, YURA !
BONJOUR, CHÉRI !
J'EN PEUX PLUS, MOI... J'AI TROP ENVIE DE TE FAIRE L'AMOUR.
VOUF
NOOOON !
C'EST HORS DE QUESTION... RIKA POURRAIT NOUS SURPRENDRE !
FILE ! OUSTE !
MAIS... ÇA FAIT UNE SEMAINE QU'ON FAIT RIEN.
TU N'AS QU'À LUI DIRE DE S'EN ALLER !
C'EST QUE...
J'OSE PAS...

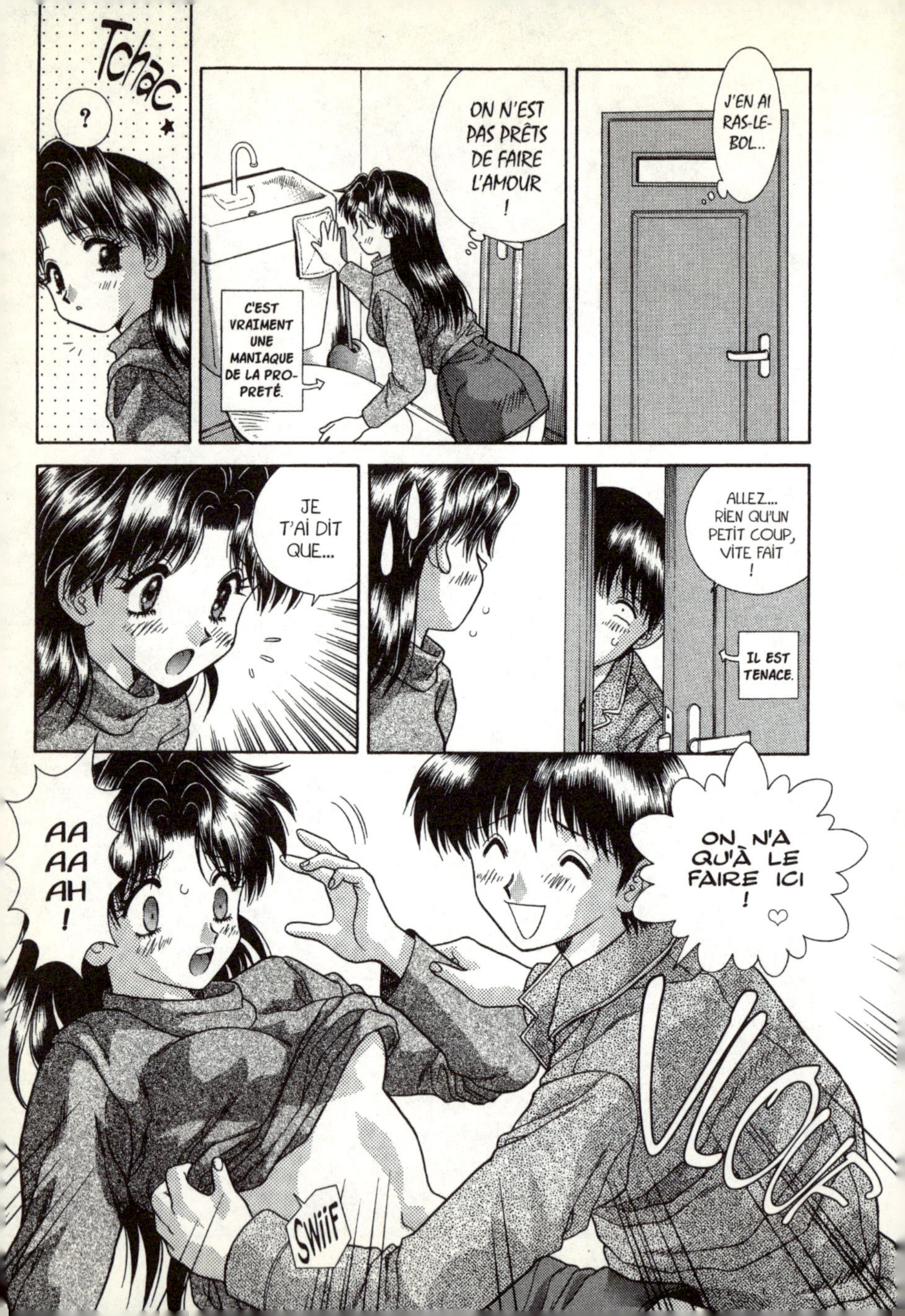
J'EN AI RAS-LE-BOL...
ON N'EST PAS PRÊTS DE FAIRE L'AMOUR !
C'EST VRAIMENT UNE MANIAQUE DE LA PROPRETÉ.
Tchac
?
ALLEZ... RIEN QU'UN PETIT COUP, VITE FAIT !
IL EST TENACE.
JE T'AI DIT QUE...
ON N'A QU'À LE FAIRE ICI !
AA AA AH !
VLOUF
SWIIF

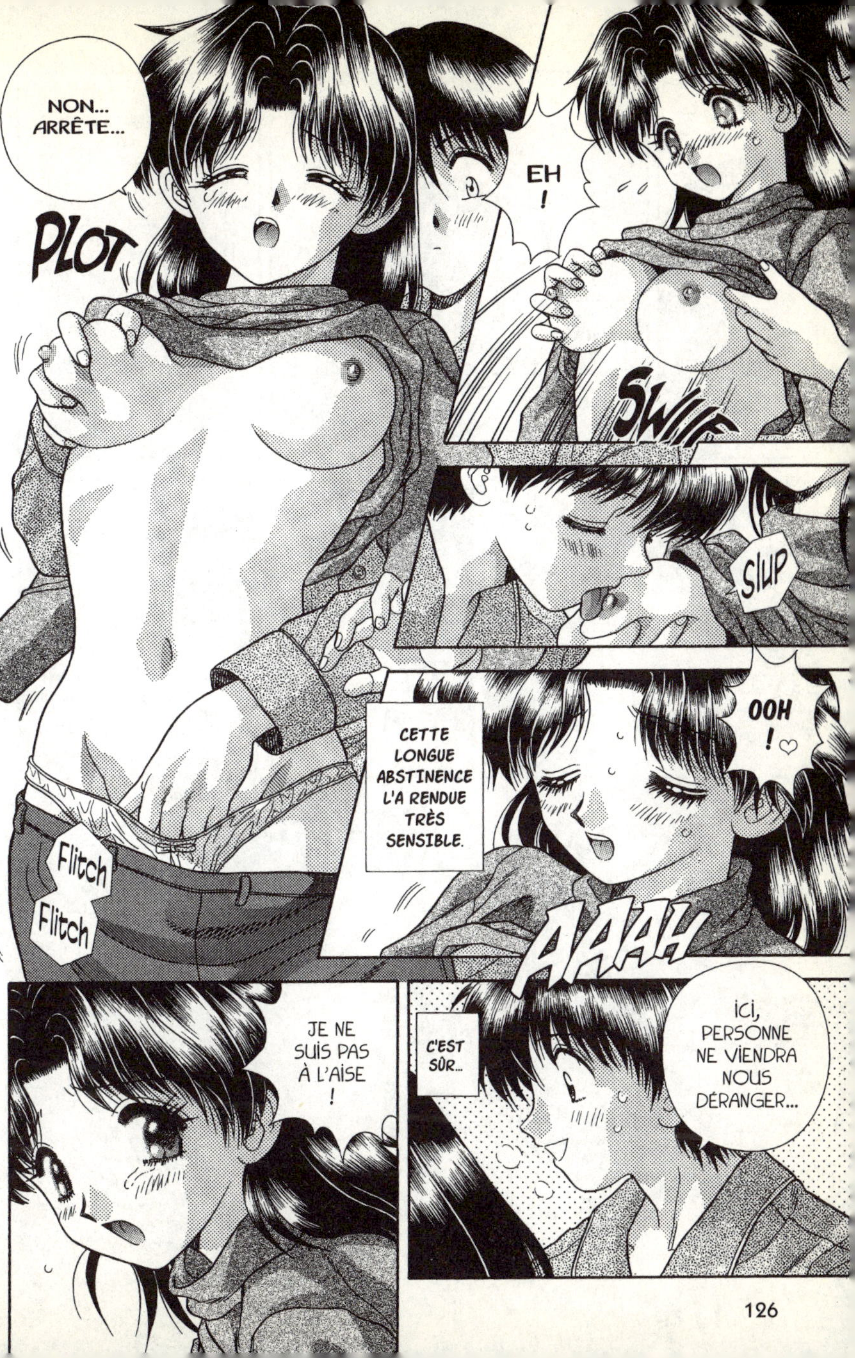
EH !
SWIIF
NON... ARRÊTE...
PLOT
Flitch
Flitch
SLUP
OOH !♡
CETTE LONGUE ABSTINENCE L'A RENDUE TRÈS SENSIBLE.
AAAH
ICI, PERSONNE NE VIENDRA NOUS DÉRANGER...
C'EST SÛR...
JE NE SUIS PAS À L'AISE !

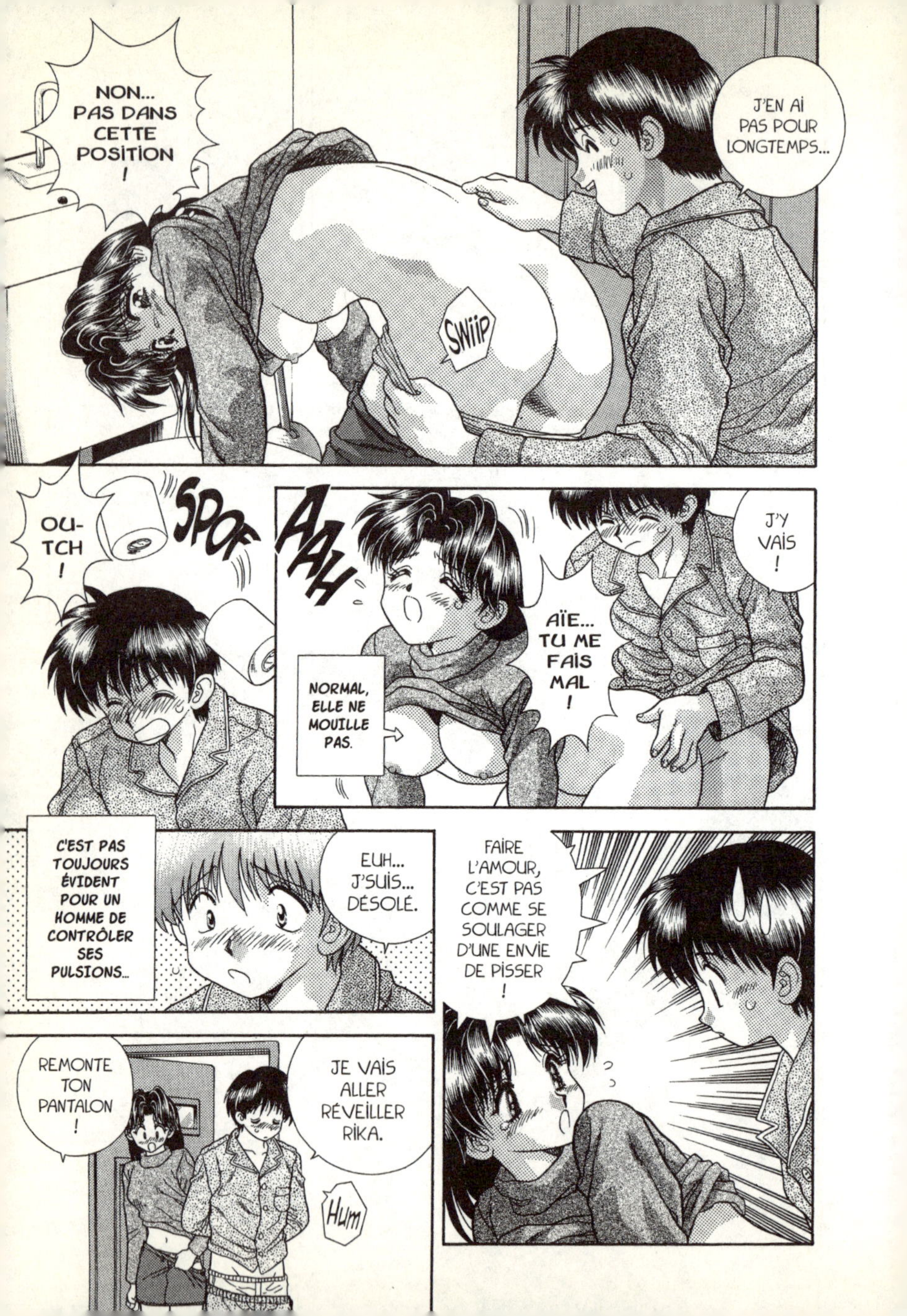
J'EN AI PAS POUR LONGTEMPS...
NON... PAS DANS CETTE POSITION !
SWIIP
J'Y VAIS !
AAH
AÏE... TU ME FAIS MAL !
NORMAL, ELLE NE MOUILLE PAS.
SPOF
OU-TCH !
FAIRE L'AMOUR, C'EST PAS COMME SE SOULAGER D'UNE ENVIE DE PISSER !
EUH... J'SUIS... DÉSOLÉ.
C'EST PAS TOUJOURS ÉVIDENT POUR UN HOMME DE CONTRÔLER SES PULSIONS...
JE VAIS ALLER RÉVEILLER RIKA.
REMONTE TON PANTALON !
Hum

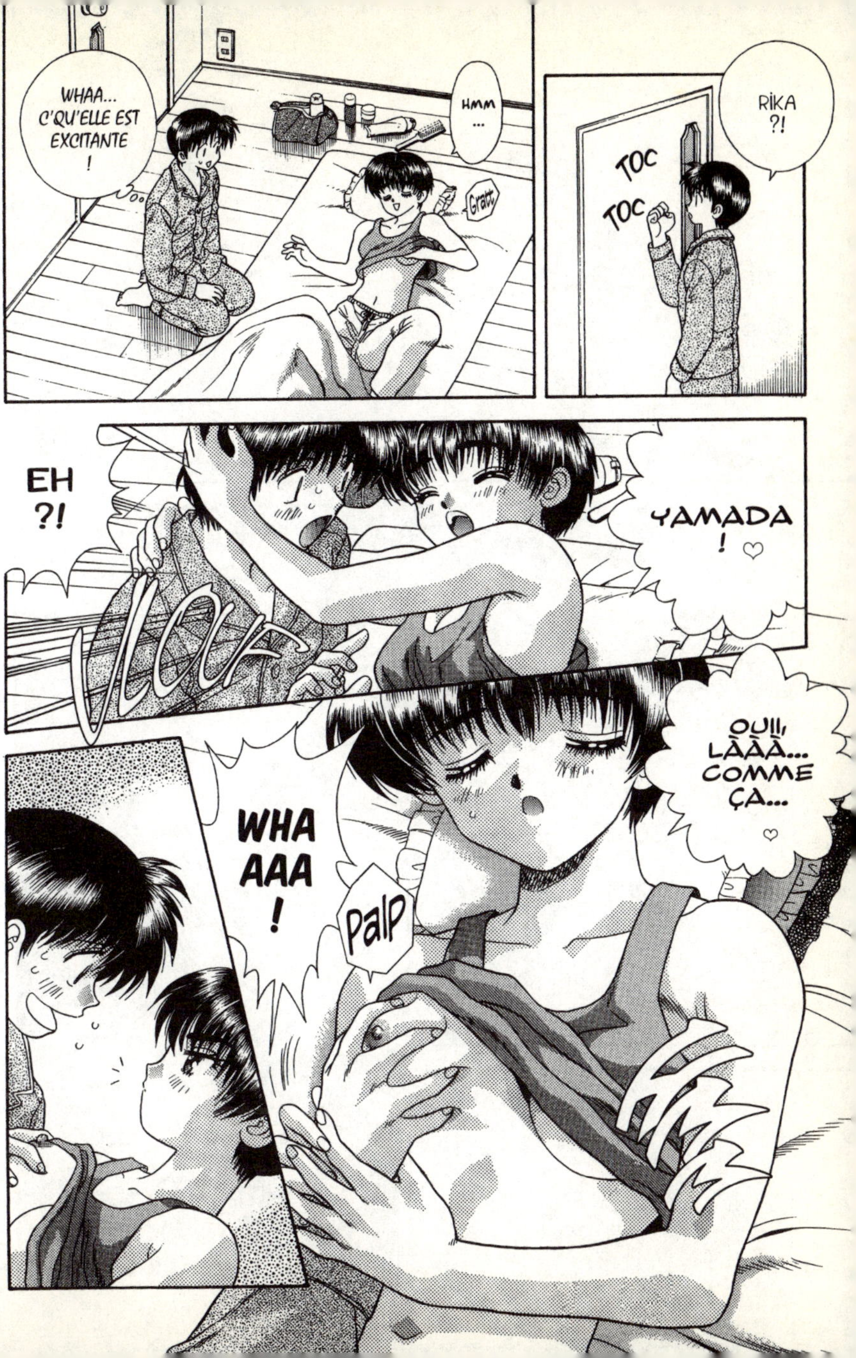
TOC
TOC
RIKA ?!
HMM ...
Gratt
WHAA... C'QU'ELLE EST EXCITANTE !
YAMADA ! ♡
EH ?!
VLOUF
OUII, LÀÀÀ... COMME ÇA... ♡
Palp
WHA AAA !

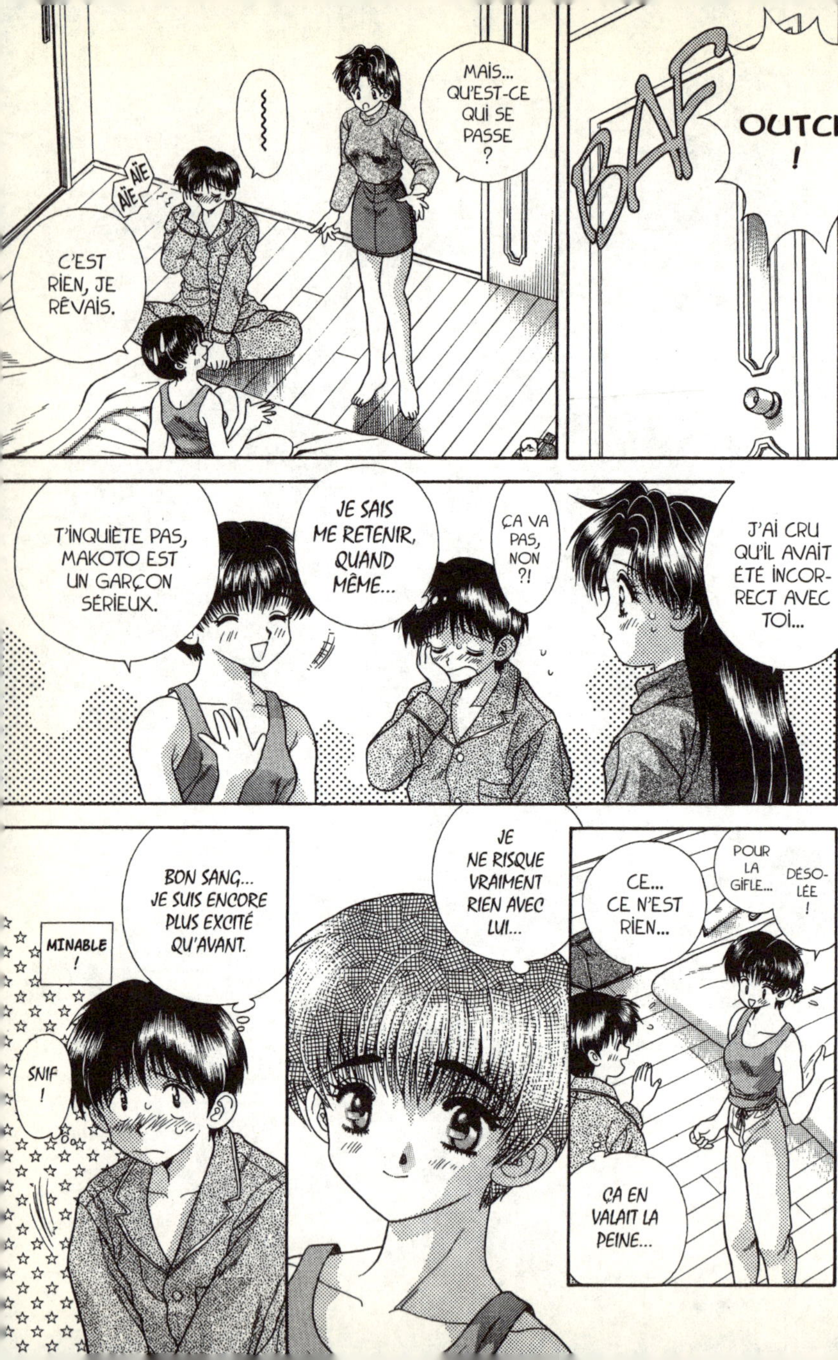
BAF
OUTCH !
MAIS... QU'EST-CE QUI SE PASSE ?
AÏE AÏE
C'EST RIEN, JE RÊVAIS.
J'AI CRU QU'IL AVAIT ÉTÉ INCORRECT AVEC TOI...
ÇA VA PAS, NON ?!
JE SAIS ME RETENIR, QUAND MÊME...
T'INQUIÈTE PAS, MAKOTO EST UN GARÇON SÉRIEUX.
POUR LA GIFLE... DÉSOLÉE !
CE... CE N'EST RIEN...
ÇA EN VALAIT LA PEINE...
JE NE RISQUE VRAIMENT RIEN AVEC LUI...
BON SANG... JE SUIS ENCORE PLUS EXCITÉ QU'AVANT.
MINABLE !
SNIF !

SUR LE CAMPUS DE L'UNIVERSITÉ.
CE TYPE ÉTAIT POURTANT UN AMI...
AKANE ITOH (20 ANS), UNE JEUNE FEMME QUI SE MÉFIE DES HOMMES.
À PEINE ENTRÉ CHEZ MOI, IL M'A SAUTÉ DESSUS...
CERTAINS HOMMES PENSENT QUE SI UNE FILLE LEUR PROPOSE D'ENTRER DANS LEUR APPARTEMENT, C'EST UNE INVITATION AU SEXE.
L'AUTRE JOUR, JE SUIS ENCORE TOMBÉE SUR UN MALADE...
Palp
C'EST LA 4e FOIS !
AVEZ-VOUS DÉJÀ ÉTÉ VICTIME D'UNE AGRESSION SEXUELLE ? (ENQUÊTE AUPRÈS DE 50 FEMMES)
JAMAIS 9%
OUI 91%

LES HOMMES SONT TOUS DES MONSTRES ! ILS NE PENSENT QU'À LEUR SEUL PLAISIR !
FAUT PAS EXAGÉRER...
MAIS NON, PAS TOUS...
JE SAIS CE QUE JE DIS !
MON BEAU-FRÈRE, PAR EXEMPLE, C'EST UN TYPE TRÈS BIEN !
JE DEMANDE À VOIR !
TU POURRAIS MÊME FAIRE UN STRIP-TEASE DEVANT LUI, IL NE TE TOUCHERAIT PAS...
EUH... C'EST PAS PROUVÉ, ÇA...
RIKA ?!
QUE JE TE RENDE UN SERVICE ?
PAUVRE MAKOTO... LE MOMENT EST VRAIMENT MAL CHOISI.

C'EST LA PREMIÈRE FOIS QUE JE METS LES PIEDS DANS L'APPARTEMENT D'UNE FILLE ! ♡
HIC !
ALLEZ, BOIS ENCORE UN COUP ! ♡
TODOM TODOM
IL A FINI DE REGARDER PARTOUT ?!
ET VOILÀ POURQUOI ELLE N'A PLUS AUCUNE CONFIANCE DANS LES HOMMES.
HIC !
À TON AVIS, LES HOMMES SONT-ILS TOUS DES MONSTRES ?
NON... MAIS JE PENSE QU'ILS SONT D'UNE NATURE ASSEZ...
POURQUOI NE PEUVENT-ILS PAS SE CONTRÔLER DÈS QU'ILS VOIENT UNE FEMME ?
HEIN...
JE NE SAIS PAS, MOI...
À LA VUE D'UNE PERSONNE DU SEXE OPPOSÉ, LE CERVEAU D'UN HOMME RÉAGIT 5 FOIS PLUS QUE CELUI D'UNE FEMME... CE QUI EXPLIQUERAIT LES PULSIONS SUBITES DES HOMMES.
(SOURCE : J'AI TOUT COMPRIS ! LE CERVEAU DE L'HOMME ET DE LA FEMME)

LES HOMMES N'ONT VRAIMENT QUE ÇA DANS LA TÊTE ! CE SONT TOUS DES OBSÉDÉS SEXUELS !
HIC !
OH ! ELLE N'A PAS DE SOUTIEN-GORGE !
ÇA M'EXCITE...
C'EST VRAIMENT PAS LE MOMENT... !
SI L'ON EN JUGE PAR SON BIORYTHME, LA LIBIDO D'UN HOMME (ÂGÉ DE PLUS DE DIX ANS) SE DÉCLENCHERAIT TOUTES LES 90 MINUTES. CELA POURRAIT EXPLIQUER LA FRÉNÉSIE SEXUELLE DONT LES HOMMES FONT PREUVE ! MAIS LES FILLES VOIENT LES CHOSES D'UN ŒIL BIEN DIFFÉRENT.
MON BEAU-FRÈRE EST DIFFÉRENT !
Gasp
NON, IL EST COMME TOUS LES AUTRES !
JE TE DIS QU'ON NE CRAINT RIEN AVEC LUI !
REGARDE !
VLOUF
NON !

ET COMME ÇA ?!
FROTT
FROTT
EH... ARRÊTEZ !
Boing
ELLES SONT COMPLÈTEMENT BOURRÉES !
OH ! REGARDE, IL BANDE !
TRAÎTRE !
AUCUN HOMME NE POURRAIT RÉSISTER À ÇA !
JE LE SAVAIS... TU N'ES QU'UN LOUP DÉGUISÉ EN AGNEAU !
OUAIS... BEN, C'EST PAS UNE RAISON POUR ME LAISSER TONDRE LA LAINE SUR LE DOS... !
LUI AUSSI, IL EST IVRE.
C'EST PAS CROYABLE ! Z'ÊTES GIVRÉES !
AAARH... J'EN PEUX PLUS !
QU'EST-CE QUI SE PASSE, LÀ ?!
SWOP
Palp
AAAH !!

ALORS, LES HOMMES NE SONT QUE DES OBSÉDÉS, HEIN ?!
SWIP
AAH !
AAAH OUIII !
OOH !
FLORF
OUI, J'AIME ÇA !
PARDON !
FLOF
FLOF
C'EST QUOI, CE SOUPIR ?
HUM-PFF...
IL A PAS L'AIR NET.

LES HOMMES SONT PERVERS DE NATURE.
DE TOUTE FAÇON... JE SUIS ÉJACULATEUR PRÉCOCE !
HUM
HEIN ?!
JE NE SUIS PAS... TRÈS DOUÉ POUR LE SEXE...
SNIF
HIC !
IL EST BOURRÉ, IL VA TOUT NOUS DIRE.
POURTANT... J'ESSAYE DE FAIRE DE MON MIEUX...
HIC !
TOUT CE QUE JE VEUX, C'EST DONNER DU PLAISIR À YURA...
AH OUI ?
JE PENSE QUE C'EST CE QUE VEULENT TOUS LES HOMMES QUI AIMENT LEUR FEMME...
QUI C'EST QUI AVAIT BESOIN DE PARLER ?

QU'UN HOMME... A TOUT LE TEMPS DES IDÉES OBSCÈNES.
C'EST POUR ÇA...
......
EUH... MERCI !
JE N'AURAIS JAMAIS PENSÉ QU'UN HOMME PUISSE SE SOUCIER DU PLAISIR DE SA FEMME...
C'EST LA PREMIÈRE FOIS QUE J'ENTENDS ÇA.
J'ESPÈRE QUE TU Y ARRI-VERAS.
HEIN ?

CHAPITRE 38 - LES MECS NE PENSENT QU'À ÇA ! - FIN

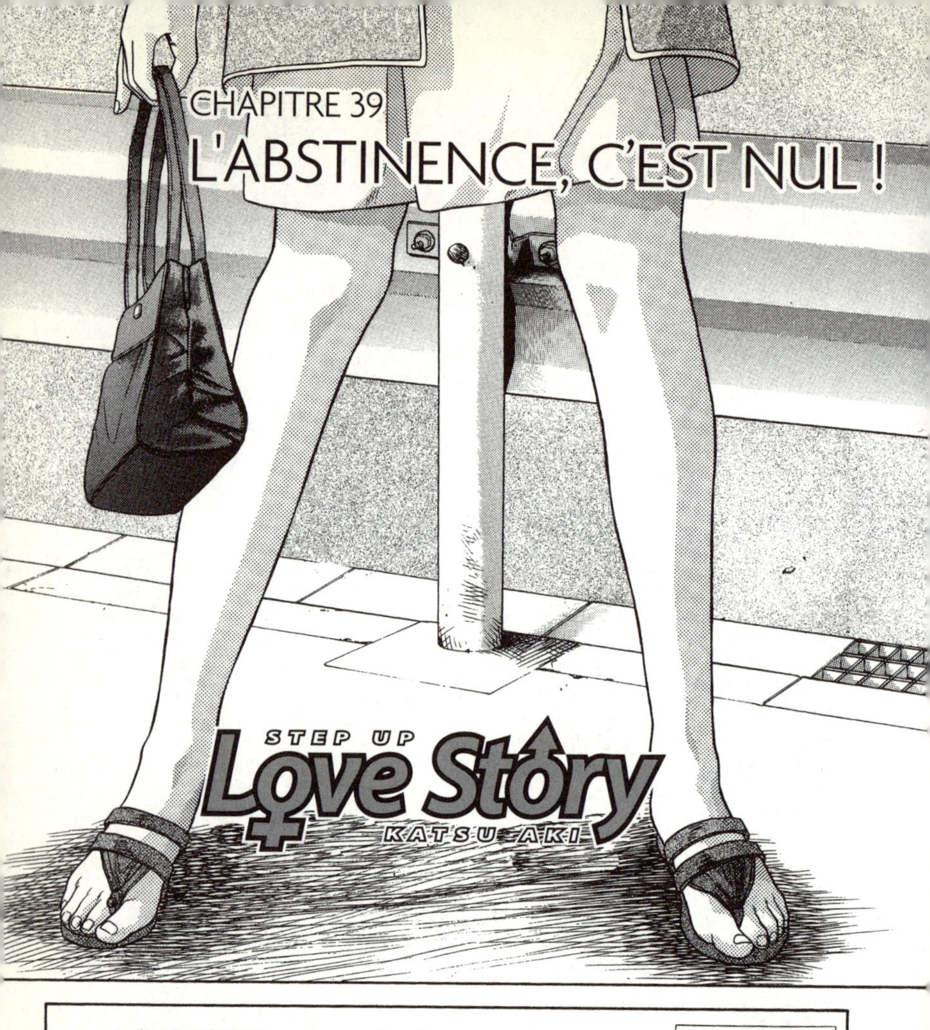

1- JE ME MASTURBE :
MARIÉE : 29 ; NON MARIÉE : 7

2- JE FAIS DU SPORT :
MARIÉE : 21 ; NON MARIÉE : 9

3- JE FANTASME SUR UN ADULTÈRE :
MARIÉE : 17 ; NON MARIÉE : 8

4- JE TRAVAILLE :
MARIÉE : 7 ; NON MARIÉE : 11

5- JE SORS AVEC DES AMIS :
MARIÉE : 11 ; NON MARIÉE : 4

COMMENT COMPENSEZ-VOUS LE MANQUE DE SEXE ?

(ENQUÊTE MENÉE AUPRÈS DE 100 FEMMES)

ÇA FAIT UN MOMENT QUE YURA ET MAKOTO N'ONT PLUS DE RELATIONS SEXUELLES.

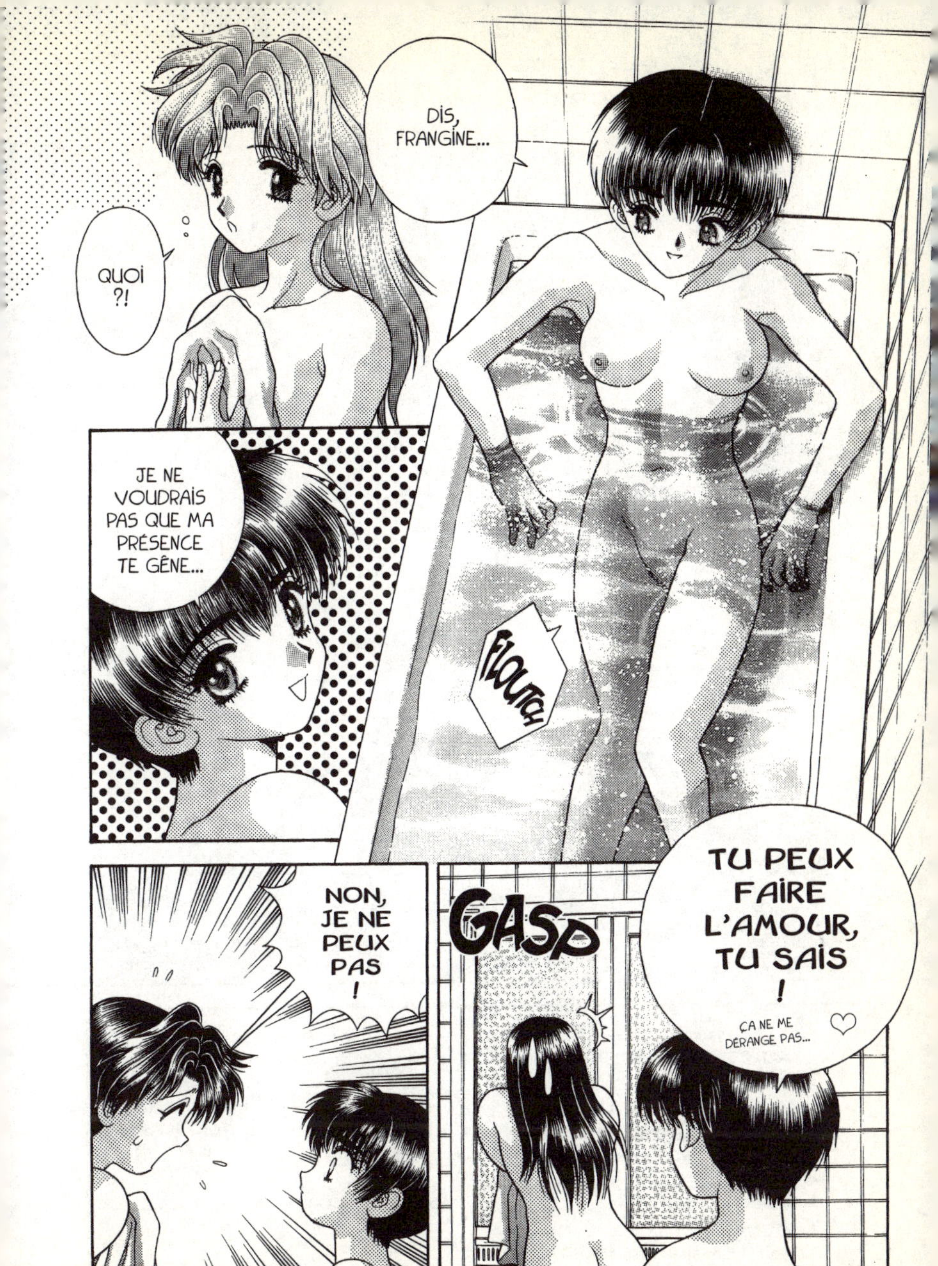
DIS, FRANGINE...
QUOI ?!
JE NE VOUDRAIS PAS QUE MA PRÉSENCE TE GÊNE...
FLOUTCH
TU PEUX FAIRE L'AMOUR, TU SAIS !
ÇA NE ME DÉRANGE PAS... ♡
GASP
NON, JE NE PEUX PAS !

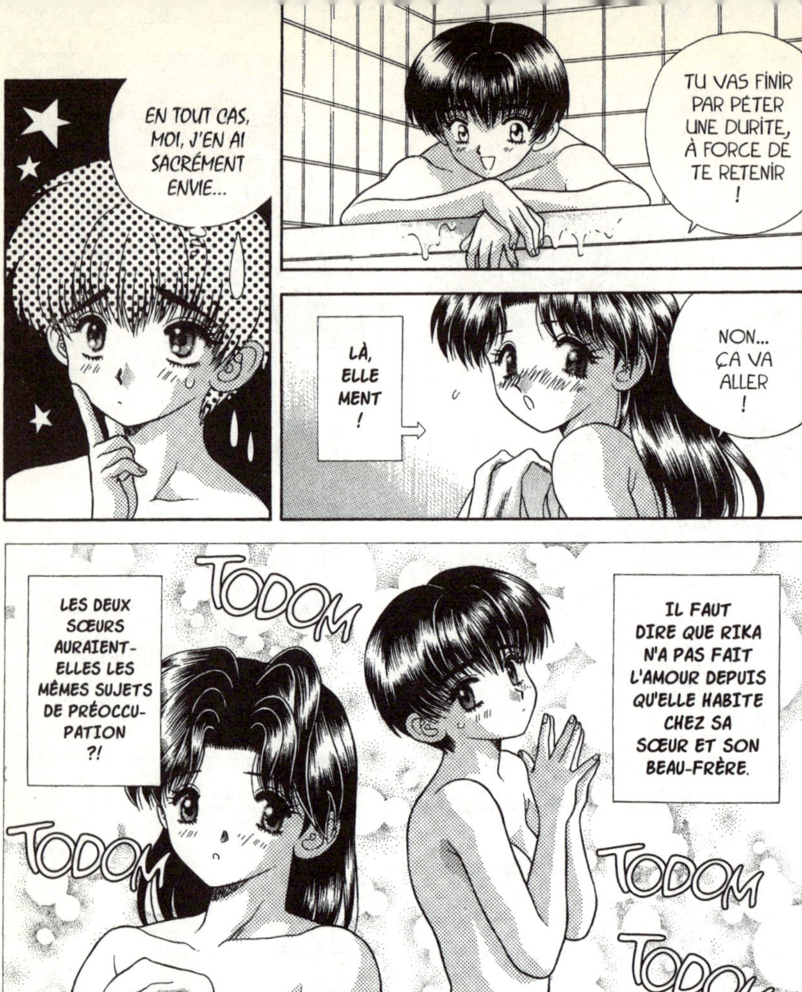

QUELS SONT LES PRINCIPAUX PROBLÈMES EN MATIÈRE DE SEXE ?

1 - IL NE VEUT PAS : 63 PERSONNES

2 - MANQUE D'ORIGINALITÉ : 54 PERSONNES

3 - DIFFICULTÉ À OBTENIR UN ORGASME : 32 PERSONNES

4 - INSATISFAITE DE SA TECHNIQUE : 26 PERSONNES

5 - IL N'AIME PAS LE SEXE : 9 PERSONNES

TELLES SONT LES RAISONS INVOQUÉES PAR LES FEMMES À L'HEURE ACTUELLE...

(SOURCE : NATUREY, HIVER 97)

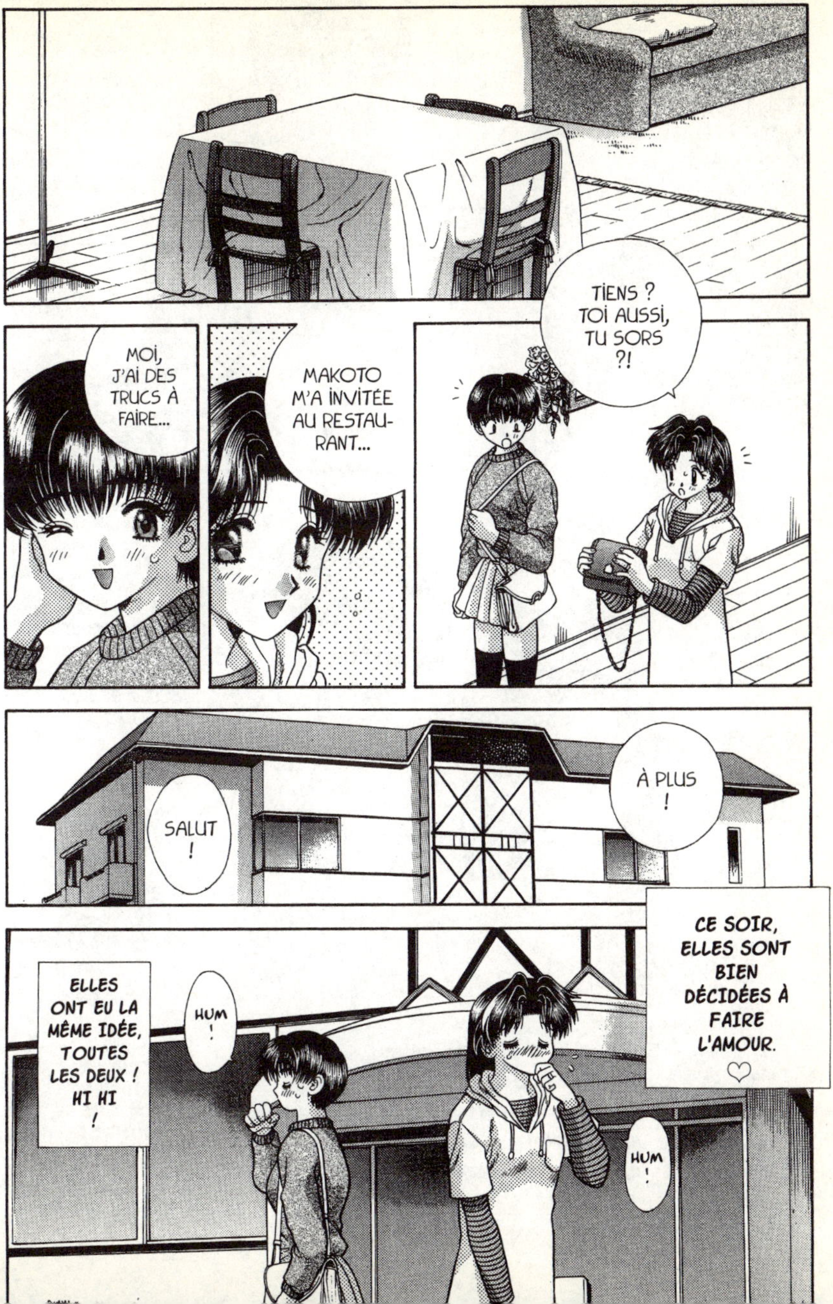

TIENS ? TOI AUSSI, TU SORS ?!
MAKOTO M'A INVITÉE AU RESTAU-RANT...
MOI, J'AI DES TRUCS À FAIRE...
À PLUS !
SALUT !
CE SOIR, ELLES SONT BIEN DÉCIDÉES À FAIRE L'AMOUR. ♡
HUM !
HUM !
ELLES ONT EU LA MÊME IDÉE, TOUTES LES DEUX ! HI HI !

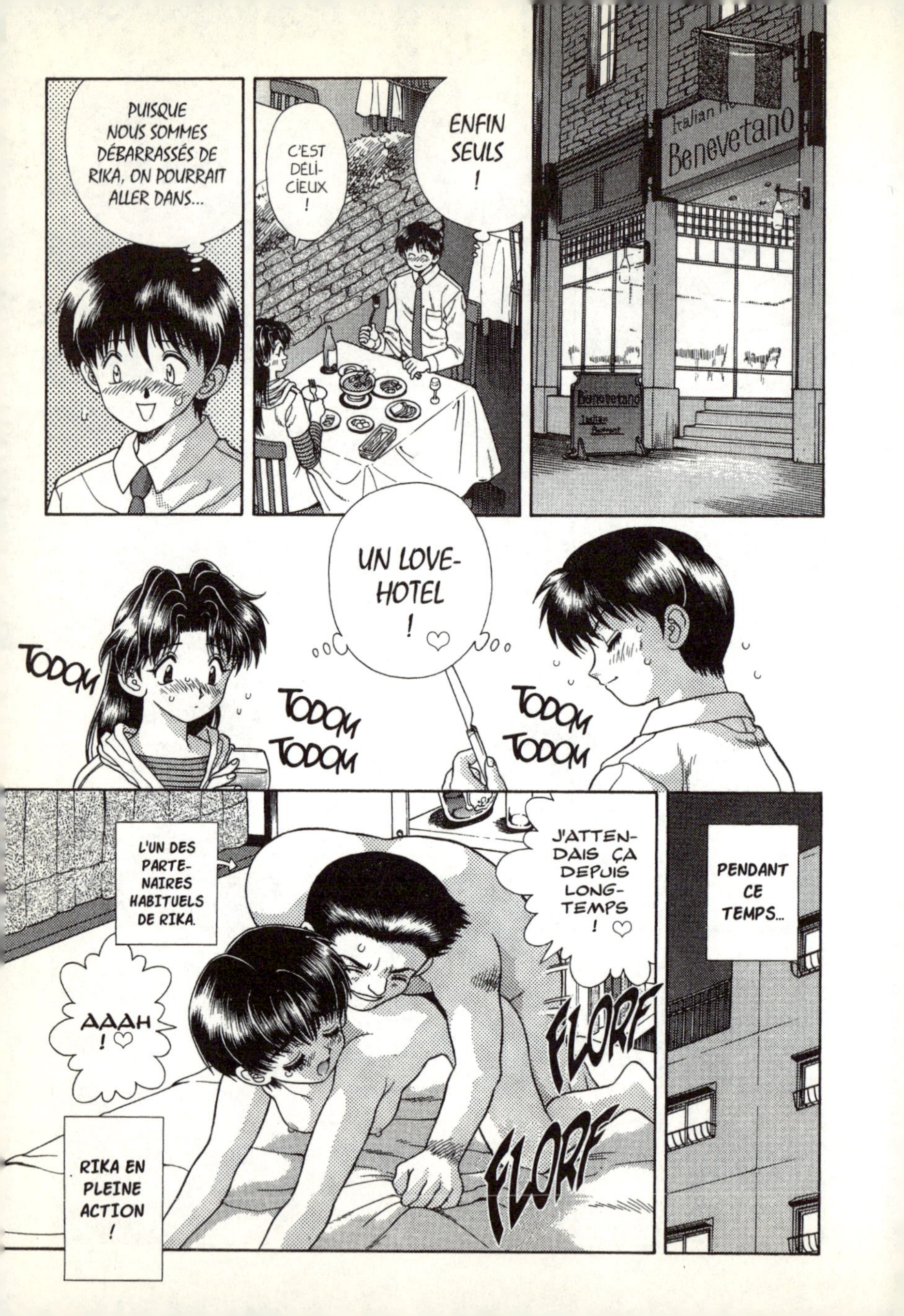
Benevetano
ENFIN SEULS !
C'EST DÉLICIEUX !
PUISQUE NOUS SOMMES DÉBARRASSÉS DE RIKA, ON POURRAIT ALLER DANS...
UN LOVE-HOTEL ! ♡
TODOM TODOM
TODOM TODOM
TODOM
PENDANT CE TEMPS...
J'ATTENDAIS ÇA DEPUIS LONGTEMPS ! ♡
L'UN DES PARTENAIRES HABITUELS DE RIKA.
FLORF
FLORF
AAAH ! ♡
RIKA EN PLEINE ACTION !

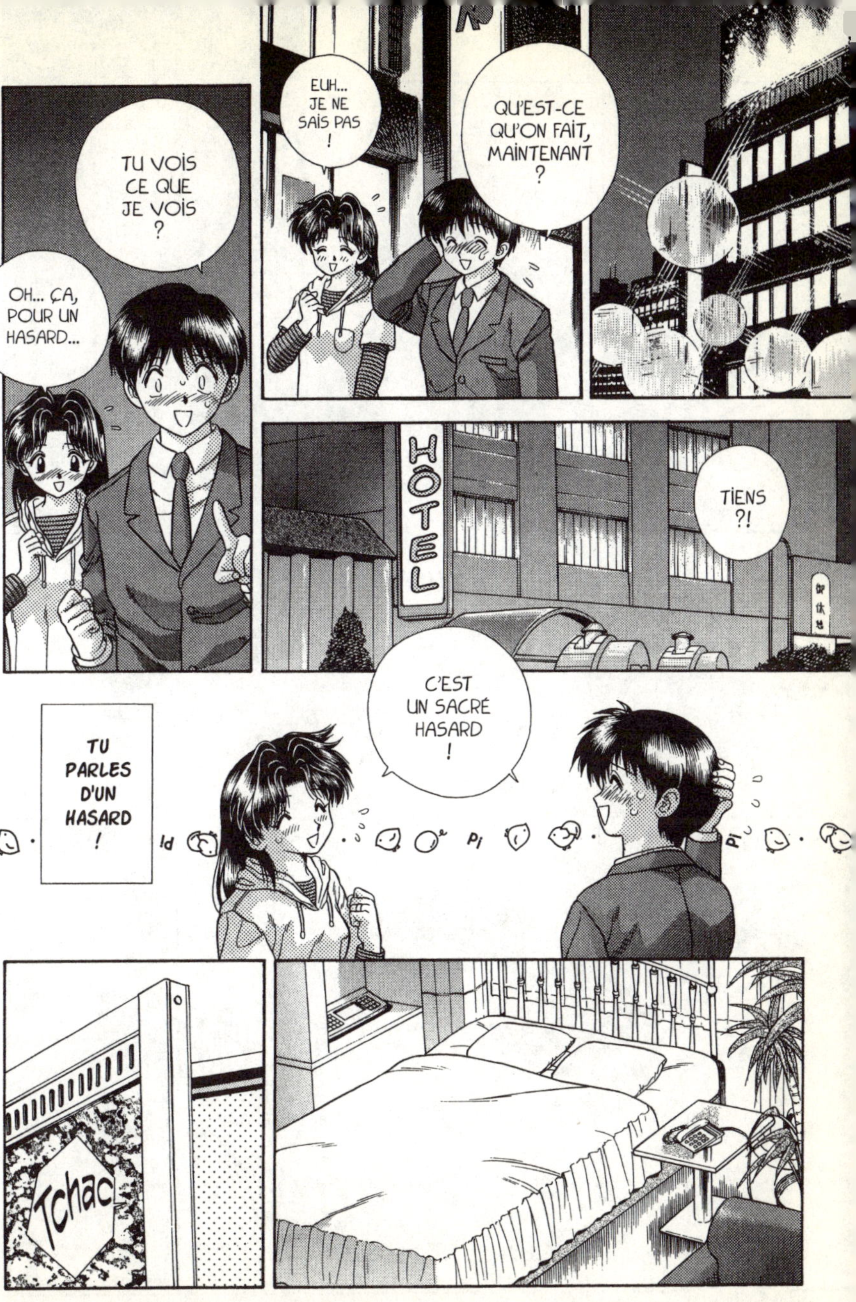
QU'EST-CE QU'ON FAIT, MAINTENANT ?
EUH... JE NE SAIS PAS !
TIENS ?!
HÔTEL
TU VOIS CE QUE JE VOIS ?
OH... ÇA, POUR UN HASARD...
C'EST UN SACRÉ HASARD !
TU PARLES D'UN HASARD !
Pi
Pi
Pi
Tchac

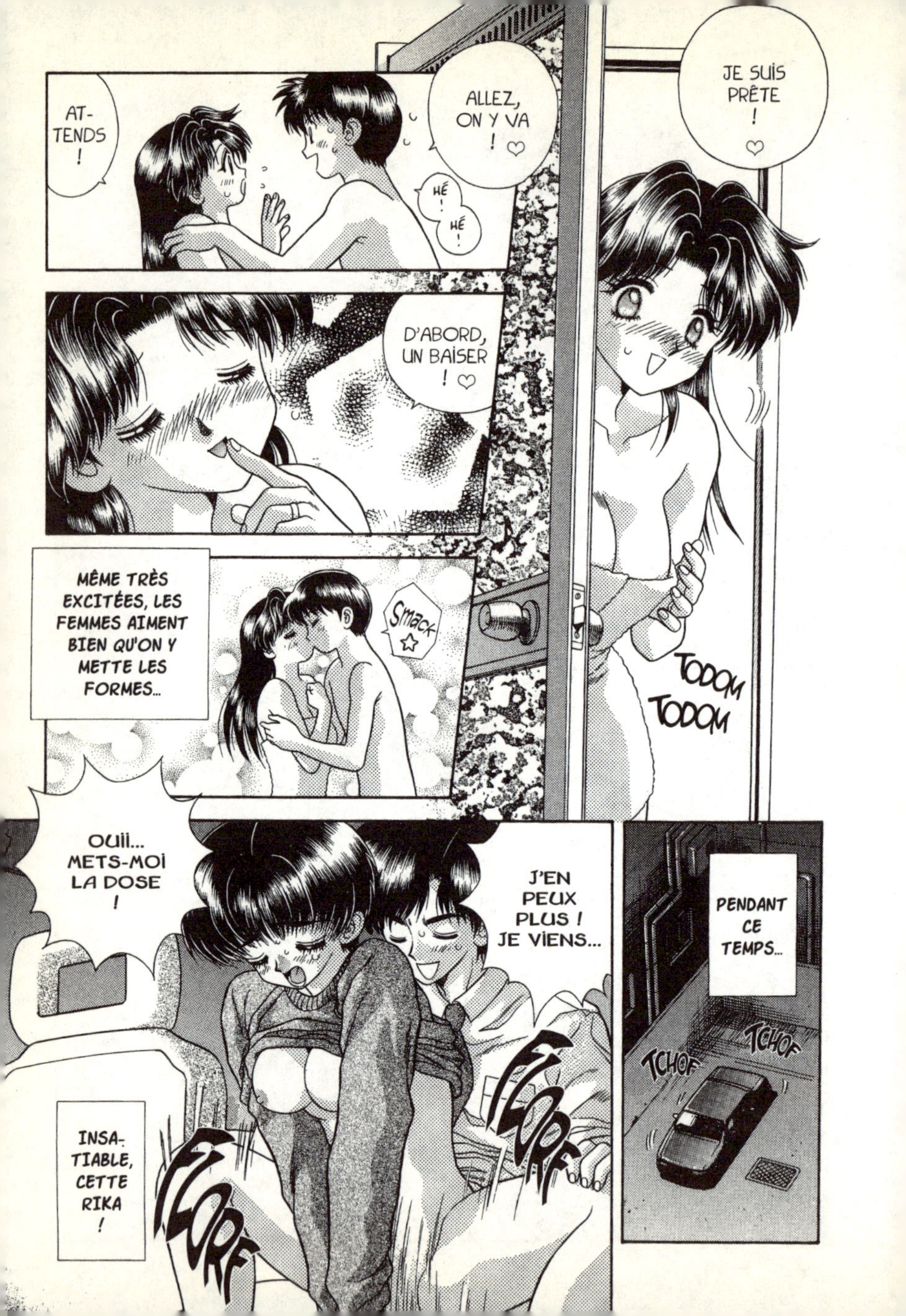

AT-TENDS !
ALLEZ, ON Y VA ! ♡
HÉ ! HÉ !
D'ABORD, UN BAISER ! ♡
MÊME TRÈS EXCITÉES, LES FEMMES AIMENT BIEN QU'ON Y METTE LES FORMES...
Smack ☆
JE SUIS PRÊTE ! ♡
TODOM TODOM
OUII... METS-MOI LA DOSE !
J'EN PEUX PLUS ! JE VIENS...
FLOPF
FLOPF
INSA-TIABLE, CETTE RIKA !
PENDANT CE TEMPS...
TCHOF TCHOF

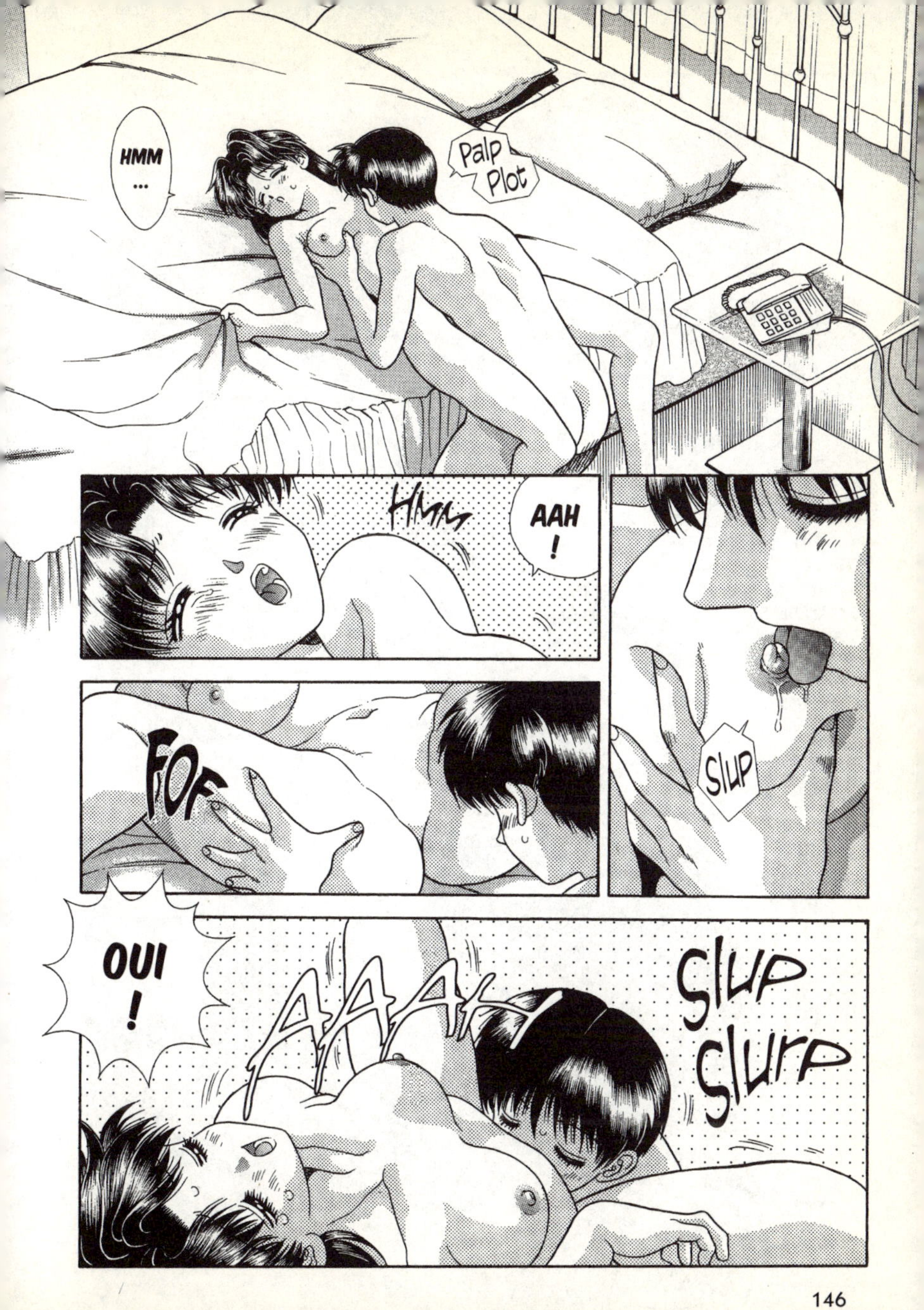
HMM ...
Palp Plot
HMM
AAH !
FOF
Slup
OUI !
AAAH
Slup Slurp

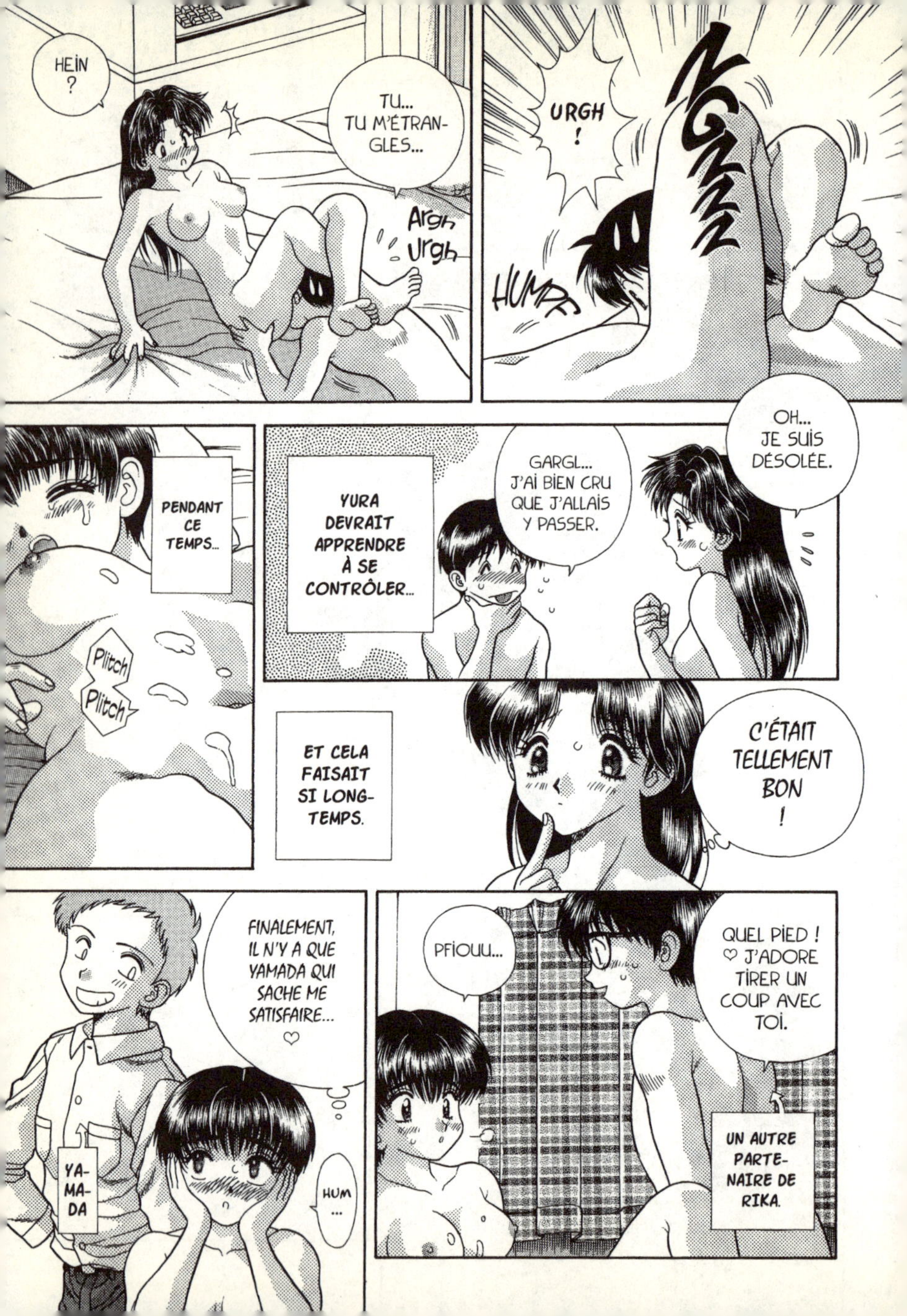

NGNNN
URGH !
HUMPF
TU... TU M'ÉTRANGLES...
HEIN ?
Argh Urgh
OH... JE SUIS DÉSOLÉE.
GARGL... J'AI BIEN CRU QUE J'ALLAIS Y PASSER.
YURA DEVRAIT APPRENDRE À SE CONTRÔLER...
C'ÉTAIT TELLEMENT BON !
ET CELA FAISAIT SI LONG-TEMPS.
PENDANT CE TEMPS...
Plitch Plitch
QUEL PIED ! ♡ J'ADORE TIRER UN COUP AVEC TOI.
PFIOUU...
UN AUTRE PARTE-NAIRE DE RIKA.
FINALEMENT, IL N'Y A QUE YAMADA QUI SACHE ME SATISFAIRE... ♡
HUM ...
YA-MA-DA

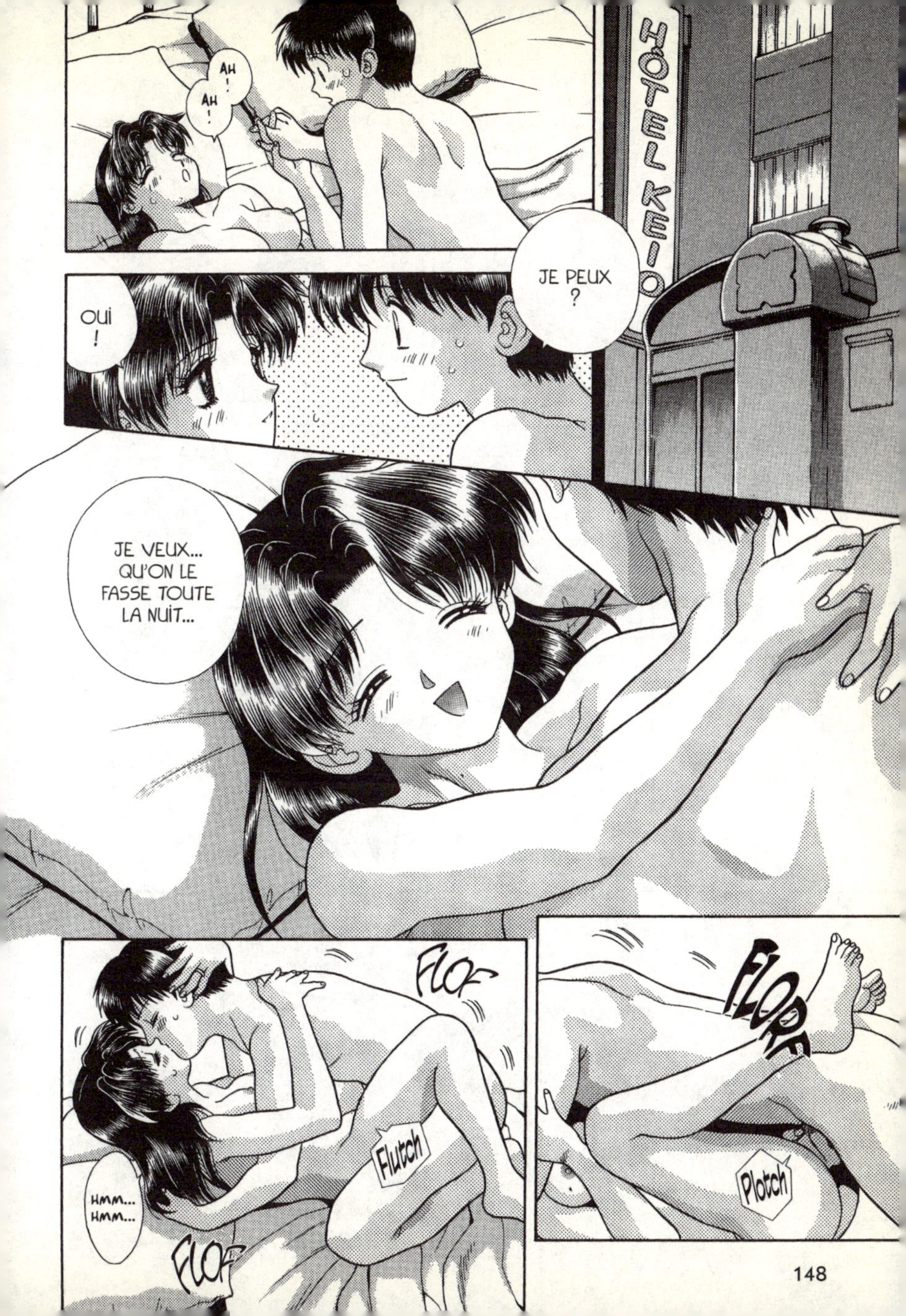
AH ! AH !
HÔTEL KEIO
JE PEUX ?
OUI !
JE VEUX... QU'ON LE FASSE TOUTE LA NUIT...
FLOF
Flutch
HMM... HMM...
FLOF
FLORF
Plotch

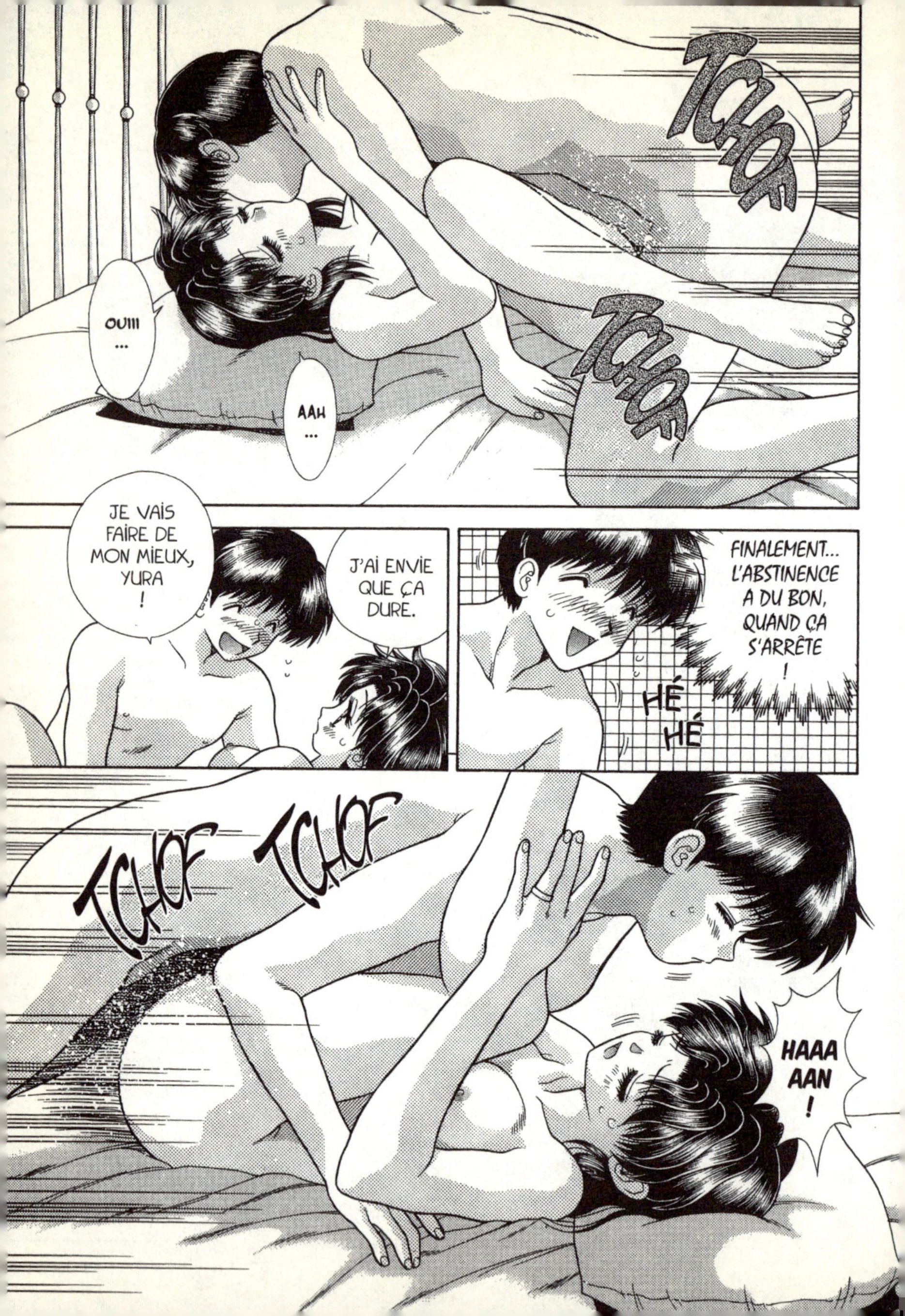
TCHOF
TCHOF
OUIII ...
AAH ...
J'AI ENVIE QUE ÇA DURE.
JE VAIS FAIRE DE MON MIEUX, YURA !
FINALEMENT... L'ABSTINENCE A DU BON, QUAND ÇA S'ARRÊTE !
HÉ HÉ
TCHOF TCHOF
HAAA AAN !

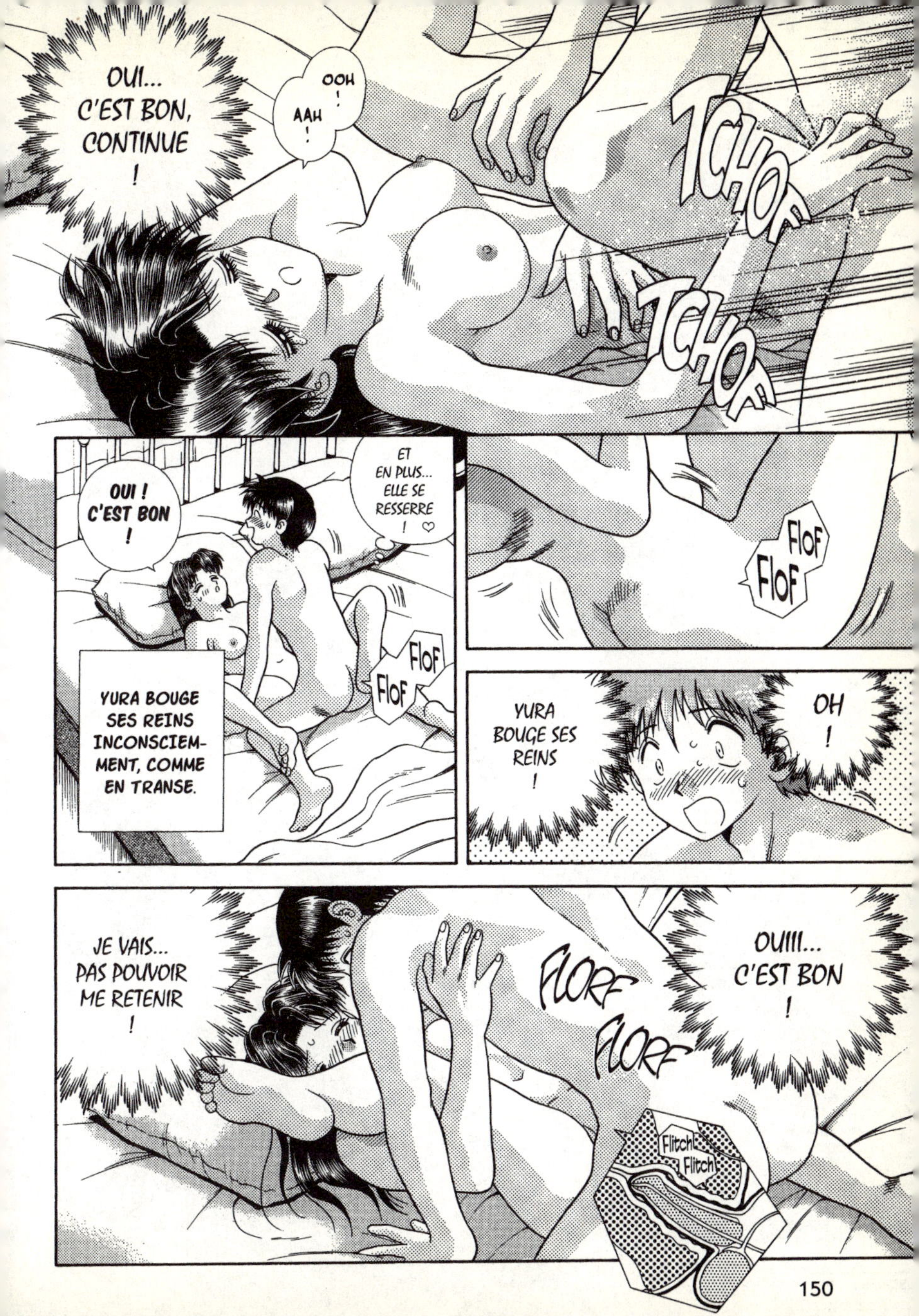

OUI... C'EST BON, CONTINUE !
OOH ! AAH !
TCHOF
TCHOF
OUI ! C'EST BON !
ET EN PLUS... ELLE SE RESSERRE ! ♡
FLOF FLOF
YURA BOUGE SES REINS INCONSCIEM-MENT, COMME EN TRANSE.
FLOF FLOF
YURA BOUGE SES REINS !
OH !
JE VAIS... PAS POUVOIR ME RETENIR !
FLORF FLORF
OUIII... C'EST BON !
Flitch Flitch

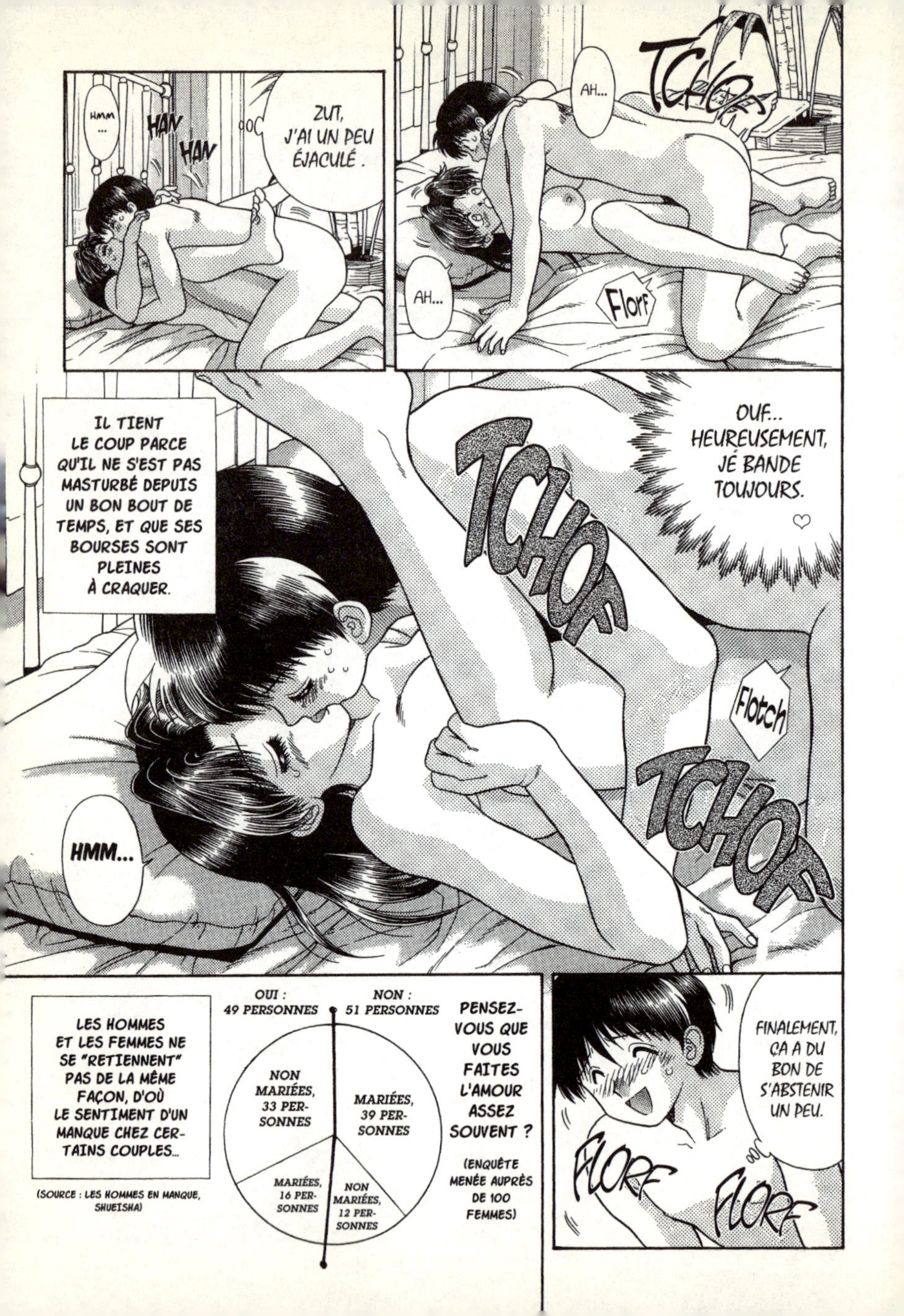
HMM...
HAN
HAN
ZUT, J'AI UN PEU ÉJACULÉ.
AH...
TCHOF
AH...
Florf
IL TIENT LE COUP PARCE QU'IL NE S'EST PAS MASTURBÉ DEPUIS UN BON BOUT DE TEMPS, ET QUE SES BOURSES SONT PLEINES À CRAQUER.
TCHOF
OUF... HEUREUSEMENT, JE BANDE TOUJOURS.
Flotch
TCHOF
HMM...
LES HOMMES ET LES FEMMES NE SE "RETIENNENT" PAS DE LA MÊME FAÇON, D'OÙ LE SENTIMENT D'UN MANQUE CHEZ CERTAINS COUPLES...
(SOURCE : LES HOMMES EN MANQUE, SHUEISHA)
OUI : 49 PERSONNES
NON : 51 PERSONNES
NON MARIÉES, 33 PERSONNES
MARIÉES, 39 PERSONNES
MARIÉES, 16 PERSONNES
NON MARIÉES, 12 PERSONNES
PENSEZ-VOUS QUE VOUS FAITES L'AMOUR ASSEZ SOUVENT ?
(ENQUÊTE MENÉE AUPRÈS DE 100 FEMMES)
FINALEMENT, ÇA A DU BON DE S'ABSTENIR UN PEU.
FLORF
FLORF

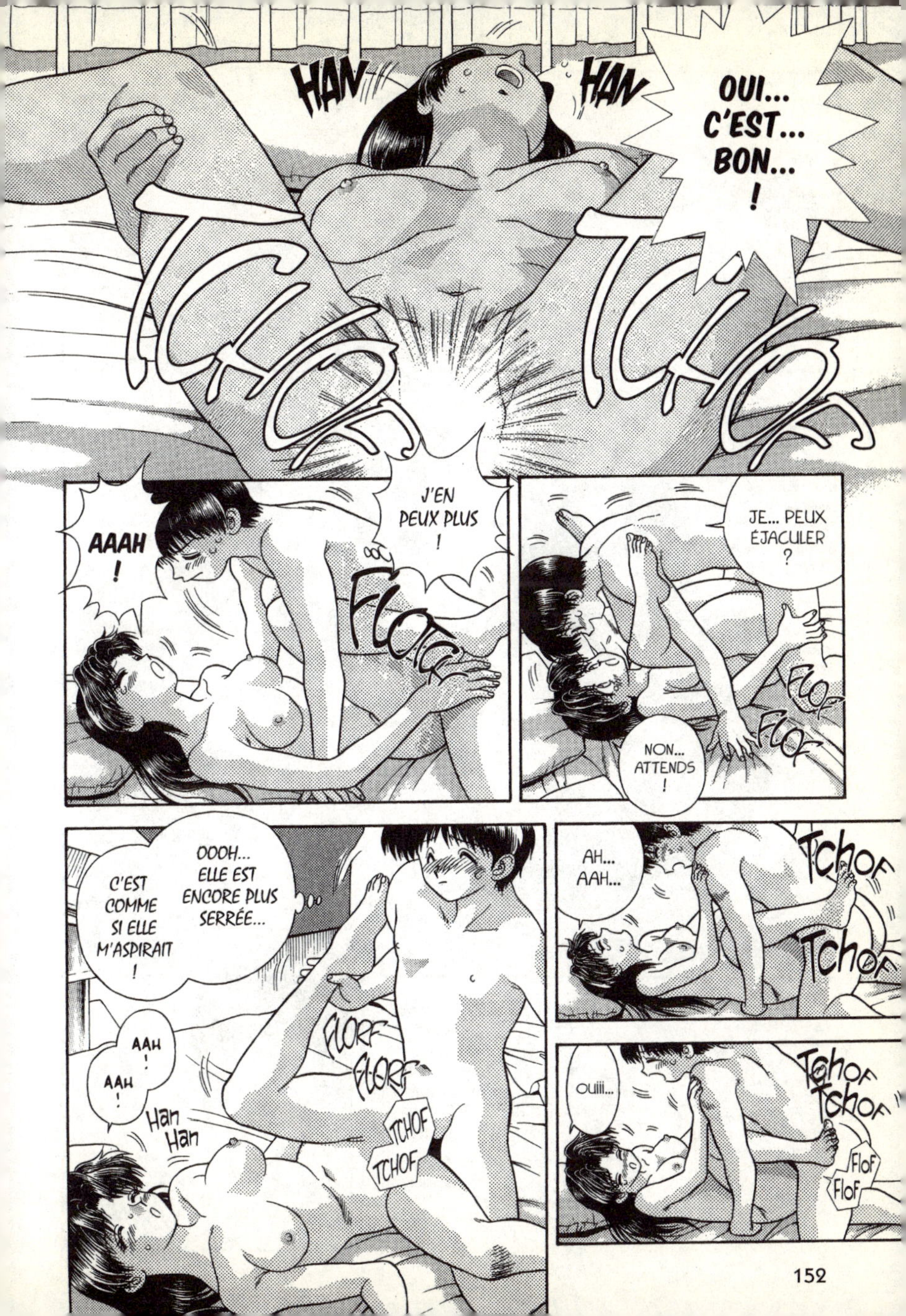
HAN
HAN
OUI... C'EST... BON... !
TCHOC
TCHOC
AAAH !
J'EN PEUX PLUS !
FLOC
JE... PEUX ÉJACULER ?
FLOF
FLOF
NON... ATTENDS !
OOOH... ELLE EST ENCORE PLUS SERRÉE...
C'EST COMME SI ELLE M'ASPIRAIT !
AAH !
AAH !
Han
Han
FLORF
FLORF
TCHOF
TCHOF
AH... AAH...
Tchof
Tchof
ouiii...
Tchof
Tchof
Flof
Flof

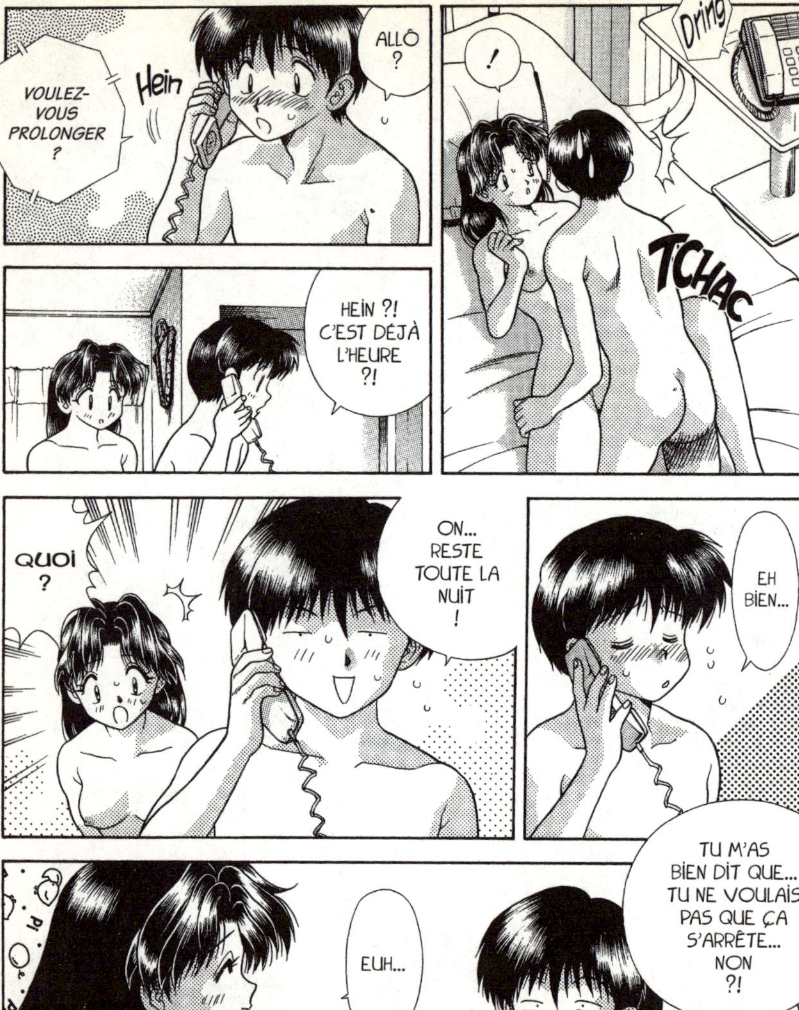
Dring
!
TCHAC
ALLÔ ?
Hein
VOULEZ-VOUS PROLONGER ?
HEIN ?! C'EST DÉJÀ L'HEURE ?!
EH BIEN...
ON... RESTE TOUTE LA NUIT !
QUOI ?
TU M'AS BIEN DIT QUE... TU NE VOULAIS PAS QUE ÇA S'ARRÊTE... NON ?!
EUH...
Pi

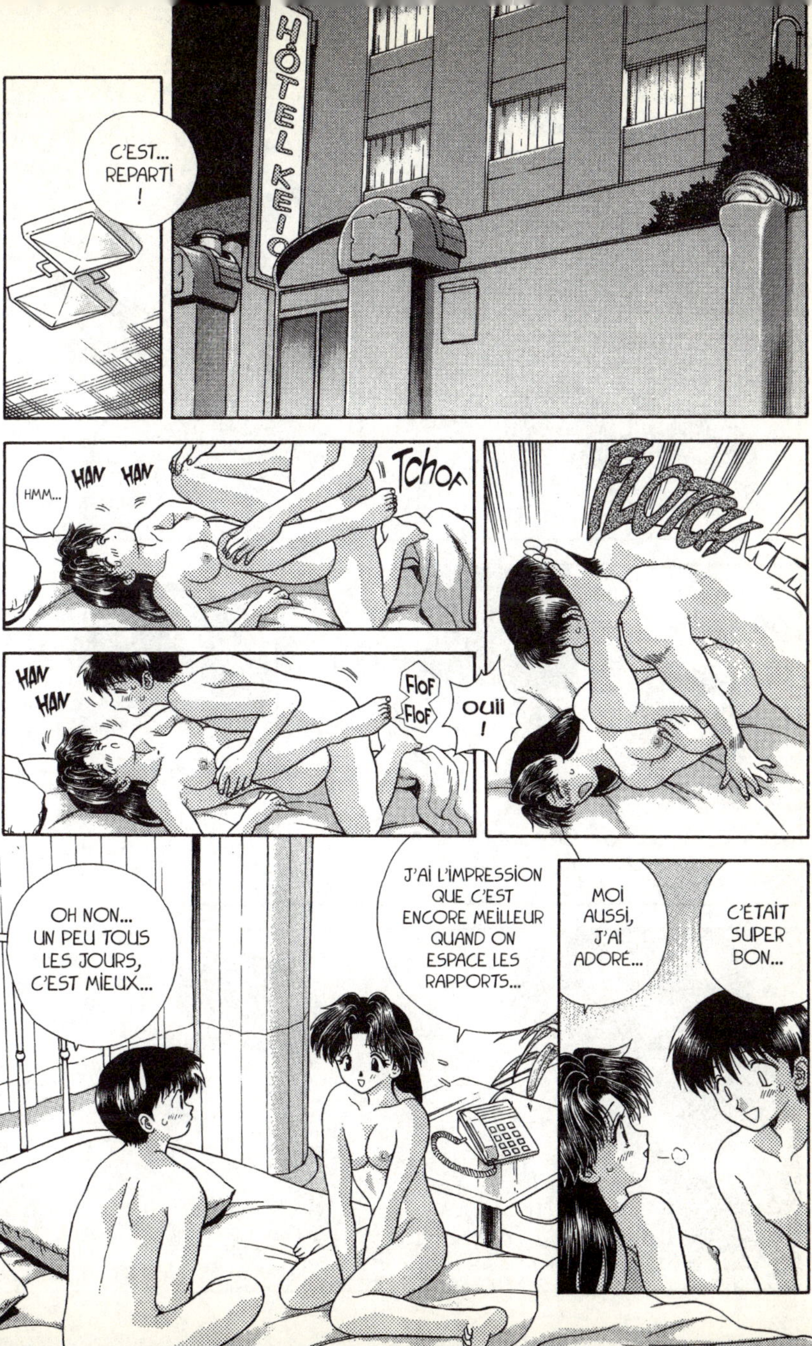

C'EST... REPARTI !
HÔTEL KEIO
HMM...
HAN HAN
Tchof
FLOTCH
HAN HAN
Flof
Flof
Ouii !
C'ÉTAIT SUPER BON...
MOI AUSSI, J'AI ADORÉ...
J'AI L'IMPRESSION QUE C'EST ENCORE MEILLEUR QUAND ON ESPACE LES RAPPORTS...
OH NON... UN PEU TOUS LES JOURS, C'EST MIEUX...

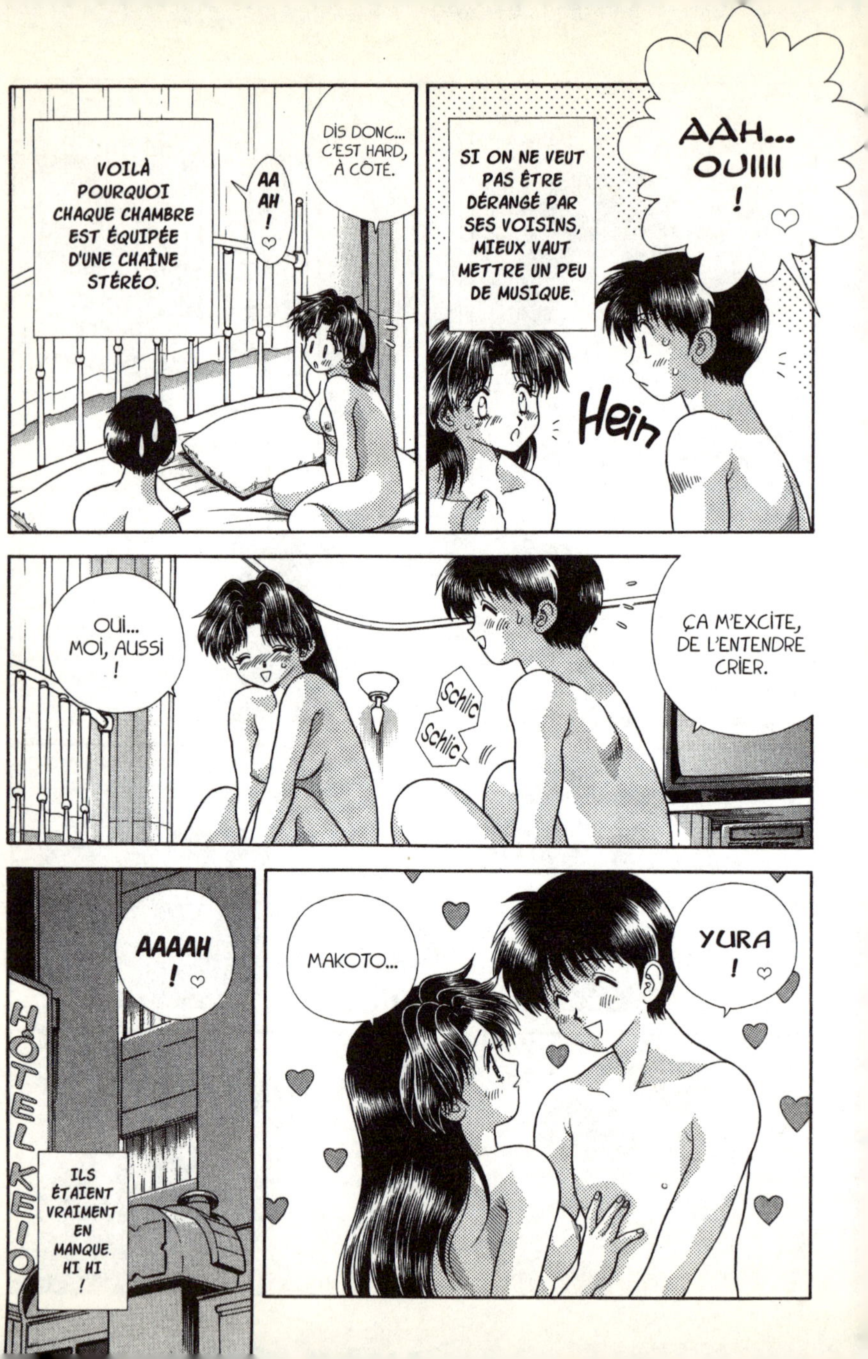
SI ON NE VEUT PAS ÊTRE DÉRANGÉ PAR SES VOISINS, MIEUX VAUT METTRE UN PEU DE MUSIQUE.
AAH... OUIIII ! ♡
Hein
DIS DONC... C'EST HARD, À CÔTÉ.
AA AH ! ♡
VOILÀ POURQUOI CHAQUE CHAMBRE EST ÉQUIPÉE D'UNE CHAÎNE STÉRÉO.
ÇA M'EXCITE, DE L'ENTENDRE CRIER.
Schlic
Schlic
OUI... MOI, AUSSI !
YURA ! ♡
MAKOTO...
AAAAH ! ♡
HÔTEL KEIO
ILS ÉTAIENT VRAIMENT EN MANQUE. HI HI !

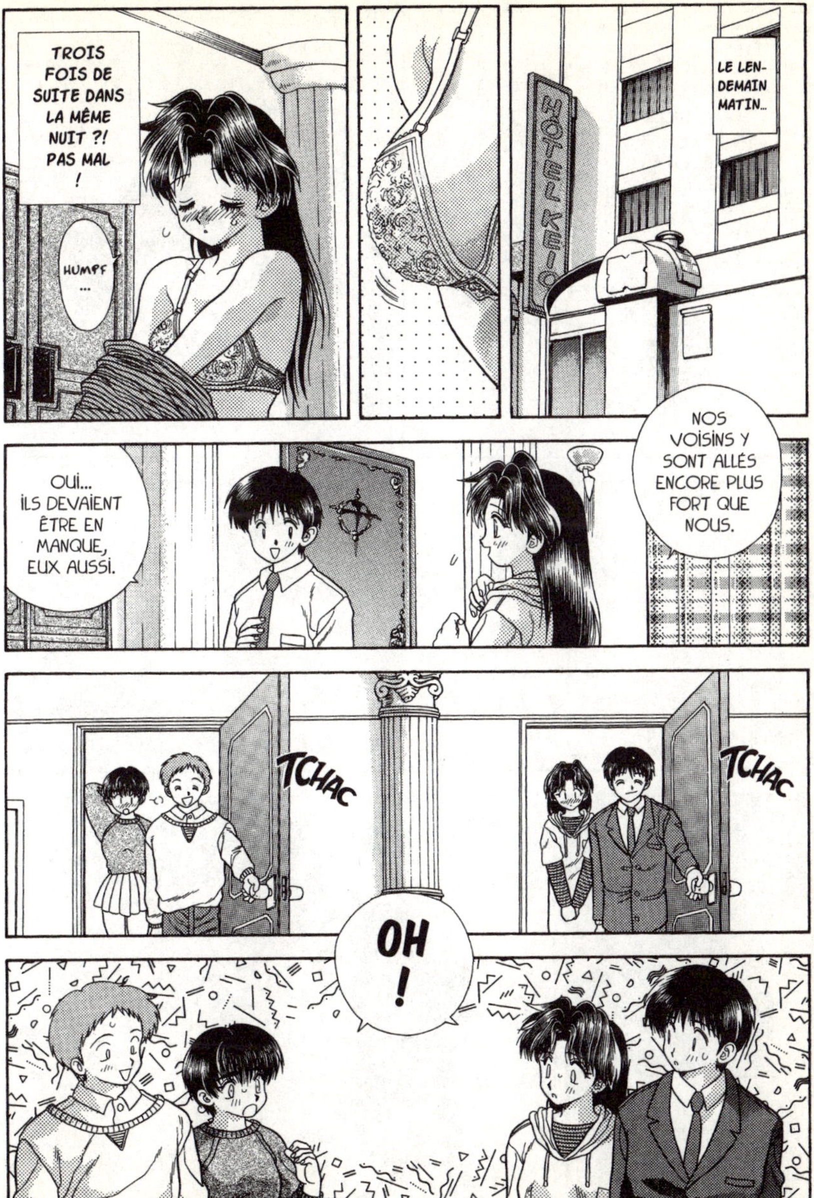

TROIS FOIS DE SUITE DANS LA MÊME NUIT ?! PAS MAL !
HUMPF ...
HÔTEL KEIO
LE LENDEMAIN MATIN...
NOS VOISINS Y SONT ALLÉS ENCORE PLUS FORT QUE NOUS.
OUI... ILS DEVAIENT ÊTRE EN MANQUE, EUX AUSSI.
TCHAC
TCHAC
OH !

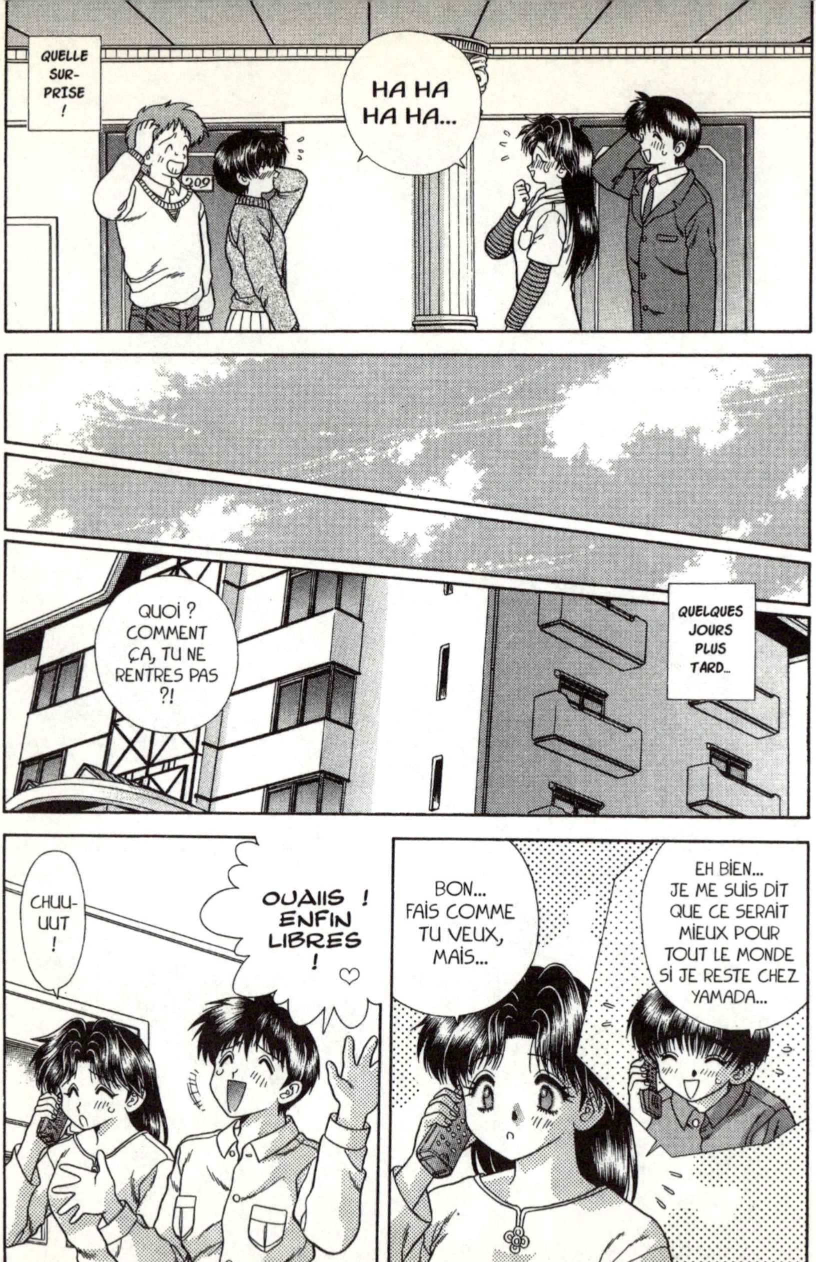
HA HA HA HA...
QUELLE SUR-PRISE !
QUELQUES JOURS PLUS TARD...
QUOI ? COMMENT ÇA, TU NE RENTRES PAS ?!
EH BIEN... JE ME SUIS DIT QUE CE SERAIT MIEUX POUR TOUT LE MONDE SI JE RESTE CHEZ YAMADA...
BON... FAIS COMME TU VEUX, MAIS...
OUAIIS ! ENFIN LIBRES ! ♡
CHUUUT !

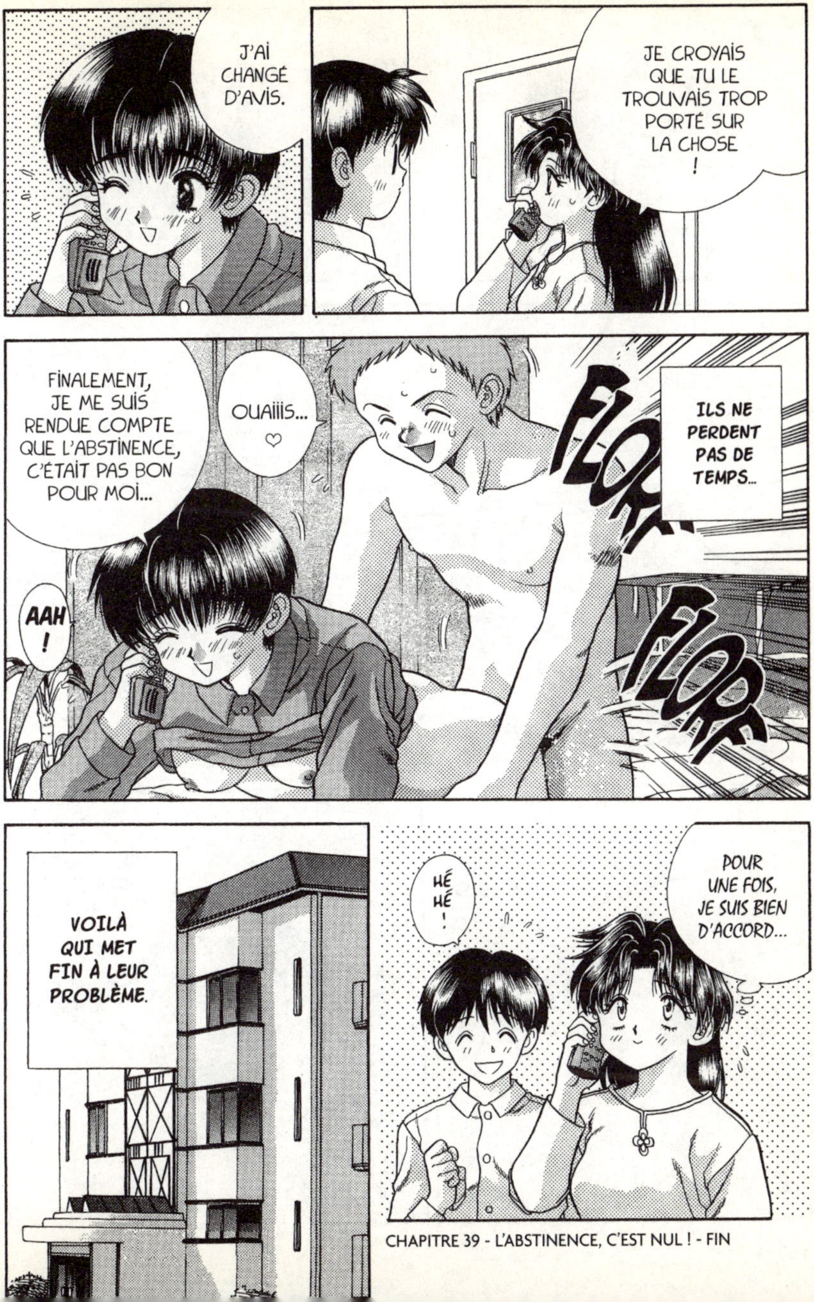

CHAPITRE 39 - L'ABSTINENCE, C'EST NUL ! - FIN

CHAPITRE 40

KYOKO, FEMM MÉDECIN

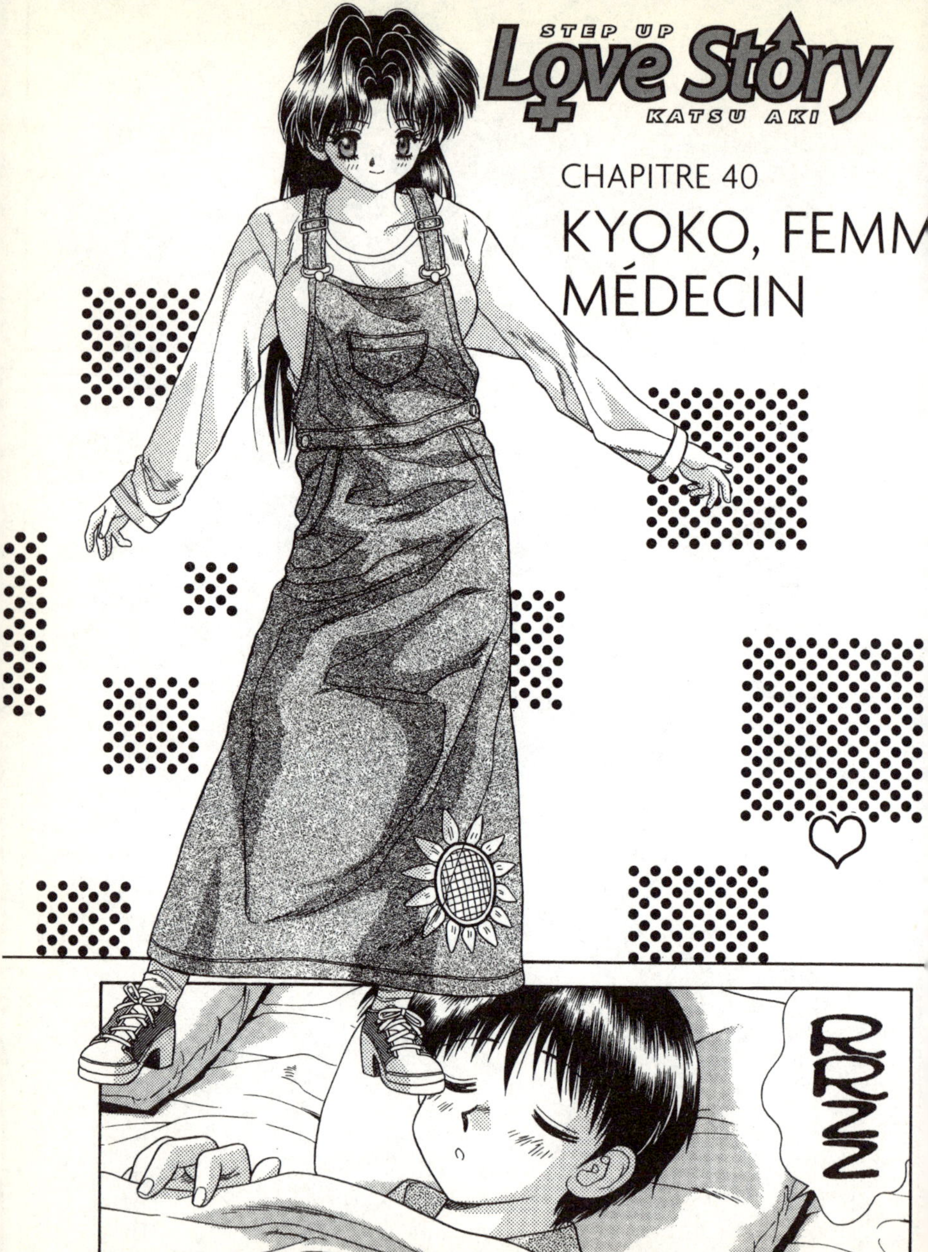

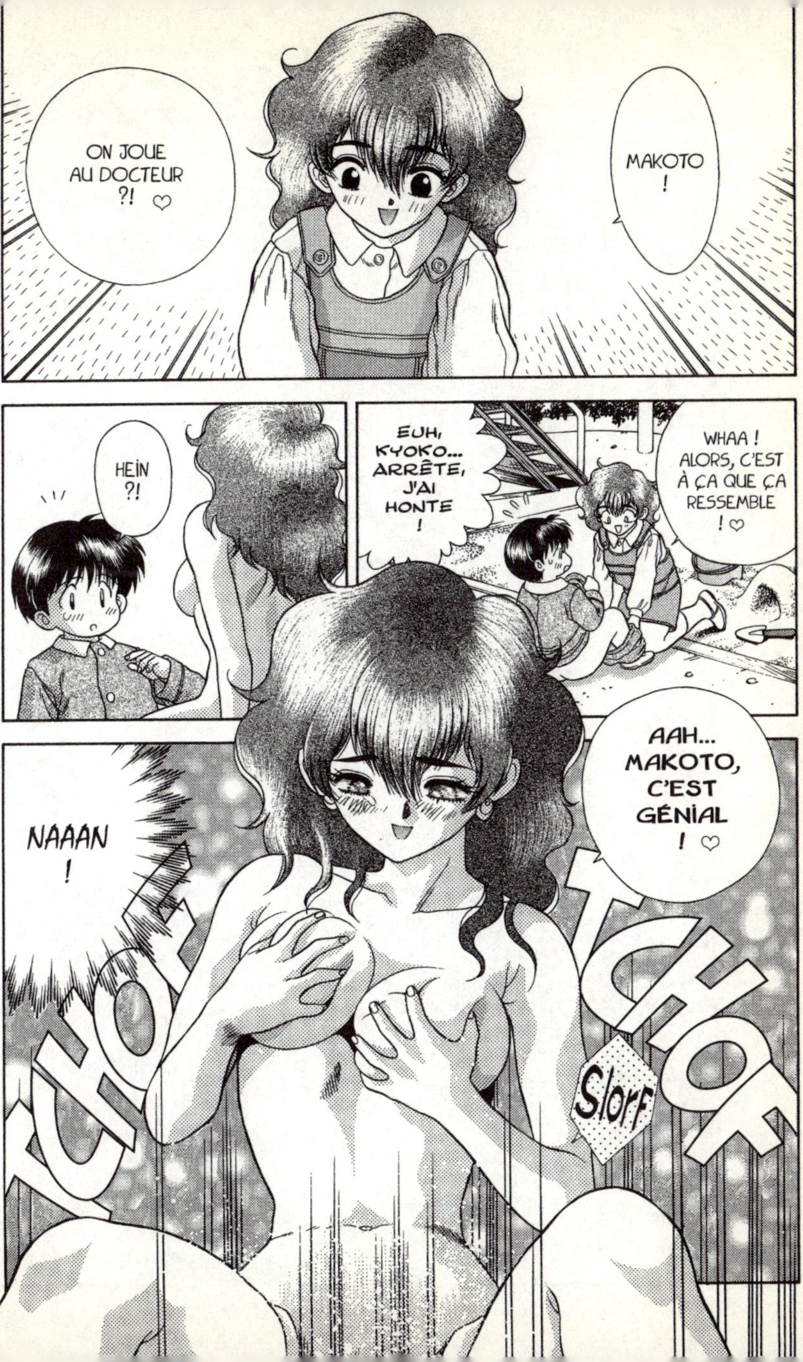

MAKOTO !
ON JOUE AU DOCTEUR ?! ♡
WHAA ! ALORS, C'EST À ÇA QUE ÇA RESSEMBLE ! ♡
EUH, KYOKO... ARRÊTE, J'AI HONTE !
HEIN ?!
AAH... MAKOTO, C'EST GÉNIAL ! ♡
NAAAN !
TCHOP
TCHOP
Slorf

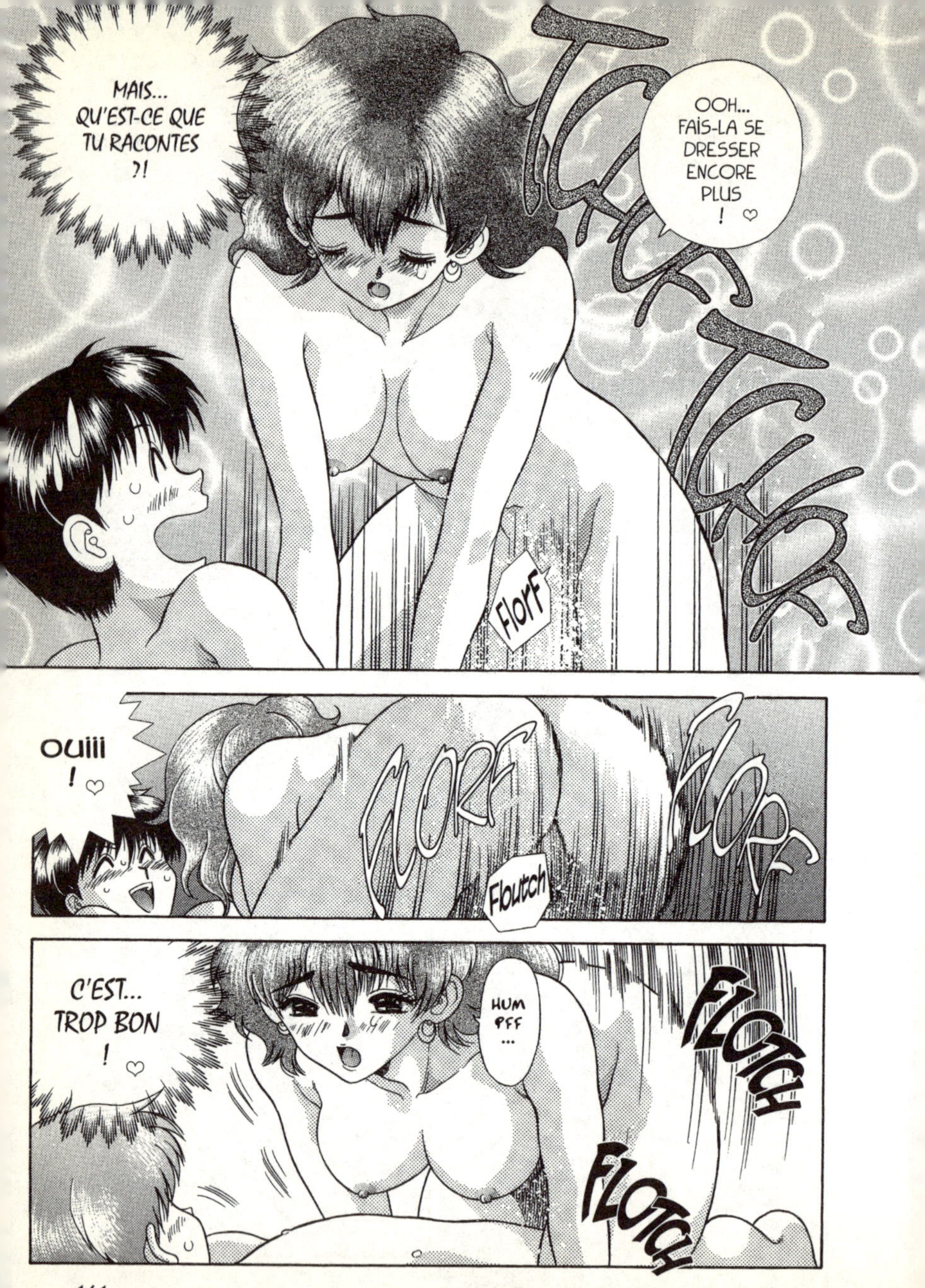
OOH... FAIS-LA SE DRESSER ENCORE PLUS ! ♡
MAIS... QU'EST-CE QUE TU RACONTES ?!
Florf
FLORF
FLORF
Floutch
Ouiii ! ♡
FLOTCH
FLOTCH
HUM PFF ...
C'EST... TROP BON ! ♡

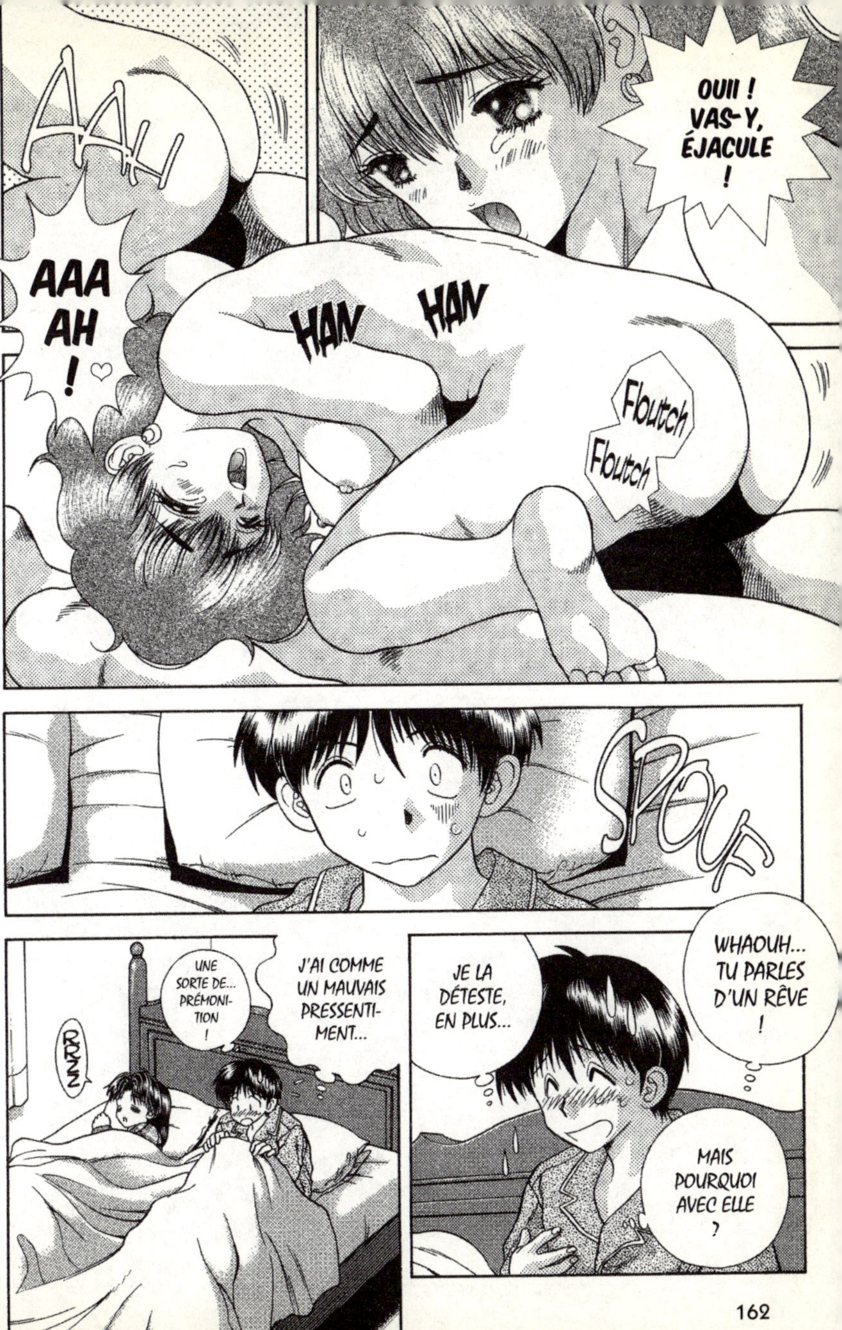
OUII ! VAS-Y, ÉJACULE !
AAH
AAA AH ! ♡
HAN HAN
Floutch Floutch
SPLOUF
WHAOUH... TU PARLES D'UN RÊVE !
JE LA DÉTESTE, EN PLUS...
MAIS POURQUOI AVEC ELLE ?
J'AI COMME UN MAUVAIS PRESSENTIMENT...
UNE SORTE DE... PRÉMONITION !

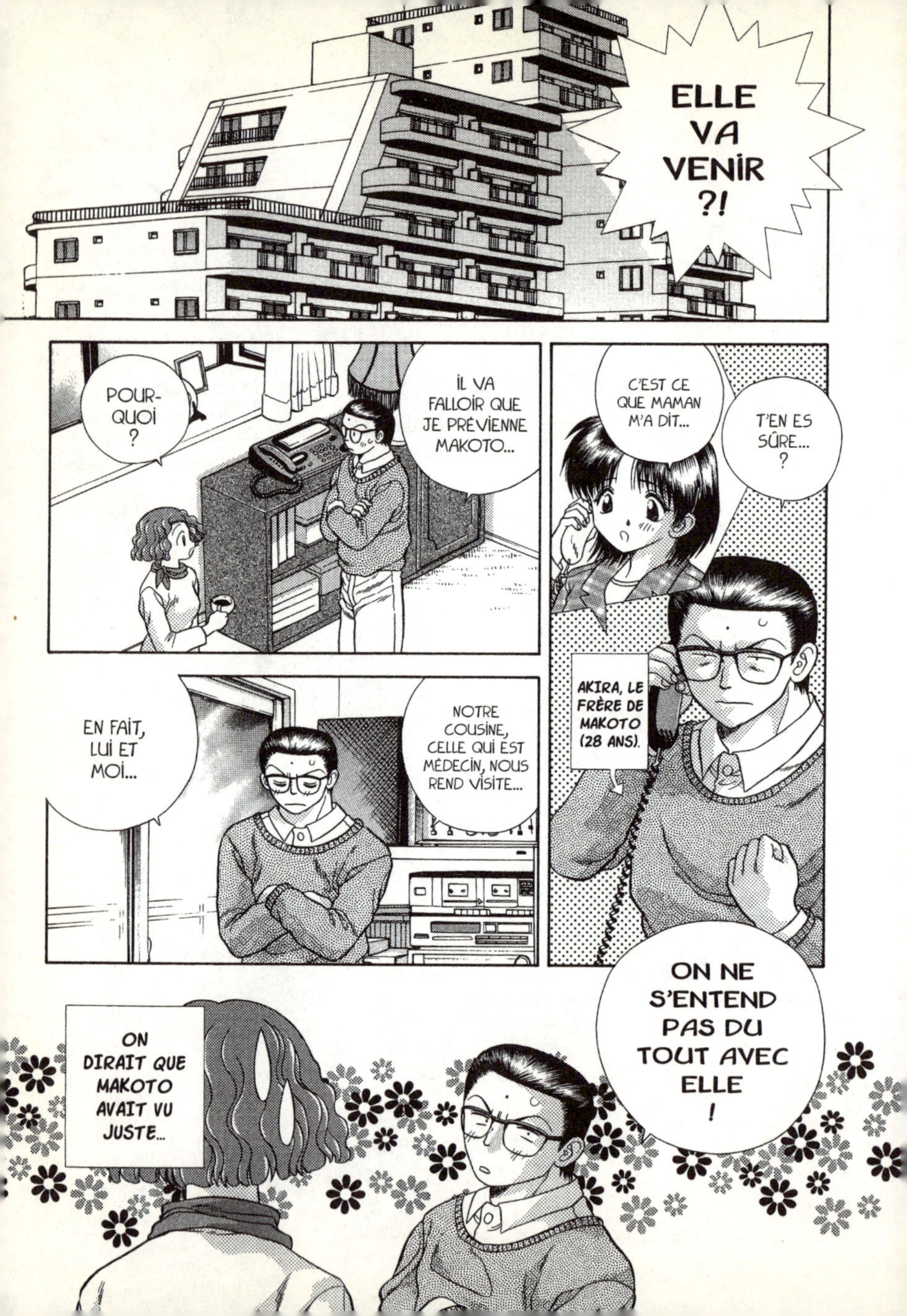
ELLE VA VENIR ?!
POURQUOI ?
IL VA FALLOIR QUE JE PRÉVIENNE MAKOTO...
C'EST CE QUE MAMAN M'A DIT...
T'EN ES SÛRE... ?
EN FAIT, LUI ET MOI...
NOTRE COUSINE, CELLE QUI EST MÉDECIN, NOUS REND VISITE...
AKIRA, LE FRÈRE DE MAKOTO (28 ANS).
ON NE S'ENTEND PAS DU TOUT AVEC ELLE !
ON DIRAIT QUE MAKOTO AVAIT VU JUSTE...

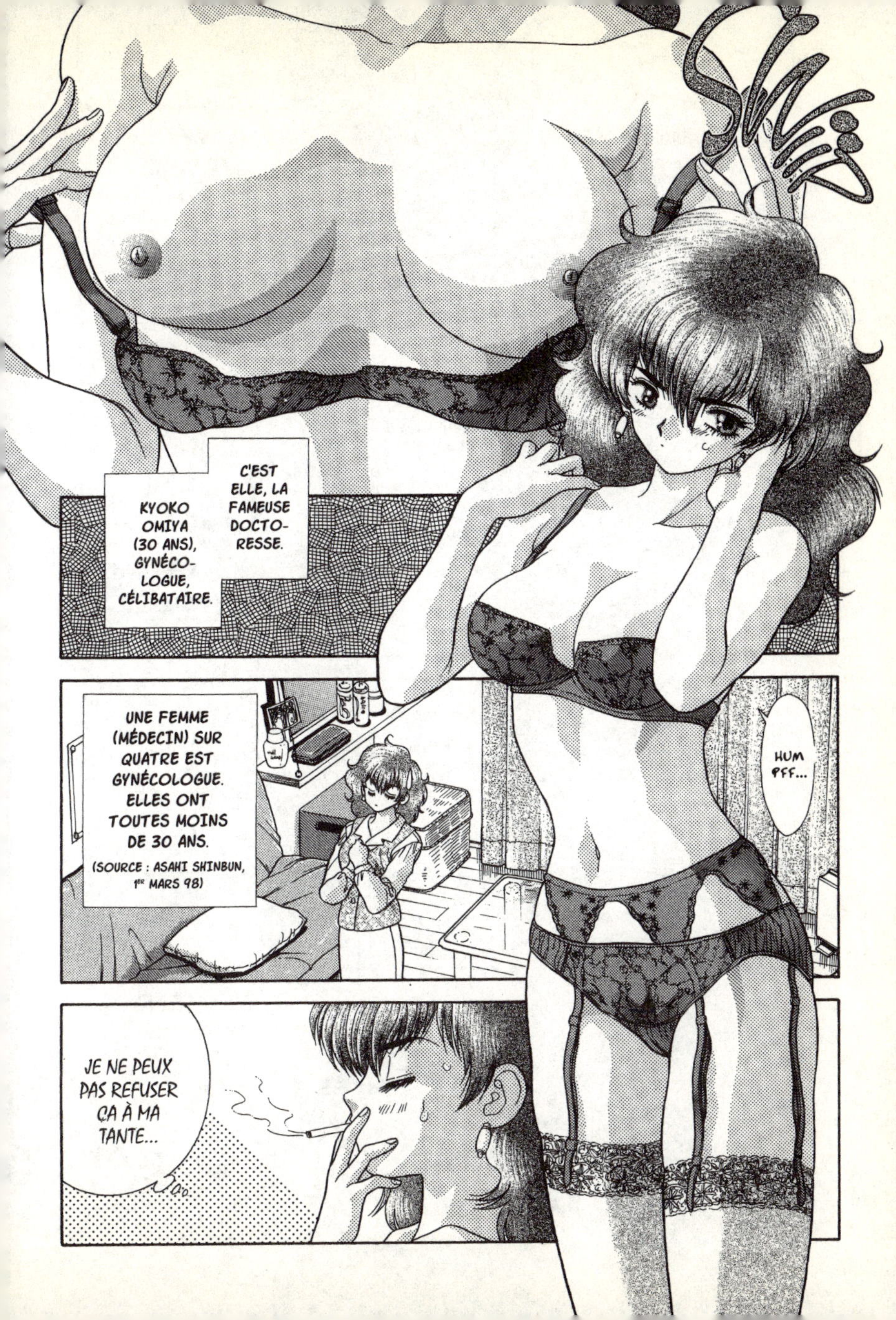

C'EST ELLE, LA FAMEUSE DOCTORESSE.
KYOKO OMIYA (30 ANS), GYNÉCOLOGUE, CÉLIBATAIRE.
HUM PFF...
UNE FEMME (MÉDECIN) SUR QUATRE EST GYNÉCOLOGUE. ELLES ONT TOUTES MOINS DE 30 ANS.
(SOURCE : ASAHI SHINBUN, 1ER MARS 98)
JE NE PEUX PAS REFUSER ÇA À MA TANTE...

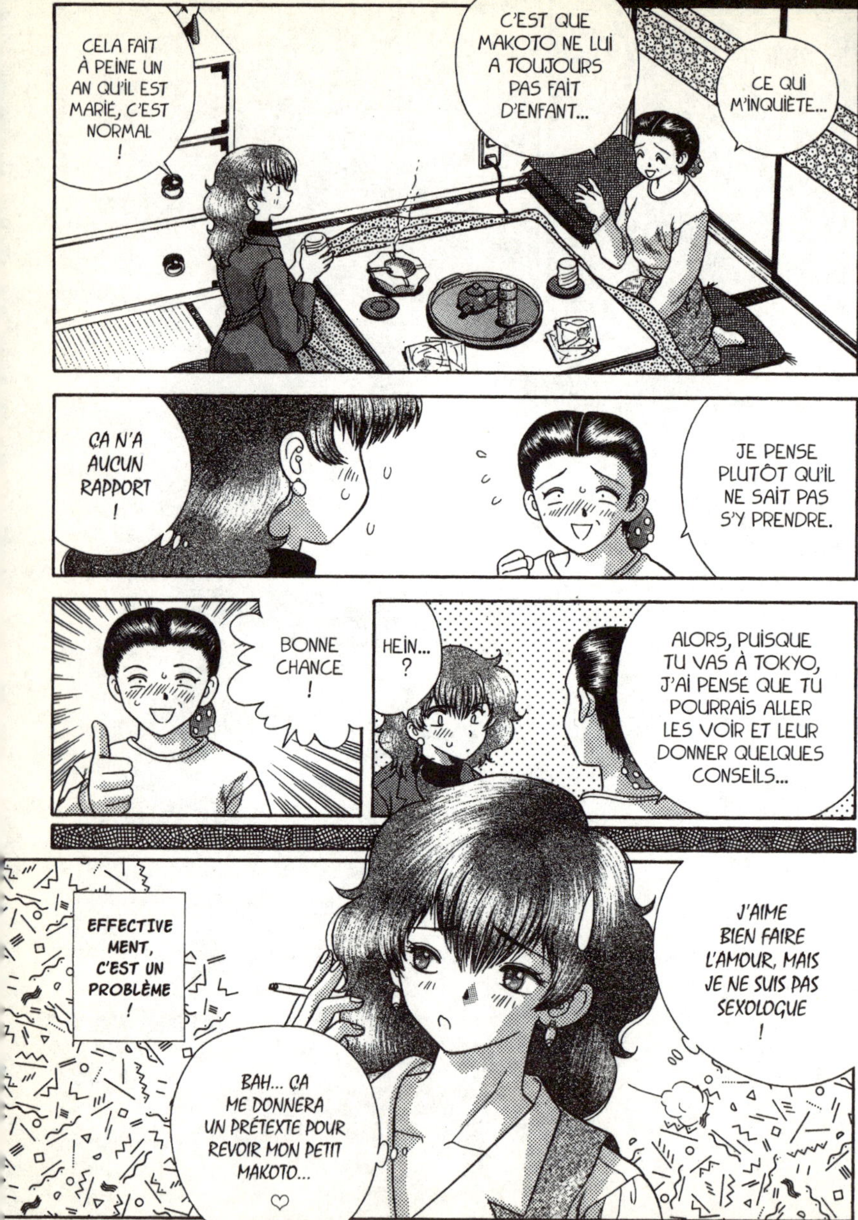
CELA FAIT À PEINE UN AN QU'IL EST MARIÉ, C'EST NORMAL !
C'EST QUE MAKOTO NE LUI A TOUJOURS PAS FAIT D'ENFANT...
CE QUI M'INQUIÈTE...
ÇA N'A AUCUN RAPPORT !
JE PENSE PLUTÔT QU'IL NE SAIT PAS S'Y PRENDRE.
BONNE CHANCE !
HEIN... ?
ALORS, PUISQUE TU VAS À TOKYO, J'AI PENSÉ QUE TU POURRAIS ALLER LES VOIR ET LEUR DONNER QUELQUES CONSEILS...
EFFECTIVE MENT, C'EST UN PROBLÈME !
J'AIME BIEN FAIRE L'AMOUR, MAIS JE NE SUIS PAS SEXOLOGUE !
BAH... ÇA ME DONNERA UN PRÉTEXTE POUR REVOIR MON PETIT MAKOTO... ♡

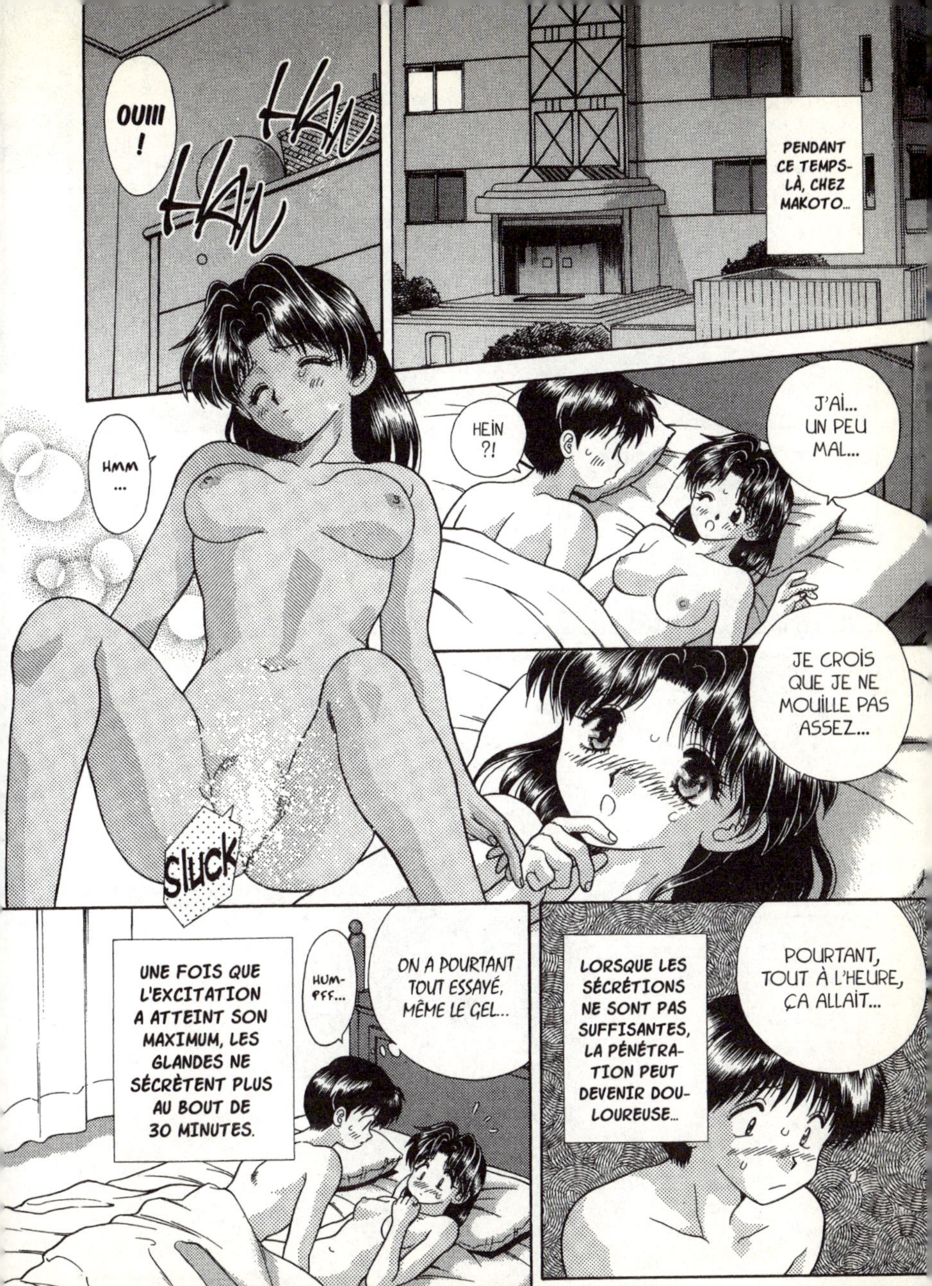

OUIII !
HAN HAN
PENDANT CE TEMPS-LÀ, CHEZ MAKOTO...
HMM ...
HEIN ?!
J'AI... UN PEU MAL...
JE CROIS QUE JE NE MOUILLE PAS ASSEZ...
SLUCK
UNE FOIS QUE L'EXCITATION A ATTEINT SON MAXIMUM, LES GLANDES NE SÉCRÈTENT PLUS AU BOUT DE 30 MINUTES.
HUM-PFF...
ON A POURTANT TOUT ESSAYÉ, MÊME LE GEL...
LORSQUE LES SÉCRÉTIONS NE SONT PAS SUFFISANTES, LA PÉNÉTRATION PEUT DEVENIR DOULOUREUSE...
POURTANT, TOUT À L'HEURE, ÇA ALLAIT...

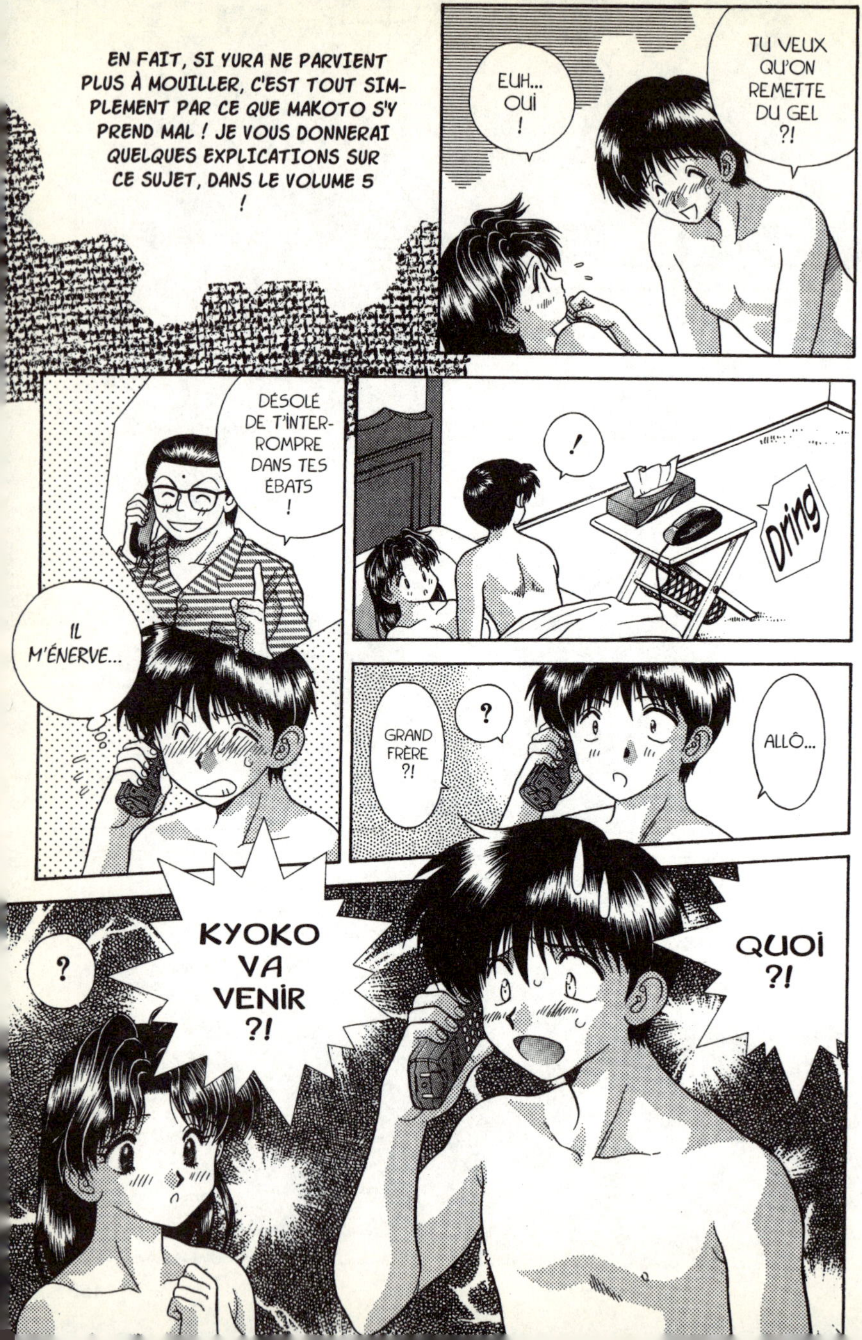
TU VEUX QU'ON REMETTE DU GEL ?!
EUH... OUI !
EN FAIT, SI YURA NE PARVIENT PLUS À MOUILLER, C'EST TOUT SIMPLEMENT PAR CE QUE MAKOTO S'Y PREND MAL ! JE VOUS DONNERAI QUELQUES EXPLICATIONS SUR CE SUJET, DANS LE VOLUME 5 !
Dring
!
ALLÔ...
?
GRAND FRÈRE ?!
DÉSOLÉ DE T'INTERROMPRE DANS TES ÉBATS !
IL M'ÉNERVE...
QUOI ?!
KYOKO VA VENIR ?!
?

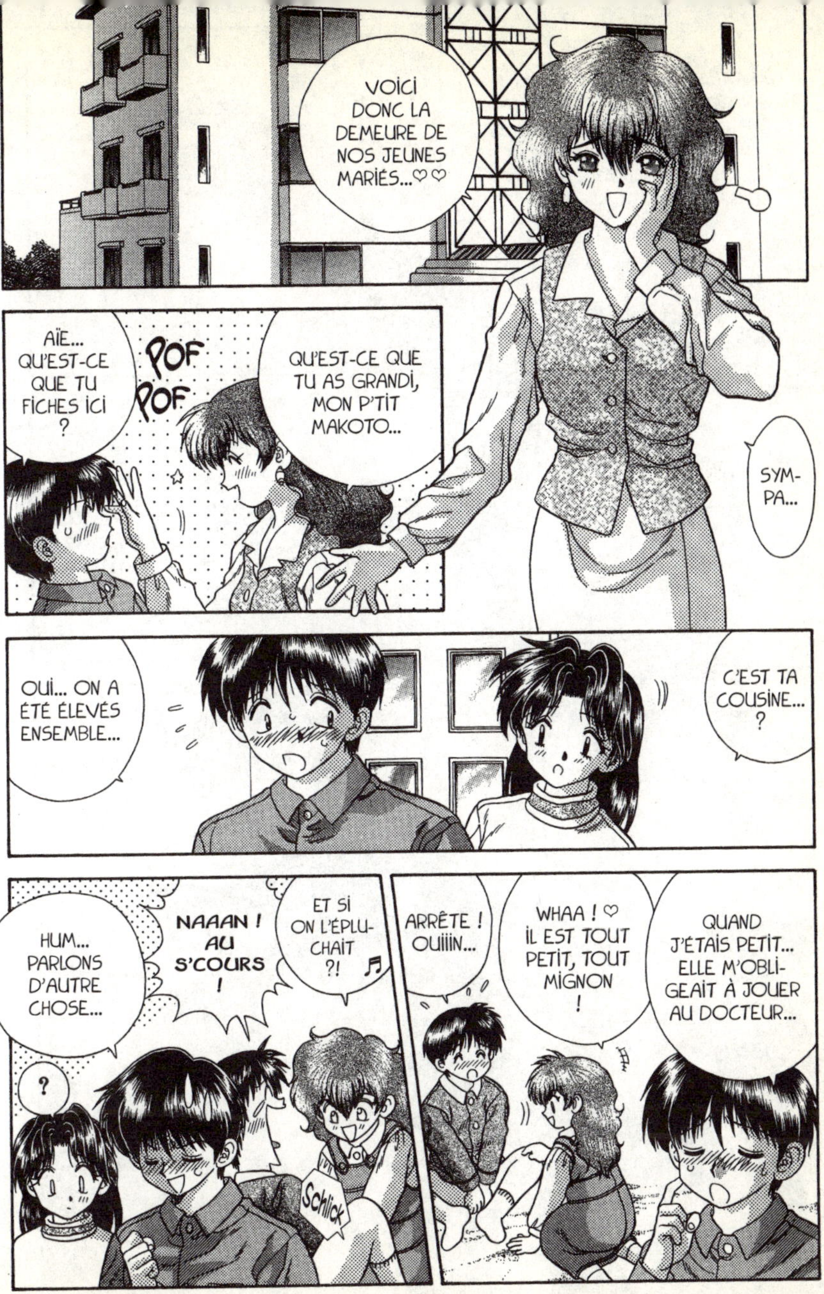
VOICI DONC LA DEMEURE DE NOS JEUNES MARIÉS...♡♡
SYMPA...
QU'EST-CE QUE TU AS GRANDI, MON P'TIT MAKOTO...
POF
POF
AÏE... QU'EST-CE QUE TU FICHES ICI ?
C'EST TA COUSINE... ?
OUI... ON A ÉTÉ ÉLEVÉS ENSEMBLE...
QUAND J'ÉTAIS PETIT... ELLE M'OBLIGEAIT À JOUER AU DOCTEUR...
WHAA ! ♡ IL EST TOUT PETIT, TOUT MIGNON !
ARRÊTE ! OUIIIN...
ET SI ON L'ÉPLUCHAIT ?! ♪
NAAAN ! AU S'COURS !
Schlick
HUM... PARLONS D'AUTRE CHOSE...
?

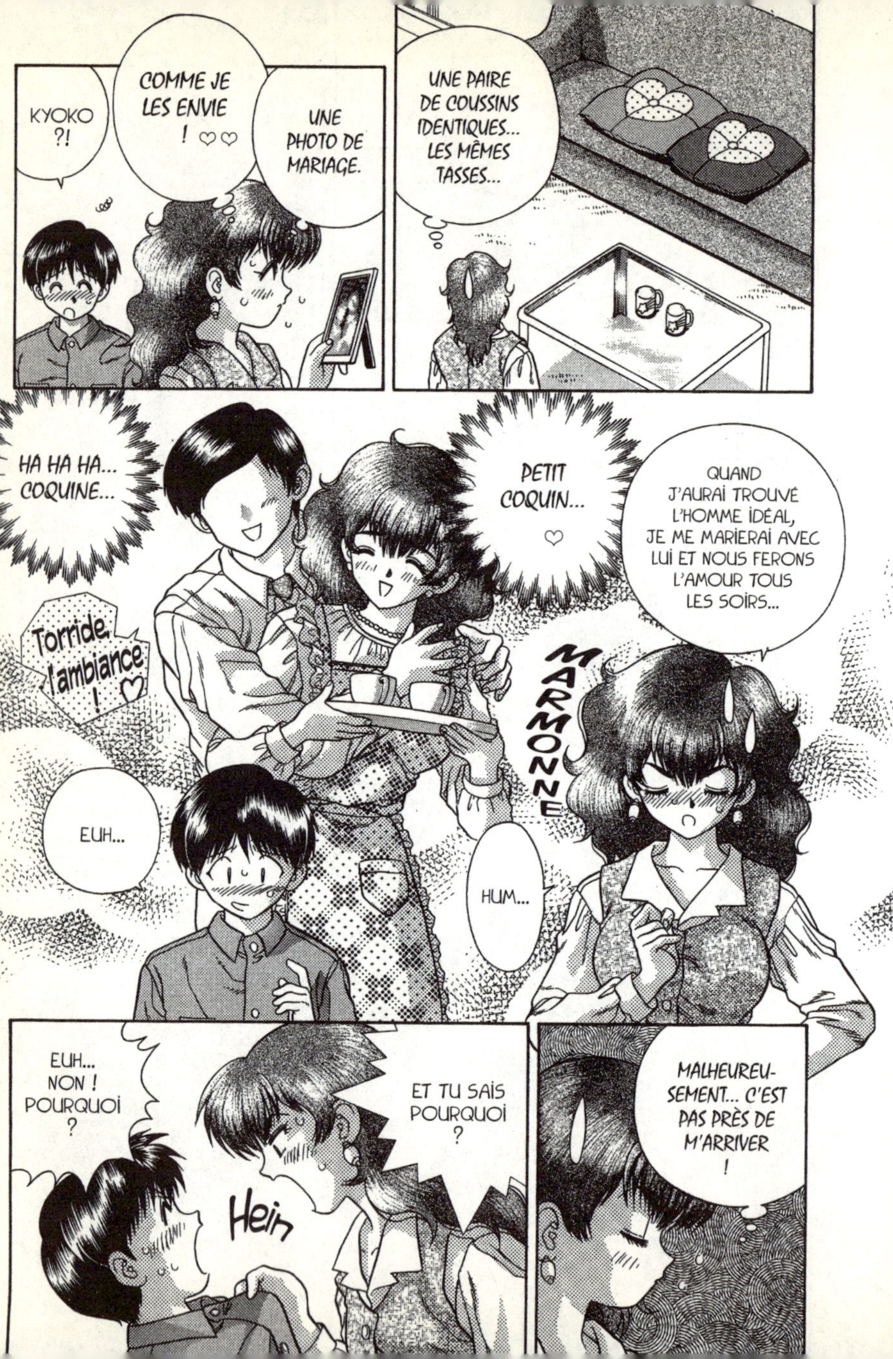
UNE PAIRE DE COUSSINS IDENTIQUES... LES MÊMES TASSES...
UNE PHOTO DE MARIAGE.
COMME JE LES ENVIE ! ♡♡
KYOKO ?!
QUAND J'AURAI TROUVÉ L'HOMME IDÉAL, JE ME MARIERAI AVEC LUI ET NOUS FERONS L'AMOUR TOUS LES SOIRS...
PETIT COQUIN... ♡
HA HA HA... COQUINE...
Torride, l'ambiance ! ♡
MARMONNE
HUM...
EUH...
MALHEUREU-SEMENT... C'EST PAS PRÈS DE M'ARRIVER !
ET TU SAIS POURQUOI ?
Hein
EUH... NON ! POURQUOI ?

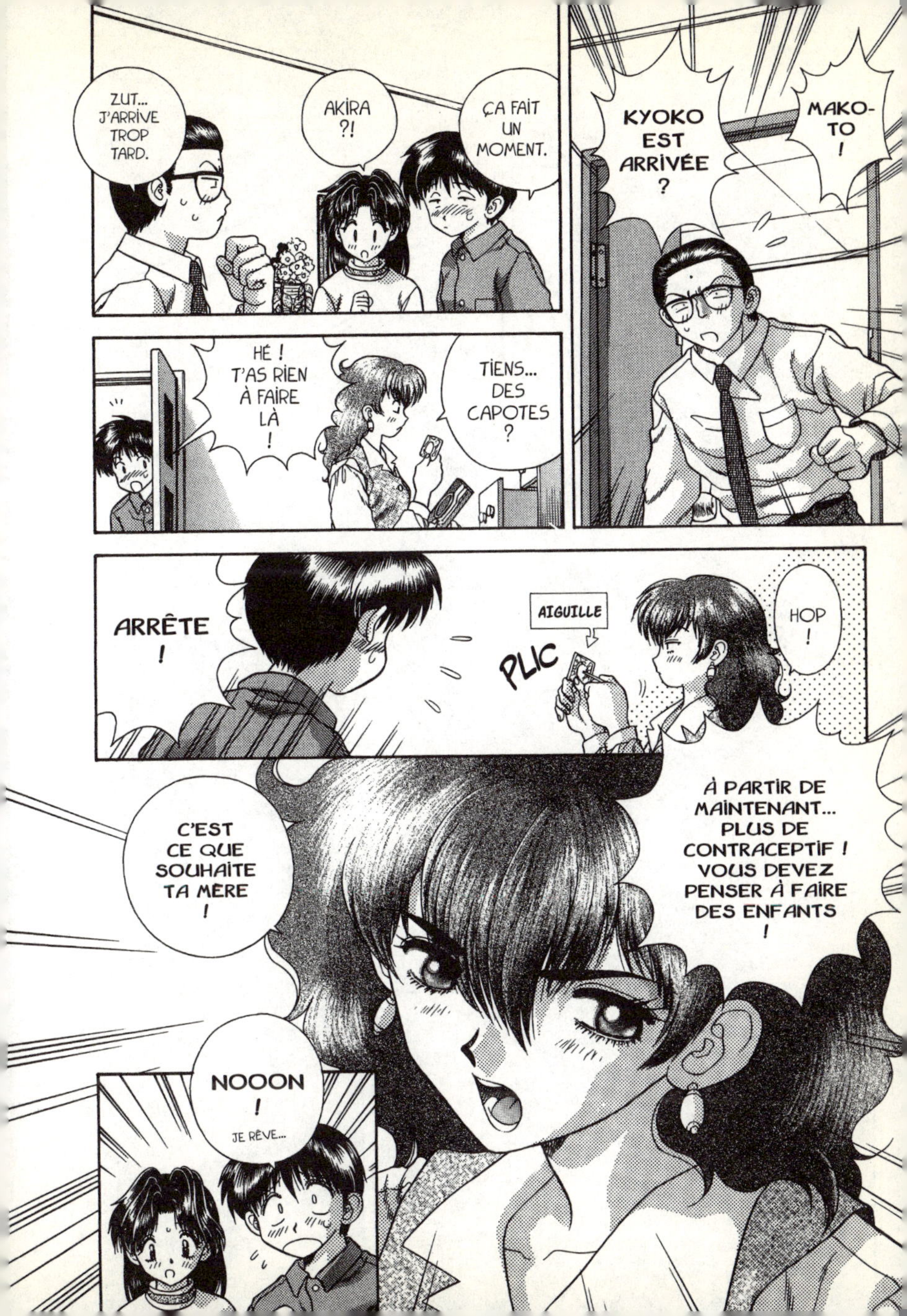
MAKO-TO !
KYOKO EST ARRIVÉE ?
ÇA FAIT UN MOMENT.
AKIRA ?!
ZUT... J'ARRIVE TROP TARD.
TIENS... DES CAPOTES ?
HÉ ! T'AS RIEN À FAIRE LÀ !
HOP !
AIGUILLE
PLIC
ARRÊTE !
À PARTIR DE MAINTENANT... PLUS DE CONTRACEPTIF ! VOUS DEVEZ PENSER À FAIRE DES ENFANTS !
C'EST CE QUE SOUHAITE TA MÈRE !
NOOON !
JE RÊVE...

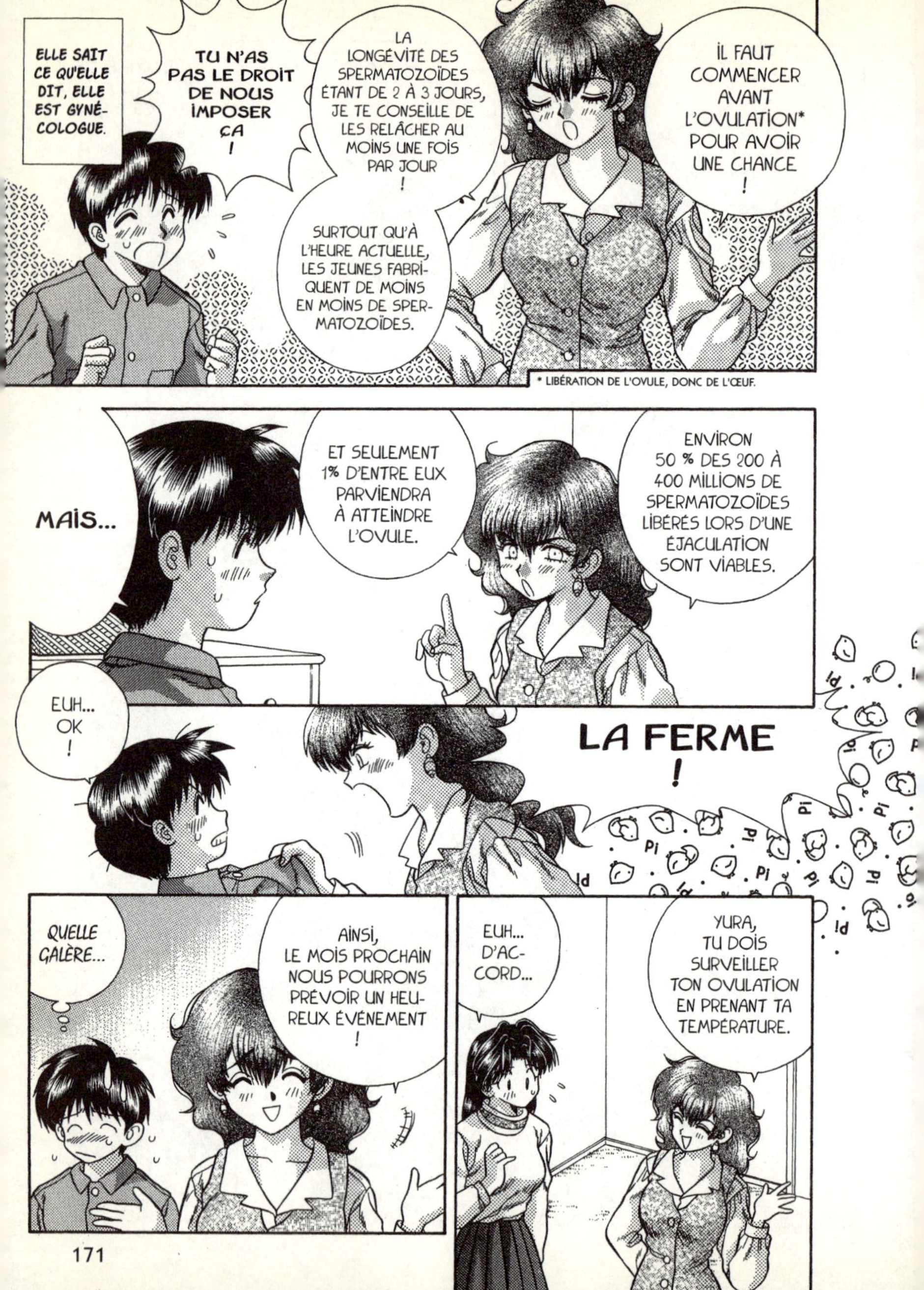
IL FAUT COMMENCER AVANT L'OVULATION* POUR AVOIR UNE CHANCE !
LA LONGÉVITÉ DES SPERMATOZOÏDES ÉTANT DE 2 À 3 JOURS, JE TE CONSEILLE DE LES RELÂCHER AU MOINS UNE FOIS PAR JOUR !
SURTOUT QU'À L'HEURE ACTUELLE, LES JEUNES FABRIQUENT DE MOINS EN MOINS DE SPERMATOZOÏDES.
TU N'AS PAS LE DROIT DE NOUS IMPOSER ÇA !
ELLE SAIT CE QU'ELLE DIT, ELLE EST GYNÉCOLOGUE.
* LIBÉRATION DE L'OVULE, DONC DE L'ŒUF.
ENVIRON 50 % DES 200 À 400 MILLIONS DE SPERMATOZOÏDES LIBÉRÉS LORS D'UNE ÉJACULATION SONT VIABLES.
ET SEULEMENT 1% D'ENTRE EUX PARVIENDRA À ATTEINDRE L'OVULE.
MAIS...
LA FERME !
Pi Pi Pi Pi Pi
EUH... OK !
YURA, TU DOIS SURVEILLER TON OVULATION EN PRENANT TA TEMPÉRATURE.
EUH... D'ACCORD...
AINSI, LE MOIS PROCHAIN NOUS POURRONS PRÉVOIR UN HEUREUX ÉVÉNEMENT !
QUELLE GALÈRE...

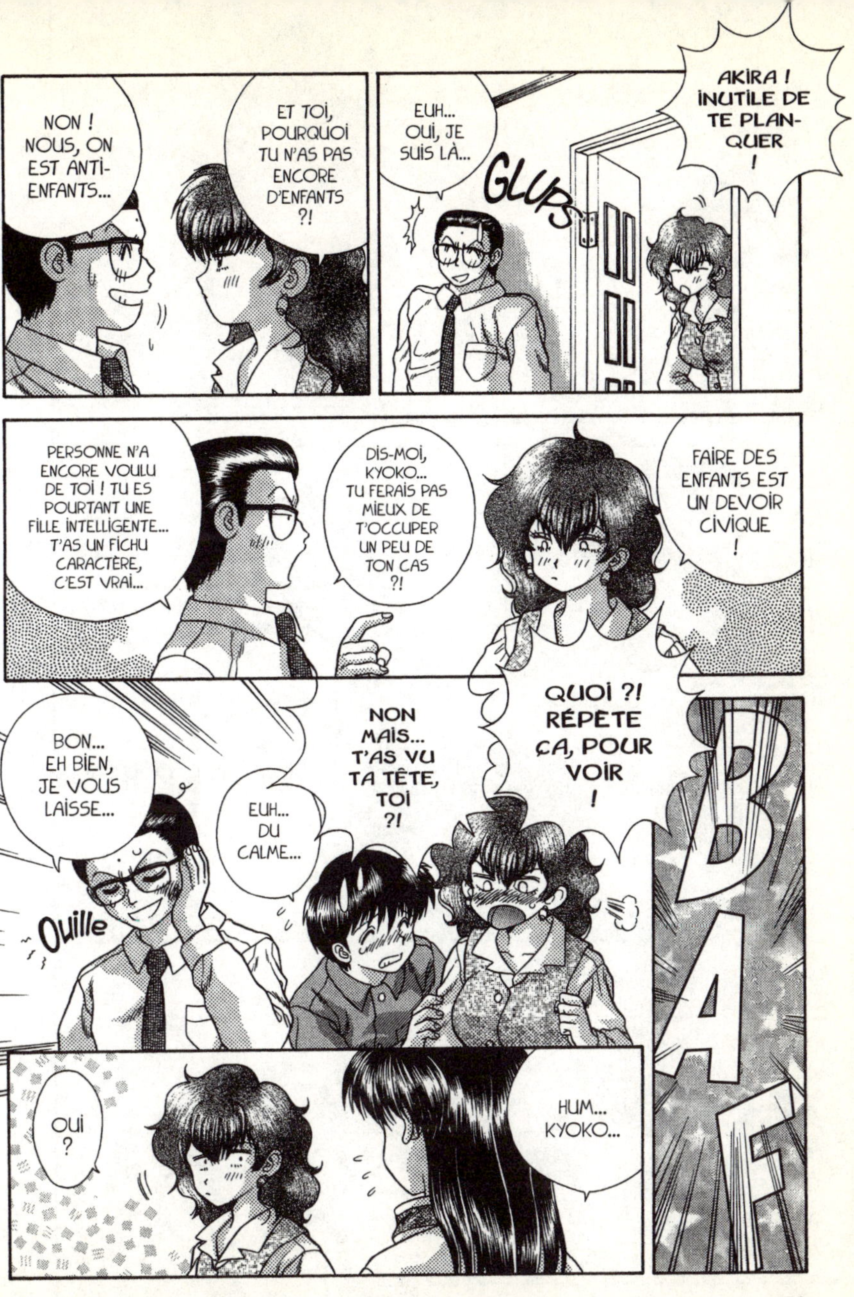
NON ! NOUS, ON EST ANTI-ENFANTS...
ET TOI, POURQUOI TU N'AS PAS ENCORE D'ENFANTS ?!
EUH... OUI, JE SUIS LÀ...
GLUPS
AKIRA ! INUTILE DE TE PLANQUER !
PERSONNE N'A ENCORE VOULU DE TOI ! TU ES POURTANT UNE FILLE INTELLIGENTE... T'AS UN FICHU CARACTÈRE, C'EST VRAI...
DIS-MOI, KYOKO... TU FERAIS PAS MIEUX DE T'OCCUPER UN PEU DE TON CAS ?!
FAIRE DES ENFANTS EST UN DEVOIR CIVIQUE !
QUOI ?! RÉPETE ÇA, POUR VOIR !
NON MAIS... T'AS VU TA TÊTE, TOI ?!
EUH... DU CALME...
BON... EH BIEN, JE VOUS LAISSE...
Ouille
BAF
OUI ?
HUM... KYOKO...

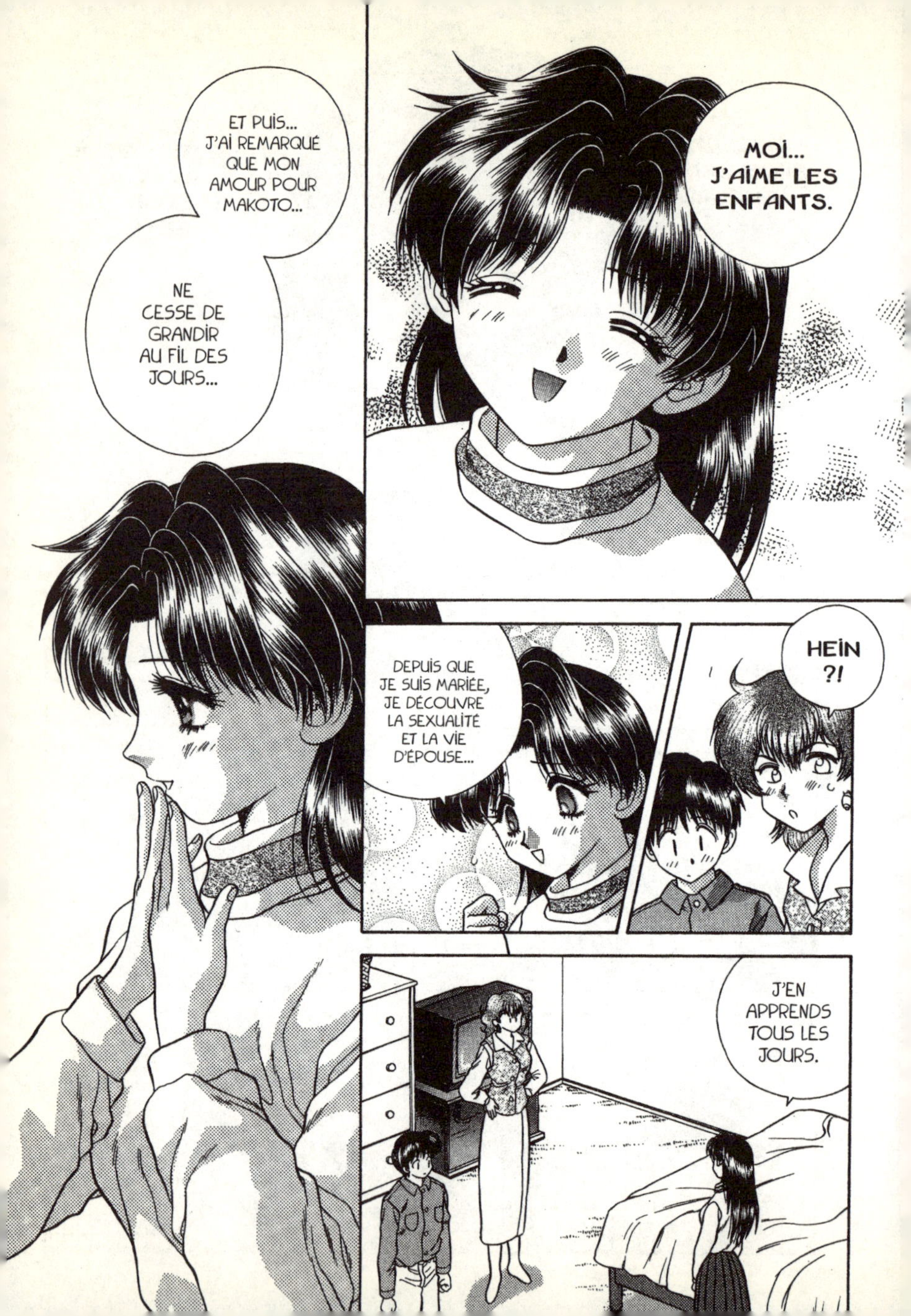
MOI... J'AIME LES ENFANTS.
ET PUIS... J'AI REMARQUÉ QUE MON AMOUR POUR MAKOTO...
NE CESSE DE GRANDIR AU FIL DES JOURS...
HEIN ?!
DEPUIS QUE JE SUIS MARIÉE, JE DÉCOUVRE LA SEXUALITÉ ET LA VIE D'ÉPOUSE...
J'EN APPRENDS TOUS LES JOURS.

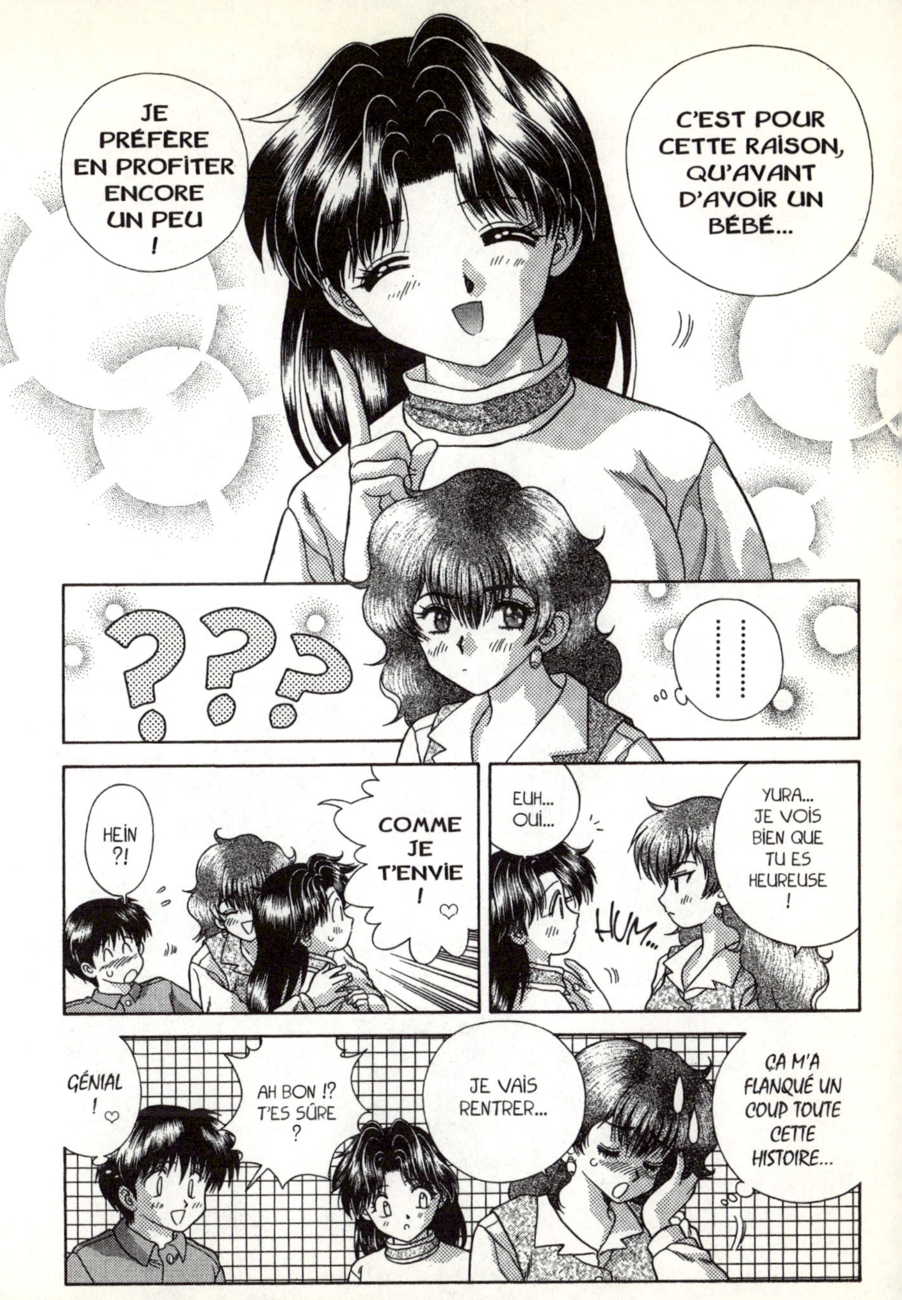
C'EST POUR CETTE RAISON, QU'AVANT D'AVOIR UN BÉBÉ...
JE PRÉFÈRE EN PROFITER ENCORE UN PEU !
???
YURA... JE VOIS BIEN QUE TU ES HEUREUSE !
HUM...
EUH... OUI...
COMME JE T'ENVIE !
HEIN ?!
ÇA M'A FLANQUÉ UN COUP TOUTE CETTE HISTOIRE...
JE VAIS RENTRER...
AH BON !? T'ES SÛRE ?
GÉNIAL !

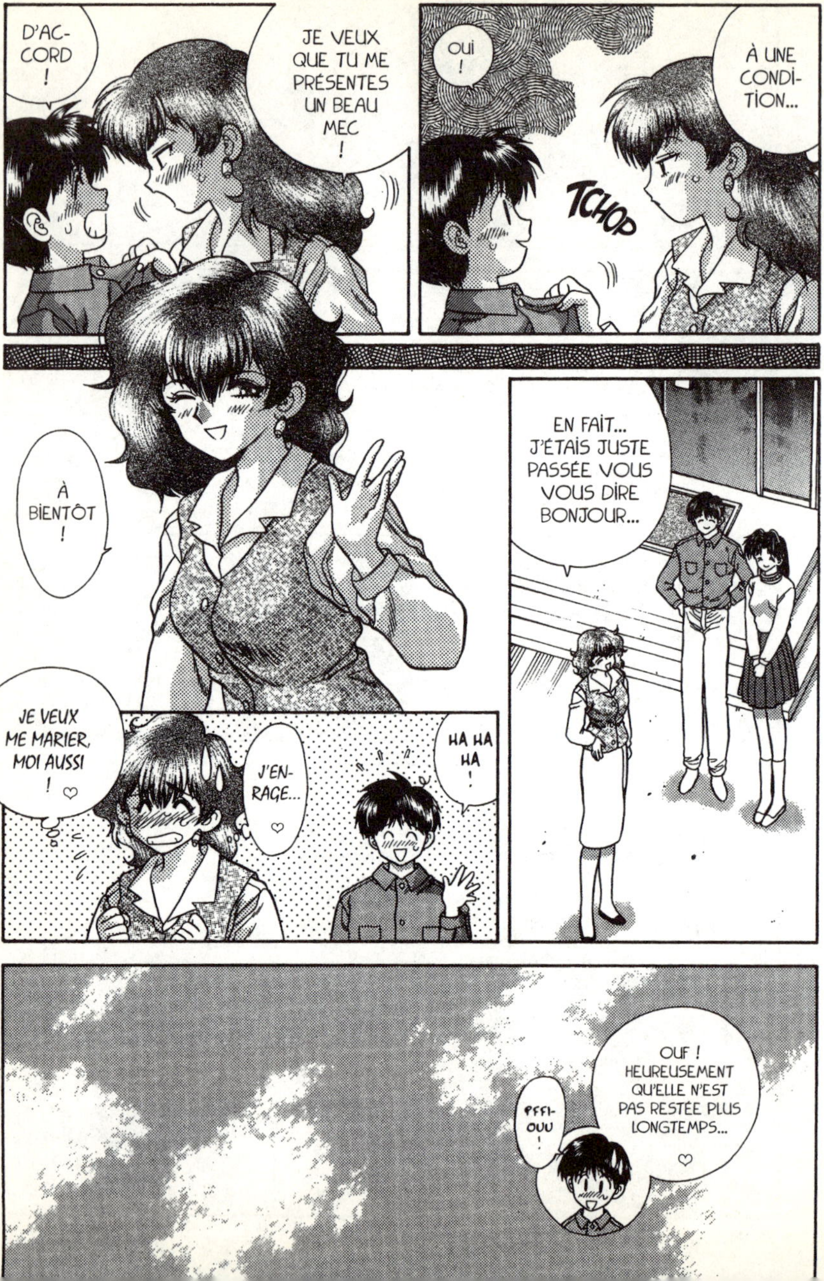
À UNE CONDITION...
OUI !
TCHOP
JE VEUX QUE TU ME PRÉSENTES UN BEAU MEC !
D'ACCORD !
EN FAIT... J'ÉTAIS JUSTE PASSÉE VOUS VOUS DIRE BONJOUR...
À BIENTÔT !
HA HA HA !
J'ENRAGE... ♡
JE VEUX ME MARIER, MOI AUSSI ! ♡
OUF ! HEUREUSEMENT QU'ELLE N'EST PAS RESTÉE PLUS LONGTEMPS... ♡
PFFI-OUU !

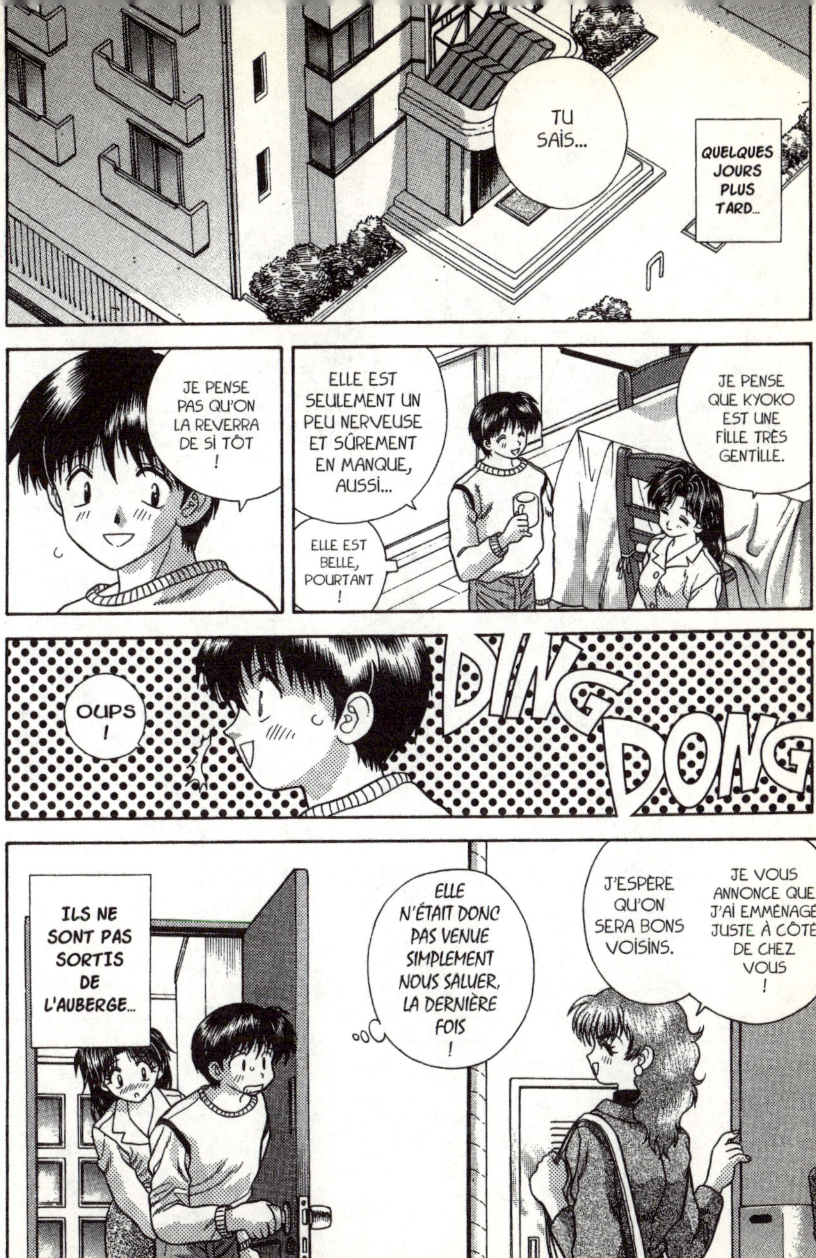

CHAPITRE 40 - KYOKO, FEMME MÉDECIN - FIN

NOS STATISTIQUES

LES HOMMES FACE AUX PANNES SEXUELLES (VOIR PAGE 7)

39 % des hommes âgés de 25 à 40 ans ont déjà connu une panne (dont **26 %** de manière occasionnelle) et **12 %**, une seule fois.

(Source : étude Louis Harris/Pfizer, "Les pannes sexuelles des moins de 40 ans", enquête récente réalisée auprès de 1 000 hommes âgés de 25 à 40 ans)

PENSEZ-VOUS UN JOUR ÊTRE INFIDÈLE ? (VOIR PAGE 11)

93 % des Français estiment qu'il est indispensable ou utile d'être fidèle pour réussir pleinement sa vie amoureuse.
84 % considèrent qu'il faut faire des efforts et des concessions.
14 % des femmes de 25 à 49 ans déclarent avoir été infidèles, **82 %**, jamais.
19 % ont été tentées par une aventure en dehors du couple, **76 %**, jamais.
Pour **70 %** des femmes, la définition du bonheur est d'avoir un mari fidèle.

(Source : Francoscopie, 1999)

POURCENTAGE D'ÉTUDIANTES PRATIQUANT LA FELLATION (VOIR PAGE 50)

Nous n'avons pas trouvé de statistiques françaises pour cette question*.

LYCÉENNES, AVEZ-VOUS DÉJÀ EU DES RAPPORTS SEXUELS ? (VOIR PAGE 75)

L'âge moyen du premier rapport sexuel est de 16,8 ans.
27 % des jeunes ont une activité sexuelle avant 16 ans.

(Source : enquête Durex, 2001)

QUE FONT LES FILLES POUR MONTRER QU'ELLES ONT ENVIE DE FAIRE L'AMOUR ? (VOIR PAGE 76)

Nous n'avons pas trouvé de statistiques françaises pour cette question*.

QUELLE EST LA FRÉQUENCE DES RAPPORTS SEXUELS ? (VOIR PAGE 95)

FRÉQUENCE DES RAPPORTS SEXUELS	POURCENTAGE
TOUS LES JOURS	6 %
2 À 3 FOIS PAR SEMAINE	64 %
MOINS D'UNE FOIS PAR SEMAINE	22 %
MOINS D'UNE FOIS PAR MOIS	3 %
PLUS RAREMENT	1 %
JAMAIS	0 %
NE SE PRONONCENT PAS	4 %

(Source : enquête BVA pour "Psychologies", réalisée auprès de 462 personnes âgées de 18 à 64 ans, les 18 et 19 décembre 1999)

QUI UTILISE DES MÉTHODES CONTRACEPTIVES ? (VOIR PAGE 106)

61 % des Françaises de 15 à 49 ans utilisent un moyen de contraception.

MOYEN DE CONTRACEPTION	POURCENTAGE
PILULE	63 %
STÉRILET	31 %
IMPLANT	2 %
SPERMICIDES	1 %
DIAPHRAGME	-
AUTRES	3 %

(Source : enquête TNS SOFRES réalisée auprès de 1502 personnes âgées de 15 à 49 ans, du 13 au 17 janvier 2004)

AVEZ-VOUS DÉJÀ ÉTÉ VICTIME D'UNE AGRESSION SEXUELLE ? (VOIR PAGE 130)

Les statistiques françaises que nous avons trouvées incluent les agressions verbales et les attouchements. À noter que pour les viols, il est admis qu'un viol sur quatre seulement est déclaré.

4,4 % des femmes déclarent avoir eu des rapports sexuels imposés par la contrainte.

29 % des femmes déclarent avoir été victimes d'un malade sexuel.

(Source : "Les comportements sexuels en France", Rapport Spira au ministre de la Recherche et de l'Espace, La documentation Française, 1993)

COMMENT COMPENSEZ-VOUS LE MANQUE DE SEXE ? (VOIR PAGE 139)

Nous n'avons pas trouvé de statistiques françaises pour cette question*.

QUELS SONT LES PRINCIPAUX PROBLÈMES EN MATIÈRE DE SEXE ? (VOIR PAGE 141)

Nous n'avons pas trouvé de statistiques françaises pour cette question*.

PENSEZ-VOUS QUE VOUS FAITES L'AMOUR ASSEZ SOUVENT ? (VOIR PAGE 151)

11 % des hommes et **13 %** des femmes ne se déclarent pas satisfaits de leur vie sexuelle.

(Source : "Les comportements sexuels en France", Rapport Spira au ministre de la Recherche et de l'Espace, La documentation Française, 1993)

***Si vous trouvez des chiffres fiables et/ou des ouvrages de référence pouvant répondre aux questions restées sans réponse, n'hésitez pas à nous écrire. Merci d'avance et rendez-vous dans le volume 5 de Step Up Love Story...**

Pika Édition
Step Up Love Story
19 bis, rue Louis-Pasteur - 92100 Boulogne
ou par courriel : mail@pika.fr

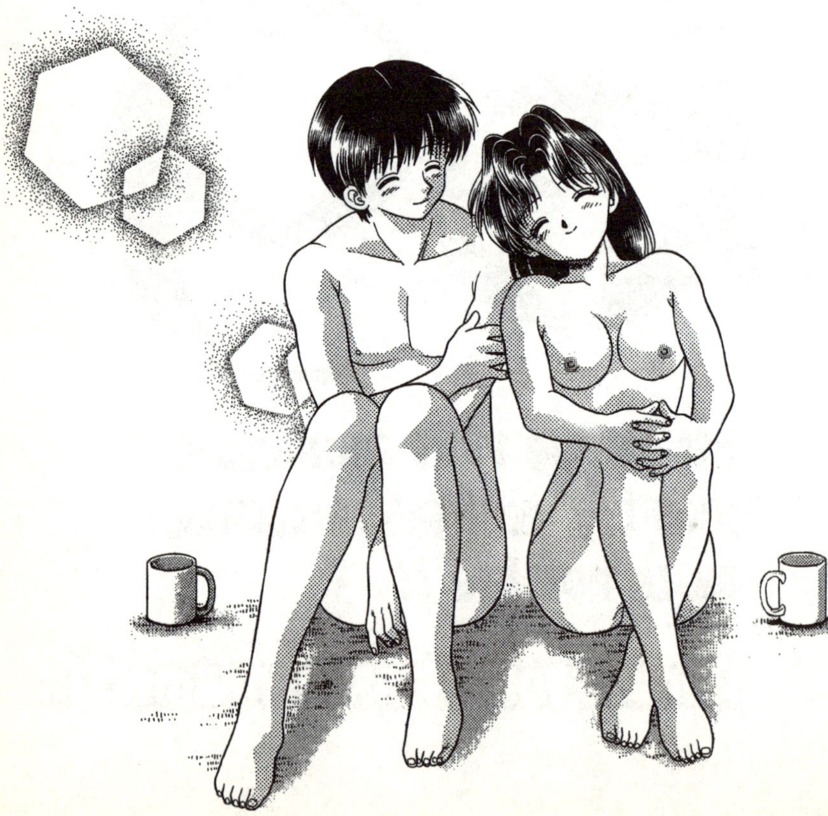

Bientôt le VOLUME 5 !!!

Le code d'accès du volume 5 est

69

Est-ce que vous connaissez tous la signification cachée de ce nombre ?!

Rendez-vous dans le volume 5 !